現代小說選讀

余昭玟
林秀蓉　編著

五南圖書出版公司 印行

編者序

余昭玟

一、

在諸多文學形式中，最能反映時代特色的，無疑是小說。臺灣現代小說，自二〇年代起，發展至今已近百年。日治時期臺灣新文學有鮮明的現實主義色彩，反封建、反帝國主義，以抵抗精神表達殖民地人民的命運。戰後初期的小說發展，一方面因爲政局動蕩而受打擊，一方面日文被廢止，迫使多數作家放棄文學創作，而少數臺灣作家則重新出發，學習中文寫作，成爲所謂的「跨越語言的一代」，經過多年的努力，他們的文學成就在七〇年代後備受肯定。五〇年代官方幾乎掌握了全部媒體，建立了文藝政策，反共文學成爲文壇主流，其作品內涵迥異於前後期的臺灣文學。六、七〇年代，現代主義、寫實主義潮流更迭，前者借助西方藝術技巧描繪虛無人生，後者以文學反映社會問題，各擅勝場。八〇年代則性別議題登場，原住民文學、同志文學、母語文學紛呈，政治小說尤爲可觀，開始出現白色恐怖與戒嚴題材。九〇年代以來，各類型小說發展更爲紛繁，後解嚴、後殖民、後現代主義交織匯流，顯示小說界創新多元的成績。

二、

在大學院校中，「現代小說」課程向來很受年輕學子歡迎，畢竟，小說世界繽紛多姿，「故事」永遠吸引人。本書的編輯就是為課程而設計，選取十八篇現代小說做為一學期的教材。現代小說當然包含中長篇，但為求作品完整，以短篇小說為主，不採取節錄的中長篇，而全為短篇。有近百年歷史的臺灣文學，其中短篇小說的數量何止數十萬篇，而且語言不同，風格也有各種演變，為聚焦呈現當代作品的特質，本書選文捨日治時期及戰後初期，而以一九六〇年代迄今，正好半世紀的臺灣經典短篇小說為編選對象，另外附上兩篇中國二、三〇年代的作品，以開展時空上的不同視野。

編輯上，各篇選文依作家生年先後排序，從戰後第一代的葉石濤開始。每篇選文之後，有千字左右的導言，先說明作者重要的生命經驗、代表作品，以及與寫作相關的價值觀念。接著解析該篇選文，從人物塑造、敘事結構、視角運用、話語模式等面向著手，儘量以精確完整的詮釋，使讀者在閱讀小說的樂趣之外，也能深究作品意義，獲得知性的充實。

本書選文的標準，兼顧現代小說的縱橫面，除了縱向的小說史發展，也照應橫向的文壇狀況，將最具代表性的經典作品呈現出來。選文的主題涵蓋了大敘述下的殖民書寫，政治議題、歷史議題，也涉及身體上的愛慾、瘋癲、疾病、死亡。從各篇可看出強烈的時代精神與高度的藝術性，不論內容上「寫什麼」，或技巧上「怎樣寫」，都有精采的展現。書內文字如風如水，舒展自在，凝聚了流散在時間洪流裡的聲音與光影。可讀性高也是本書選文的重要依據，即使有的文論家對此質疑，例如法國結構主義大師羅蘭．巴特（Roland Barthes）貶抑可讀性高的作品，認為只有「不可卒讀」的作品才體現了文學的最終目的，因為它向讀者的期待心理進行了挑戰。不過，小說應該要有吸引讀者的美感，使閱讀成為一種享受，所以本書避免選擇技法實驗性太強，或內容高深莫測的小說。

三、

本書選文發表年代最早的有三篇：葉石濤的〈玫瑰項圈〉、陳若曦的〈辛莊〉與鍾鐵民的〈菸田〉。葉石濤〈玫瑰項圈〉追溯荷蘭據臺的背景，對這段殖民歷史的表達，他以原住民女子來穿針引線，破除女性的制式形象，探索女人主體性的多元可能，預示了他往後國族與原住民書寫的敘事模式。〈辛莊〉是陳若曦早期的作品，她後來一系列的女性書寫在此都有跡可尋。鍾鐵民很早就觸及鄉土議題，他和父親鍾理和一樣，一生立足於美濃，六〇年代的〈菸田〉和其他一系列作品，都為農村與農民發聲。

黃春明與白先勇分別是現實主義與現代主義的典型作家，黃春明有很多故事，他也極擅長說故事，他說：「每次都是故事在推動我，那故事在我心中潛伏很久，然後成形，一爆發就不可收拾。」〈九根手指頭的故事〉篇幅雖短，故事性卻很強，有中篇小說的架構。白先勇除《臺北人》廣受喜愛，他還有一系列移民小說，是對歷史的特殊感懷，〈骨灰〉描寫新舊時代交替下的人物不得不飄泊海外的故事。平路〈玉米田之死〉同樣寫海外留學生的失根與尋根，主角卻是土生土長的臺灣人，這兩篇作品表達出大時代的風潮下，海峽兩岸多少人爲美國夢付出代價。

鄭清文的〈報馬仔〉發表於解除戒嚴的一九八七年，他用微妙的心理分析，刻劃政治高壓時代「抓耙仔」的扭曲性格。十八篇選文中，王定國的〈細枝〉發表於二〇一四年，是最新的作品，作者卻十分懷舊的，用另一個向度去解讀鄉土。朱天心〈想我眷村的兄弟們〉清楚審視外省族群的身分，確立一種族群的集體記憶，讓眷村書寫也成爲臺灣文學的重要板塊。向來臺灣的原住民文學裡，原住民都是被研究、被書寫的他者，其他民族以旁觀的角度來記錄，原住民仍然是被觀看者與被書寫者，終究缺乏主體性。直到八〇年代田雅各〈最後的獵人〉等作品出現，首度以第一人稱主體的身分，重新詮釋自己的神話與傳說，反思族群回歸的重要，終於開創了原住民文學發展的新趨勢，也影響了漢人的原住民書寫。

曹志漣的〈獸金體〉反映機械複製時代來臨，人類主體由消解到重構的過程，嘲諷無形的機器傳播對人的操控。郭漢辰是屏東作家，〈王爺〉是王爺廟信徒爭奪神明權柄的故事，從宗教信仰到風土民情，此篇小說以永恆不變的節慶景致構築出在地特質，是很特別的地誌書寫。郝譽翔的〈洗〉鬆動了過去僵化的性別論述，重新解讀女性與婚姻的關係。張耀升〈縫〉的魔幻寫實融合現實與幻境，加上黑色幽默等形式技巧，表現被異化、被疏離的人物處境。選集裡中國的兩位作者，魯迅是中國最早使用西式新體寫小說的人，被公認爲最偉大的中國現代作家。蕭紅開風氣之先，架構出女性的身體/主體與文本的議題。他們的作品〈祝福〉、〈手〉都透露深沉的孤獨與自省，對傳統的批判是很有份量的。

四、

現代小說是如何崛起的呢？有的學者說是源於人與外部的不和諧，而艾恩・瓦特（Ian Watt）在《小說的興起》一書，則從技術面來解釋：工業化使聽故事階級消失，新階級出現，加上印刷術發明，因此小說興起。果不其然，從前人們群聚聽故事，現今讀者單獨一人讀小說，小說的作者與讀者都是孤單的個體，藉著故事而開始互動。小說雖是一個虛構世界，但對作者而言，它可以反映現實、寄託情志；對讀者而言，小說除了藝術性之外，也可以從中讀到時代，讀到人性。不僅作家創作小說，讀者更創造了文學，作者的意向與讀者的詮釋，必然有落差，甚至如讀者反應理論所主張，讀者難免會在解讀的過程中成爲小說的第二個作者。這何嘗不是讀小說的另類挑戰，作者、作品、讀者互相對話，現代小說是開放性十足的。

好的短篇小說，如同一段迷人的旋律，在一瞬間，便足以令人永誌不忘，海明威、契訶夫、芥川龍之介的膾炙人口的作品，都是短篇。筆者多年來在「現代小說」課程，也都以短篇小說爲主，除了自編講義之外，曾用的教材有二：向陽所選編的《二十世紀臺灣文學金典》小說卷，其書共有三冊，能完整展現二十世紀臺灣小說的總體成就，但篇數太多，無法在一學期課程內容納。另爲張曉風編的《小說教室》，其書精選作品，眼光獨到，但臺灣作家群尚有侷限。所幸兩年前獲得校方的支持，給予經費，得以組成社群，策畫交流活動，目的是共同研發並編纂一部適用的作品精選集，俾能連結最新教學趨勢，提昇課程的品質。經過多次的討論，最後統整成果，終能出版此部選集。由林秀蓉教授與筆者共同擔任編者，編纂過程兩人密切合作，分別負責八篇導讀，林教授並撰寫了翔實的導言，置於書前，供讀者參考。編纂期間亦徵詢校外學者意見，中山大學中文系蔡振念教授，以及成功大學臺文系廖淑芳教授均提供具體建議，謹在此致上謝意。最後也感謝同意將作品收入這部選集的所有小說家或其家屬。

導言：現代小說的鑑賞與創作

林秀蓉

彭吉象《藝術學概論》以「形象性」、「主體性」、「審美性」來概括藝術的特徵，首先他認爲藝術以具體的、生動感人的藝術形象，來反映社會生活和表現藝術家的思想感情。其次，藝術在反映社會生活時，融入了創作主體和鑑賞主體的思想感情。再來，藝術是人類審美意識的集中體現，更是眞、善、美的結晶，內容美和形式美的統一體。文學是藝術中的一種，而不同的藝術有不同的媒介，例如文學是以語言（指廣義的語言，包含文字）爲媒介的藝術，簡言之，「文學是語言的藝術」。

至於文學中的小說文類，則是一種融合語言文字、故事情節、思想情感、精神審美，以及想像與虛擬的藝術，有其自身文類的界定、類型與特質。張堂錡《現代小說概論》中明白界定何謂小說：「小說是透過完整的故事情節和具體環境描寫，來塑造人物形象，反映社會生活，思索生命意義的一種文學樣式。它不受時空與眞人眞事的限制，可以藉助虛構和想像，運用敘述和描寫等各種表現手法，多層面、多角度、深入地刻畫各式人物的性格、言行，表現錯綜複雜的矛盾衝突，展示人與外界的種種心理互動與生活經驗。」從這段定義可知，小說語言的媒介具有無限性，它可以直探人物隱微的內心世界，也可以揭露社會生活的特殊現象。

現代小說，可以從不同的角度或標準，歸納出種種不同的類型。例如從篇幅來看，有長篇（十萬字以上）、中篇（五萬字左右）、短篇（一萬字左右）、極短篇（一千五百字左右）等；就題材來看，有歷史、政治、族群、社會、鄉土、婚戀、性別、宗教、寓言、俠義、偵探、戰爭等；

以表現手法來看，有寫實派、意識流、現代派、魔幻寫實等。

就現代小說的特質來說，大概包括六種要素：主題的構思、情節的鋪陳、人物的塑造、語言的設計、時空的敘事、視角的運用。這些特質是任何一篇小說都不能或缺的，它是創作小說的先決條件，也是鑑賞小說的重要憑藉。李喬在《小說入門》中，對「小說」的描述如下：「小說是以散文寫成，包含許多成分的虛構故事。」其中「許多成分」即是指以上六種要素的構成，茲分述如下：

一、主題的構思

小說要素中的「主題」，是作者立言的本意，也是作品的中心思想。這中心思想如同一篇小說的靈魂，呈現出作者的人生觀、哲學觀、社會觀。一部優秀的小說，除了必須依靠曲折的故事情節和生動的人物形象來吸引讀者之外，還必須寄寓深刻的主題思想。羅盤《小說創作論》中就再三強調：「主題是作品的生命，作品的靈魂，作者所欲表達的思想意識情感。」作品的主題，有如船舵，有了它的指引方向，方能順利到達目的地，故鮮明主題是鑑賞作品的重要指標。

小說題材來自人生百態，諸如生老病死、悲歡離合、愛恨情仇、浮沈變遷、慾望糾葛等重大課題，至於由題材搜羅到主題呈現，這端看小說家如何讓新鮮深刻的中心思想勝出。劉世劍《小說概說》敘述創作過程時提及：「主題是小說家在開掘、消化題材中的獨到思想，是題材中所包含的有價值的爲別人所不曾發現的思想。」如何掘發小說中的獨到思想，從題材來源、藝術形式的安排，其實皆蘊藏主題的某一個基因，這些基因最後都會成爲讀者理解主題的線索。如曹雪芹的《紅樓夢》，透過賈寶玉及其家族故事，傳達美麗愛情忽焉已逝、富貴繁華轉眼成空的主題思想，其成功正在於題材來源、藝術形式、主題呈現三者相得益彰。

二、情節的鋪陳

佛斯特（Edward Morgan Forster）《小說面面觀》說：「小說的基本面即故事」、「小說是說故事」，然而「故事」在小說敘述結構中常被「情節」所取代。事實上，「故事」與「情節」並不完全相同，佛斯特說：「我們對故事下的定義是按時間順序安排的事件的敘述。情節也是事件的敘述，但重點在因果關係上。」依此說法，「情節」雖然也是事件敘述，但更著重於精心設計一連串因果相連的事件。至於情節的鋪陳如何達到張力十足、不落俗套，第一要巧設伏筆，設置懸念；第二要結構完整，主線突顯；第三要過程合情合理，結局立意新穎。三者環環相扣，缺一不可。就結構完整而言，李喬《小說入門》分成「開頭」、「發展」、「變化」、「高潮」、「結局」五個段落，尤其若能凸顯情節中因果關係的衝突性，將更引人入勝。

情節的衝突性，或來自外在因素，如人與人、人與社會、人與自然；或基於內在緣由，如人物心智上的疑慮與抉擇等。從衝突蘊釀反抗，逐步推展至高潮，作者或採行延宕、懸疑筆法，吸引讀者的注意力，最後構思出乎意料、耐人尋味的結局。如賴和〈一桿「稱仔」〉中，情節的衝突來自秦得參與日本殖民體制的對抗，從租田地時遭製糖會社的剝奪，轉爲菜農時又遭巡警索賄，甚至賴以維生的稱仔也被折斷，最後主角抱著必死的覺悟，選擇與巡警同歸於盡。一部情節結構緊密的小說，必然是因果層疊、跌宕起伏，兼具感染力與說服力。

三、人物的塑造

人物是小說的中心主體，遲子建創作小說《僞滿洲國》時，曾說過：「一間大房子，走進一個人，兩個人，走進這麼多人，每個人從陌生到熟悉，這是一個多麼奇妙的過程。不同的人物個性正是故事之所以吸引人的妙處所在。」因此，塑造出鮮活生動的人物形象，正是小說創作的首要關鍵。如何讓人物形象鮮活生動，主要可以從外貌、心理、語言、動作四個層面描繪，也可以透過人際互動，以及事件、場景的烘托來呈現，並且要注意描繪細節的一貫性與完整性。佛斯特《小說面面觀》中，把小說人物分成「圓形人物」、「扁平人物」兩種。圓形人物性格複雜多面，會隨環境變化而有豐富的內心轉折；扁平人物性格則固定單一，缺乏現實生活的經驗。作品中若能讓「圓形人物」與「扁平人物」出入其間，更能達到互相襯托的效果。

小說與其他文類最大的不同，就在於它能展現錯綜複雜的人物關係，構築廣闊多面的人生圖景。金聖歎曾言《水滸傳》之所以使人百讀不厭的原因，就在於成功塑造一百零八個人物性格；又如《三國演義》的劉備、曹操、張飛、諸葛亮，《西遊記》的唐僧、孫悟空、豬八戒，《紅樓夢》的林黛玉、賈寶玉、王熙鳳、薛寶釵、劉姥姥等，都是鮮活生動的人物形象。

四、語言的設計

語言是小說藝術的載體，無論形式或主題，最後都必須歸結到語言的運用，因此，語言是小說不可或缺的基本要素之一。小說語言包括作品中人物的語言：即「對話」或「獨白」，以及作者的敘述語言：即「敘事」。

首先就對話而言，主要以符合人物特性爲原則，如年齡、性別、身分、地位、學歷、性格等，要使小說情節合理地進行。如《紅樓夢》中，鳳姐兒說銀筷子能檢試菜飯是否有毒，劉姥姥便說：「這菜裡有毒，俺的菜都成了砒霜了，哪怕毒死也要吃盡了。」簡單幾筆，人物的聲容活躍紙上，完全符合劉姥姥來自鄉下的身分與物質匱乏的背景。其次，可以適當選用方言，如白先勇的〈玉卿嫂〉，穿插廣西桂林的方言，賦予小說濃厚的地方色彩；再如田雅各（拓拔斯・塔瑪匹瑪）〈最後的獵人〉，融入原住民的語言，強化族群文化的獨特性。除此，也常見以內心獨白來呈現人物心理的變化，如黃春明〈兒子的大玩偶〉中，敘寫主角坤樹與妻子阿珠吵架的一幕，大量透過意識流或潛意識的獨白語言，傳達壓抑、潛伏、扭曲的內心世界，不只深入人物的深層心理，也使小說更具強烈的張力。

至於作者的敘事語言，則佔小說整體結構的大部分，如何使語言具備表現力與感染性，宜特別注意準確精練、形象突出、生動傳神三項原則，兼顧這些原則有助達到如見其人、如聞其聲、如臨其境的藝術效果，刺激讀者的想像力，也增添作品的可讀性。值得一提的是，小說語言本身雖也有其獨立的美學表現，然其功能仍要貼合所要表達的主題思想；若偏離主題思想，則一切藝術形式都將成爲空中樓閣。

五、時空的敘事

小說中的人物活動和事件發生，都離不開一定的時空背景。簡宗梧《現代文學欣賞與創作》

說：「凡是人物所居處或這事件發生的場合，都叫作背景。它包括一切時間、空間，以及自然的、社會的、物質的各種環境，是表現人物和事件所必備的要素之一。」就空間背景的敘事而言，至少有以下三項作用與功能：強化主題思想、烘托人物形象、創造氛圍意象。如《水滸傳》中的梁山泊，一百零八條英雄好漢群聚「聚義廳」內共商討宋的大計，使 梁山泊 這個地理背景，抽象化成爲好漢集團的代名詞。再如《紅樓夢》中的大觀園，前期的花團錦簇象徵賈家的富貴顯達，後期的蕭條凋零則又暗寓賈家的風光不再，空間背景的作用與功能於此可見。

無論是空間搭建，抑或時間梳理，皆可說是小說創作的主軸。就時間敘事而言，佛斯特《小說面面觀》即強調：「在小說中，對時間的忠誠極爲必要，沒有任何小說可以擺脫它。」又金健人《小說結構美學》亦主張：「時間也是一個角色」，肯定「時間」在小說中的地位。白先勇是現代小說家中善於駕馭時空的能手，如《臺北人》兼採意識流手法，穿梭現在（臺北）與過去（大陸）的今昔對比，道出人生無常與歷史滄桑的核心意涵；而其中〈金大班的最後一夜〉，則聚焦於金兆麗二十年舞女生涯的「最後一夜」，從現在（臺北夜巴黎）走向過去（上海百樂門）的時光隧道，流露今非昔比的慨歎與美人遲暮的感傷。

六、視角的運用

視角，亦稱敘事觀點。所謂的敘事觀點，「敘事」指的是「敘述者」，也就是「說故事的人」，所謂的「觀點」，則是指由誰來觀察故事。大衛．洛吉（David Lodge）《小說的五十堂課》曾言：「小說家最重要的抉擇，可能就是決定讓故事從那個觀點出發。這個抉擇會影響讀者如何在情感上或道德上回應小說主角與他們的行爲舉止。以通姦故事舉例，故事以出軌不忠之人爲觀點，或從受傷的配偶爲觀點，或者從外遇第三者爲觀點，甚至從第四方的旁觀者爲觀點，都會對讀者產生不同 的影響。」由於觀點決定小說的敘述者，所以一旦確定由誰主述，透過誰的眼睛來推陳故事，便連帶對小說的文字風格、人物個性、主題思想都產生決定性的影響。李喬《小說入門》認爲，有關敘事觀點的運用，總離不開以下幾種方式：第一人稱、第三人稱、特殊觀點，以及數種配合使用等。至於完全使用第二人稱的小說則相當少見。

就第一人稱觀點而言，若「我」是主角，是當事人，即自知觀點，如平路的〈玉米田之死〉、郝譽翔的〈洗〉。若「我」只是個旁觀者，是見證人，即旁知觀點，如魯迅的〈祝福〉、蕭紅的〈手〉。

就第三人稱觀點而言，若「他」（「她」）是主角，即單一觀點，如賴和〈一桿「稱仔」〉、白先勇〈永遠的尹雪豔〉。若「他」（「她」）是說別人的故事，即全知觀點，敘述者彷彿是無所不在、掌控全局的隱形人物，又稱上帝觀點，是運用最廣泛、歷史最悠久的敘述方式，如古典小說的說故事者大多採取這種觀點。

就特殊觀點而言，形式上仍使用第一或第三人稱觀點，但卻以一些特殊、特定身分的立場、觀點來敘述，如幼童、鄉下人、精神異常者、妓女等。如林海音的《城南舊事》，全書都以小孩「英子」的觀點來看大人的世界，呈現特殊的觀察和體會。不同的敘事觀點往往隱喻著不同的思想情感，作者如何選擇運用，對於小說藝術效果自有其一定的影響。除此，作者也可以轉換敘事觀點，以營造小說經驗的變化多姿。

現代小說除了以上的六種要素，最後值得再強調的是，意象的暗示對小說創作也是十分重要的一環。作者透過意象的援用，喚起讀者的想像力與聯想力，增加小說的深度與耐讀性。楊義《中國敘事學》曾揭示意象的重要意義：「敘事作品之有意象，猶如地脈之有礦藏，一種蘊藏著豐富文化密碼之礦藏。」可見意象之於小說，猶如礦產之於人類，其重要性不言而喻。如張愛玲〈傾城之戀〉裡出現三次的胡琴聲，貫穿全文，分別有其弦外之音、言外之意。首先胡琴聲在小說開頭拉開序幕，暗示白家的思想落後，生命的荒腔走板；其次設置在情節的轉折處，暗示寡婦白流蘇追求幸福的心意，已走出胡琴聲中那些「忠孝節義」的傳統規範；最後以胡琴聲收束，道盡現實人生的缺憾與蒼涼。此例印證蘊藏在小說文本之下的意象，是作者提供給讀者抽絲剝繭的線索，也是解讀文本的密碼。

隨著社會發展和科技進步，作家對創作題材有更深廣的開掘，表現手法也有更創新的實驗，幻化多奇又意蘊深厚。如張大春〈將軍碑〉採魔幻寫實手法，試圖質疑記憶的功能、解構歷史的絕對；小說中既有現實的人物、場面和情節，又有虛構的靈魂和幻境，沒有生死與時間的界限，現實與幻想融爲一體。難怪二〇一二年諾貝爾文學獎得主莫言認爲，小說在多年的發展中，非但沒有出現竭流，反而變成一門博大精深的學問；因此，當讀者沉浸於千姿百態、繽紛面貌的小說世界中，唯有通過反覆研讀、迂迴開掘的鑑賞工夫，方能充分掌握作品中的藝術形式和主題思想，進而成爲作家異時異地的知音。

目次

玫瑰項圈

葉石濤

一

一六六〇年之盛夏，荷蘭東印度公司三等書記官約翰・舒乃達，從熱蘭遮城東側烏德列希石砦偷偷地溜出來。酷熱的陽光，毫無憐憫地曬著他卵形光禿的腦袋，他不時掏出骯髒不堪的手巾揩拭額上滲出的汗珠；他究竟老了，吃不消熱帶狂熱的風土和太陽，他微微喘息著站定了。在此遍地碎石的山崗上，他可以俯瞰波光閃閃的臺江。臺江上的三桅帆船宛如一隻隻慵懶的白鳥靜止於碧綠的海波上；風都睡去了，午晝昏懵的氣息籠罩一切，顯得了無生氣。不過在這靜默之中，好像執拗地孕育著，對他這樣一個異鄉人深湛的敵意；也許這僅是舒乃達一個人的感觸罷了——不過說實在的，打從Koxinga（即國姓爺，鄭成功）不久將來襲臺灣的消息傳佈出去之後，顯然整個熱蘭遮城市已經變成恐懼和猜疑的巨大坩堝；大家急得如熱鍋上的螞蟻，好像人們都染上可怕的黑死病，人們儘量壓低嗓子講話，走路時躡手躡足的，甚怕一丁點兒履聲會牽動黯澹的心思。可是如微風般掠過大家耳畔的竊竊私語，過了不久卻像洪鐘般在心裡鳴響，足以使人喪膽受驚。

熱蘭遮城太守柯亦德自也不例外。他終日惶惶然，魂不守舍，常為著一點芝麻綠豆大的事，濫發脾氣，暴跳如雷，而首當其衝，受一肚子悶氣的，卻是倒了一輩子楣的三等書記官約翰・舒乃達！

約翰・舒乃達對於這樣酸腐的生活早就厭煩透了；長年的海外流浪飄泊，接二連三的蹇厄和挫折，使他從朝氣勃勃的年輕人變成一個痲木不仁、悶悶不樂的中年人。想借酒澆愁嗎？他每個月少得可憐的薪水，一大半還要寄回故國鹿特丹去扶養他可憎的老婆，壓根兒就無法留下足夠快活的金幣。哎！從鹿特丹到爪哇巴達維亞，從巴達維亞一直到臺灣，十多年熱帶殖民地的生活，徒然地奪走他美妙的青春，黃金般的時光！雖然在這落寞的放逐生活中偶爾點綴了絢麗的色彩；有一些女人的喁喁情話，低垂的眼睛，裸露的肩膀，使他一時如醉若狂，彷彿打開了涅槃之門。但，那是短暫的幻影的愚弄，時過境遷，他仍是一個被人唾棄的三等書記官！唉！這殖民地上輕薄浮佻的女人，那裡配談真正崇高的愛情，不過是肉慾的宣洩，互相虛偽矯飾的性之遊戲！

舒乃達垂頭喪氣的走下山坡，在城堡盡頭的荒原自怨自艾，木然呆立。這荒原盛開著夾竹桃淺紅的花和吊鐘形如冷豔的燈花；還有呢，那青翠如玉，形如刀片的龍舌蘭葉子頑強地點綴著沙磧。這真是色彩的盛筵；大地上盡是些頑冥的生命，強悍的顏色，好像大自然向他挑戰些什麼，他有滿腔被排擠、被污蔑的委屈。

「哎！我定會毀滅在這兒！」

當舒乃達心情惡劣，準備以污穢的話語詛咒的時候，如同發見野獸的獵人，毫無神采的淺綠色瞳仁倏地亮了起來，所有的煩悶一下子煙消霧散，一股驚喜交併的光彩掠過了臉。

「Ella（哦）！日安！」

那悅耳清脆的聲音猶如夜鶯的鳴囀，猶如一陣芬芳的微風吹拂他的耳根，使他心裡怪癢癢的。

「Ella！日安！」

舒乃達趕忙用走腔怪調的臺員語回答她，而又兀自不相信自己的眼睛。一個臺員族美麗的少女驕傲地昂頭挺胸站在他的眼前，那一副白楊般苗條的身材，豐滿的乳房，一直垂到腰際的柔軟如絲，烏黑發亮的秀髮，還有那一雙宛如天際晨星的眼睛，發散著咄咄逼人，某一種野獸特有的狡黠的光彩——這真是一尊褐色的維納斯，上帝創造的溫暖的雕像，舒乃達幾乎要覺得暈眩了。

「你要什麼？」

舒乃達面對這上帝最佳的傑作惴惴不安了；這種挑逗性頗強的美幾乎弄昏了頭，擾亂了心思。

但，這少女似乎聽不懂他的話，臉上一直掛著動人的微笑。

「Salla！Salla！……」

從她和善柔美的反覆話語，舒乃達好容易才想到也許她就是要告訴他，她的名字叫做莎拉。

「哦！我懂了，你就是莎拉，我是舒乃達，約翰．舒乃達！荷蘭東印度公司的書記官，你懂嗎？」

舒乃達的困惑雖然一時未能完全解消，但他究竟懂了，這臺員族的少女迫切地期望他的幫助。

「不管怎樣，你美得出奇！你像是林中的花鹿，晨曦中盛開的素馨花！」

舒乃達最後無可奈何地以憂傷的口吻下了富於詩情的結論，暗自高興了。

「大人！請您跟著我來，我不會虧待你，請您……」

莎拉嫵媚地伸手握住他的手，有點焦躁不安的硬拉他前走。

就這樣，骨瘦如柴的中年荷蘭人，像醜惡衰頹的影子，跟隨著發散誘人氣息的蕃女，出現在臺江喧嘩的碼頭。

二

離碼頭不遠的地方，以天上聖母的廟為中心，形成繁華熱鬧的市集，從沒有踏進這兒的舒乃達，給眼前生氣蓬勃的景物，嘈雜、重濁的叫喚聲駭住了；在那寺廟屋頂上，泥塑的龍翹首雲天反射著耀眼的陽光。茉莉花濃郁的芳香飄著，令人精神為之一爽。鋪有花崗石的路上，到處一堆堆黃金色的芒果核皮，蒼蠅群集在那上面嗡嗡地飛繞。真是個熟透的夏天——舒乃達想著。

一個賣唱的濃粧女人，拉著胡弓，正如訴如泣的歌唱人生的坎坷遭遇，而一群裸露的孩子們圍著她到處亂闖，扯開嗓子叫嚷，幾乎掩蓋住她美妙的歌聲。嘴角有黛綠色墨黥的老蕃女，臉上有憤世嫉俗的虛浮表情，時而吐出一口口血漬也似的斑斑檳榔汁。一手提著矛槍，一肩揹著羌鹿的臺員族獵人，昂首挺胸，一副雄赳赳的姿態，不屑一顧旁人邁步走過去。廟裡香煙繚繞，不知在禱告些什麼，幾個下跪叩拜的年輕女人，烏黑發亮的髮上，一朵朵潔白的黃枝花透露著春情盪漾的氣息。

這賞心悅目的畫面，使莎拉天真地鼓掌歡呼了；一陣搖銀鈴似的笑聲驀地勾起舒乃達一縷淡淡鄉思。舒乃達的耳旁彷彿響起郁尼阿斯神父那令人昏昏欲睡，不知何時才會終了的薔薇連禱！啊！故國山河在何處？他彷彿再能看到那多霧、多運河的故鄉！春天，滿載著鬱金香的平底小舟，如夢中白鳥緩緩滑行於鉛色運河，時而有一群白色鴿子，從重濁濡濕的天際倏地振翼起飛，在呆滯的海浪上盤旋翱翔；有時陡地飛回地上，休憩棲息於風車板翼，宛如朵朵白花。鼓起暗色裙子的老嫗，踩踏石板路的木靴發出陣陣清脆履聲……，舒乃達早已記不清故鄉生活情景的細微末節，顛沛流離的生活把純真的感情沖淡，把鮮明的記憶湮沒了。

「Salla！你要把我帶到那兒去？」

舒乃達從回憶之中猛地清醒過來，使勁的捏住莎拉的手；突然他覺得一刻也不能忍耐了。他心情動盪，一股兇猛的慾火在胸中開始熊熊燃燒，使得他口乾舌燥。

這奇特的蕃女，這森林蠻荒的精靈，將她裸露的乳房緊貼在舒乃達的左腹，以柔媚的，歌唱也似的聲音告訴他：「就到了，你不用著急！」同時，臉孔上浮現出隱秘的，使人難以言喻的一絲懷有怨毒的冷笑。

在他們面前，椰林深處，舒乃達看見一間茅屋；那是道地的臺員族住屋，黏板石的屋頂正反射著黃昏最後一道橘黃色的光芒。

溫暖的夜，伸展著它藍黑色的翅膀，轉瞬把大地覆蓋了。莎拉推開柴扉，倏地幾隻蝙蝠從黑黝黝的屋簷下飛出，夜幕靜悄悄地吞沒牠。

像喝醉上好的香檳酒，舒乃達的血管裡情慾在奔放沸騰；這離奇的邂逅，激起他企求羅曼斯的反俗精神，他的理性早已蕩然無存了。

莎拉像隻野貓，輕盈盈地走近桌邊，點燃鹿脂燈。忽然眼前一亮，舒乃達在橘黃色的光圈裡發見富於蠱惑的莎拉。那爛熟褐色的乳房，紗籠之下裸露的小腿，還有那奇異的眼睛；瞳仁深處似有恚恨的光彩在閃爍。但這些，舒乃達全看不出，情慾蒙蔽了心眼。長年的失意，空虛，渺茫，饑渴，匯成一條洪流驅使他想宣洩；他一把摟住莎拉，把燙熱的嘴唇湊近她冰涼的臉頰。

「慢著！先喝點兒酒！」

莎拉溫柔的推開他笨重的身體拉他坐下來。桌上有盛著粟酒的土器，新鮮的鹿肉，多汁的鳳梨。約翰・舒乃達只好按捺慾火，慢條斯理地吃喝起來。莎拉不時把濃濁的酒倒滿杯裡，像一隻下蛋的母雞，嘰哩咕嚕的指手劃腳，可惜舒乃達一句話也聽不懂，只管一味的傻笑。她的饒舌煩死了他，可是豐腴的肉體，濃郁的粟酒使他更加迷惘了；他忘去討厭的上司柯亦德的怒嚇聲，Koxinga的恐怖，怪貧乏的單調生活。瘦長的上身左右搖晃，被虐待的感覺迫使他把頭埋在莎拉柔軟的乳房之谷，恰似臨死的白鳥烈達。

「不用睡了，你看牆上！」

莎拉撫摸他稀疏的頭髮，聲音柔和得幾乎聽不清楚。莎拉使勁的支起他的身子，指著用竹片編織的壁上，同時高舉鹿油燈示意他要看清。神智不清的舒乃達這時只好勉強睜眼凝視，他的驚詫幾乎把他從朦朧的邊緣拉回現實。壁上垂掛著木雕的匾額；那是主耶穌基督被釘在十字架的一個情景，遠景依稀認得出髑髏之丘的全貌。顯然這浮雕是臺員族的土人所雕刻的，雖然每一線條既稚拙又粗糙，但由於雕刻者一己的執念和狂妄，使得那耶穌卻栩栩如生。受磨折而扭曲的四肢，貼住前額汗濕的栗色頭髮亦彷彿能看得出來。表情如此的逼真，致使舒乃達彷彿能聽得出耶穌彌留時向上天禱告的喃喃聲音。

「你是說，你信仰祂？」

舒乃達帶著敬畏的心情發問，神情卻是尷尬的。

「Ni！Ni！是了，是了，你很像祂呀！」

莎拉神采飛揚，同時面頰的笑靨加深了；似乎她已獲得心愛的獵物似的，笑得那麼甜，那麼神秘，舒乃達猛地裡醒悟了，也許莎拉懷有什麼可怕的企圖。然則，被激起的肉慾已無法抑制，這原始的情慾已衝破堤防了。

「你愈來愈使人驚奇！」

舒乃達搖著光禿的腦袋大聲嘆息。

「來吧！來吧！帶走我的疾病！」

莎拉把她柔軟的肉體整個兒傾倒在他的懷裡。塗抹鹿脂的細膩如膏的肌膚，微微可聞到一股野獸的氣味，烏黑的髮上那一朵小小茉莉花靜悄悄地散落下去了。

約翰・舒乃達被高昂的愉悅沖昏了頭，肉慾的沉溺，使他鼻孔張開，幾陣痙攣、抖顫，刮走他的自我；他活像一面褪色的旗子，飄揚於灰色的天空中。

他在沉迷的深淵裡掙扎，好容易泳出溫柔的陷阱；但，莎拉卻仰頸咯咯地大笑，裸露的胳臂仍然緊摟著他，幾乎使他不能呼吸。舒乃達神智朦朧，用力掙開莎拉；而正在這時，他陡地聽到莎拉與高采烈的一陣哄笑。那簡直是瘋狂的野性的發作，惡意的嘲笑，直使他冷不防打著哆嗦，毛骨悚然，而且，約翰・舒乃達似乎還聽到過莎拉用清晰的荷蘭話尖聲高嚷：

「凱撒之物，終歸凱撒！」

然而極度的疲憊，做愛之後的精神鬆弛，使得他提不起精神來細細詰問。他，約翰・舒乃達，這荷蘭東印度公司可憐的三等書記官重又滑入沉沉夢鄉裡去了。

三

「前經您允諾，准予特派旗艦克烈汶特號等五艘戰艦，前來熱蘭遮城，以增強臺江防備之力，卑職正翹首以待，但至今杳未見前來船影……。現颱風季節已過，東北季風尚未逞，正好自巴大維亞趕來臺灣以應燃眉之急！若再展緩多日，遲遲未啓程，恐所有艨艟未見臺江之前，中途必挨東北風之洗禮而葬身於海底悔也無及矣！此地謠言猖獗猶如野火，人心惶恐不可收拾！與諸鄰國之貿易業已停頓多時；

而Koxinga即將起兵來襲之訊息已有事徵足以證實；此地所雇通事何斌已拐帶庫銀兩萬兩及鹿耳門海圖投奔去矣！卑職學淺才薄，屢犯錯誤，委實不足以擔任公司所付之重任，乞請……」

柯亦德太守將雙手插進褲袋裡，活像一匹被囚的熊，眼色黯淡無光，而且踱來踱去，聲音頹喪無力，致使三等書記官約翰．舒乃達正襟危坐，聚精會神的聽著，手中握著鵝毛筆抖顫不停。他深怕因漏記一兩句話而受到太守無情的抨擊和怒斥。

疇昔光輝如今在何處！臺江上吹著蕭索秋風，淒涼的風颸走夏日愉悅的辰光！

柯亦德太守時而停頓下來，小心審慎地捋來捋去金黃色的短髭。他顯得萎靡不堪，而任他如何撫摩，他的短髭偏不想就範的垂落下來，這更教他心情惡劣。

「唉！萬事一團糟，你瞧！巴大維亞東印度公司只知道一味地搜刮貪婪，那裡知道我獨自苦撐這局面的苦衷！一大批政敵虎視眈眈，想抓住話柄設計陷害我，明明是要我去承擔熱蘭遮城陷落的責任了……」

講到在巴大維亞的那些政敵，柯亦德的眼睛簡直要冒出火來；他口沫橫飛地用盡所有惡毒刻薄的話罵個不停，恨不得把他們一個個地戮死。

約翰．舒乃達連哼一聲也不敢，饑腸轆轆，神思恍惚的枯坐在那兒，俄而莎拉美麗的幻影朝他姍姍而來，搔首弄姿，咯咯地笑，向他招手。

「而且說實在話，我們熱蘭遮城的風紀頹廢，大家墮落得太不像話！拿副太守阿瑟．毛頓的案件來說吧……」

柯亦德一會兒扯開嗓子高聲叫罵，揮動雙手，一會兒又壓低聲音，彷彿反叛的部屬斂聲屏氣地偷聽似的惴惴不安。那一副憤世嫉俗，困憊不堪的野獸般的神態令人不忍卒睹。

「副太守阿瑟・毛頓的案件？」

約翰，舒乃達莫名其妙他的上司在扯些什麼，可是他只有聽的份，要是他一插嘴便會自討沒趣。因此索性全不理會他的上司，將鵝毛筆擱在桌上暗自沉緬於苦澀的回憶之中。那銷魂蕩魄的一夜過後，他一直睡到黎明；在灰暗寒冷的曉色中他偷偷地溜走了，莎拉還在甜睡猶如溫暖的雕像；舒乃達捨不得離開她，很想搖醒她，傾訴愛戀之情，鄭重告別。但他沒有這樣做，這理由很簡單：因為他連一枚金幣也無法送給她的緣故。他不知道莎拉是否要他的錢，但他究竟年紀也老了，他不能相信莎拉真的傾心相與對他沒有些企求，他不會如此天真。當他拿不出錢來的時候只好一走了之；雖然他的虛榮和自尊已被摧殘得蕩然無存，但總比當面受到莎拉的謾罵和唾棄好一些。一路上群鳥在枝椏間唧唧喳喳的聒噪，愈增加他的屈辱和傷心。

「怎麼，你不知道毛頓的死？」

柯亦德惶惑了，好像挑剔他的過錯似的厲聲怒斥。

「不，不是的，我知道毛頓閣下的去世，不過講到他的離奇案件，可不太清楚事情的細微末節。」

舒乃達連忙搖頭否認，怕觸怒他而招來一聲冷笑。

「嗯……這事實在講不得……」柯亦德毫沒有發覺舒乃達喪心落魄的神色，使勁的說下去。

「毛頓是個玩世不恭的浪子，壓根兒不夠資格當副太守。荷蘭東印度公司所以指派他來此地，只不過想卸下重擔罷了，唉！這是個多卑鄙的詭計！毛頓家族在阿姆斯特丹本是個顯赫有權勢的門閥。可是他自幼浪蕩成性，勾引良家女子墮落為業。他家人傷透了腦筋把他送到巴大維亞來任職，就算放逐他就是了。然而他到了巴大維亞以後老態依舊，仍然一味地胡搞，這可就令巴大維亞的那些老爺們無計可施，既不敢得罪他，又不能讓他目空一切，孤芳自賞，就把他送來此地當官……」

柯亦德狠狠地捋著短鬍，像有一肚子悶氣無處宣洩。

「我這柯亦德倒了一輩子楣，我老是當人家的洩氣鼓！唉！我讓他三分，任他胡鬧，他愈來愈不像樣，竟搞上一個臺員族的土女，他玷污了她，而且玩弄幾次生厭之後，竟一下子把她甩掉了。這並非什麼了不起的事，在殖民地裡俯拾皆是，司空見慣的事，從來沒有出過紕漏，頂多花幾個金幣便可不了了之。可是這土女是此地臺員族酋長之女，而且又是個受過堅信禮的忠實教徒，這可就惹了禍了。你猜，後果怎樣？顯而易見的毛頓被謀殺了；當然我知道真兇是誰！但我不敢動他一根汗毛！此地微妙的空氣，不宜採取強悍的手段，這並非由於我的懦弱無能！你懂嗎？刺殺毛頓的匕首上刻有酋長的拉丁語教名！這真兇毫無疑問是那酋長之女！」

舒乃達聽看這荒謬絕倫的故事卻無動於衷，他一直追獵溫馨的回憶碎片；他根本沒聽見柯亦德在說什麼。他有隱憂一直啃嚙他的心智。離開那椰林深處的小屋之後，他曾經設法再去探訪過一次；但不知怎麼搞的，那林蔭草香原有小屋的地方卻是一片空曠之地，怎麼找也找不著那纏綿終夜的茅屋。只有火辣辣的太陽從椰葉隙間傾瀉著，空虛而熾熱。舒乃達瞠目結舌暗自不相信自己的雙眼。顯然房屋拆掉了，莎拉失蹤了，否則就是他走錯了路！他徬徨徘徊，像失落了什麼似的惆悵。不過他究竟是自私的小人物，究竟這土女的溫情多少會帶給他麻煩；甚至也許會變成頗不易掙脫的枷鎖，而他又籌不出另外幾個金幣來供養她，因此，舒乃達倒也鬆了一口氣，僅是對於莎拉裸露又顫抖的肉體有戀戀不捨的感覺罷了。

四

這一個月以來約翰・舒乃達有不可告人的隱秘；而正因為他是一個可憐蟲又是死要面子的人，所以這不足掛齒的小毛病日漸威脅著他，逼得他覺得生活乏味，無精打采。早晨，一起床，他照例要照照鏡子，刮刮鬍鬚，理理頭髮。記不清在那一天清早，當他看到鏡子上自己的映像時，冷不防在嘴角四周發見玫瑰色小小的粉刺。這使得他又驚又喜，差一點就大聲叫嚷起來。這好似在證明他的青春尚未消逝，綺麗年月依舊存在，他不禁顧影自憐，沾沾自喜。但，這最初的驚喜不久黯然凋謝。一天，兩天之後，這些可愛的小小斑疹無聲無息地擴展，狡猾地蔓延，而且帶有黃色芒果液汁的膿水。憂患從這粉刺開始了；人們看到他玫瑰色的斑疹時先是一怔，而後故意佯裝著看不見，卻暗地裡嘀嘀咕咕地談論甚至掩著嘴竊笑。這可使他的自尊和威嚴受損了，他既沒有豁達的心胸，泰然處之，又不能推聾裝啞充耳不聞，因此只得自己暗暗叫苦。幸而，人們太忙了，Koxinga的巨大陰翳籠罩著心靈，柯亦德太守的煩躁不安，大發雷霆，吹毛求疵，應接不暇的瑣碎事接踵而來，轉移了人們的目標。最後阿瑟・毛頓的被刺喪命，結束了這不堪的嘲笑。可憐的約翰・舒乃達才從人們假仁假義的關懷之中獲得解脫。嘴角的斑疹在一片喧嘩聲中出奇地悄然隱去了。然而這可惡的粉刺並非從此絕跡！過不了幾天，粉刺轉移陣地，愈加厲害；他的脖子四周重又出現像項圈似的點點紅疹，猶如圍繞著輪廓鮮明，彩色鮮艷的玫瑰項圈。約翰・舒乃達的懊喪不想可知，他拼命拉高領子，巧妙地掩藏著一部份。然而偶一失慎，美麗鮮明的花圈，赫然露出，恰似向人示威它的存在，主張它不可磨滅的權威！

暮色靄靄，從打開的窗戶可以清晰地看得見對岸普羅汶甸夏城一片輝煌的燈火。約翰・舒乃達仍然枯坐在太守辦公室的一角，桌上攤開的羊皮紙上反射著柔和的燭光。心裡的煩悶和絕望一起湧上來，他眨了眨下垂的眼皮，懨懨欲眠。柯亦德太守的長篇口述好容易結束，但太守沒有示意舒乃達下去休息，反而好像意猶未盡，繼續他的閒話，與其說胡扯倒不如說自言自語，因為舒乃達意興闌珊壓根兒就不理他的嘮叨。

「我看見那酋長之女——莎拉，真是美得出奇……嘻嘻……要是換了我，我不敢保證我是否清白無瑕……」

「您說什麼來著？那害死毛頓的是莎拉？叫做莎拉？」

偶然飄進耳鼓裡的這一句話，使舒乃達愕然清醒過來。

「我親愛的舒乃達，你說你認識她？」

柯亦德高興了，他的褐色瞳仁陡地發亮，骨碌碌地盯著他望，這意外的發展倏地勾起了他的好奇。

「嗯……我曾經看見過她，就只有一次碰到過她。」

舒乃達漲紅了臉結結巴巴的說不上話。不幸，他的極度的窘迫，使他忘記該死的斑疹，他把領子拉低吁了一口氣。而這時正是柯亦德盯著他發呆的時候。這一時大意的疏忽，使柯亦德瞥見那橫行跋扈的紅疹猶如點點怨毒的花蕾。柯亦德似乎被它駭住了，而後稍微咳嗽幾聲，忍不住來了一陣猛烈的狂笑。

「你！你！這算是什麼呀！」柯亦德指著他的鮮紅的標幟大聲叫嚷。

「這！這……我想，是熱帶性疥瘡罷了！」

約翰・舒乃達被太守調皮的舉動嚇壞了，他哭喪著臉還訥訥強辯。

「這真令人叫絕！我親愛的，風流騎士約翰・舒乃達君，你這是不折不扣的風流病，和女人接觸而引起的！這是Syphilis！你聽見了沒有！Syphilis（梅毒）！」

柯亦德太守興高采烈的在他耳畔猛叫，使得舒乃達委屈之極，禁不住眼淚撲簌簌地滾下臉腮；他明白他惹禍了，而且欺騙他的真是那天真無邪的蕃女莎拉。此時他搞糊塗了，他不知道現實的屈辱、蒙羞和傷心，是由於對莎拉的憤怒抑或對太守的根深蒂固的仇恨而來的。不過，如同晴天霹靂，他看見了人間醜惡的面貌。他不覺像呻吟似的從齒縫間擠出了話：「那……那一定是莎拉的……莎拉的賜予！」

「你說什麼？哦！就是莎拉傳染的！好！莎拉不就是毛頓的情婦，那驕橫美麗的土女！那兇手！……」柯亦德百思莫解地沉思半晌：「那麼你在這戲裡也插上一腳了，你在這裡面扮演何等角色呢？」

柯亦德從頭至腳仔細端詳著他，禁不住又哈哈大笑。

「我在一個月前遇到莎拉……不過她很尊敬我，她竟說我很像主耶穌呢！」

舒乃達被柯亦德的愚弄搞昏了頭，咬牙切齒地忿忿說道。

「渾蛋！你真是！你這樣褻瀆不敬，竟敢把自己比擬救世主！」

柯亦德真的被激怒了，額上汗水滲出，不斷地劃著十字，咬著垂下的短髭，沉思默想起來。

「毛頓這傢伙也許有這不可告人的痼疾，他把這傳給莎拉而且狠心的把她遺棄了。她想報仇所以毛頓被殺了。至於你，親愛的舒乃達君，你的奇異的遭遇，我也明白其因果關係了。此地的土人本有一種堅定的信念，或者是習尚。他們的巫師認定疾病只要傳給別人就會痊癒，故此莎拉就設法把可厭的病送給你了。至於她為什麼偏不選別人而竟挑上了你！她是個虔敬的教徒，她要選擇一個犧牲，自然會想到為苦難的萬國眾人犧牲的『祂』，『祂』揹著沉重的十字架拯救一切罪惡的人們……因為如此，我可憐又親愛的舒乃達君，她選定了你，你有一點像『祂』，由於你的一副嚴肅的尊容，使她怦然心動……哈哈……」

約翰．舒乃達活像一尊沒有血色的雕像，臉色蒼白，泫然欲哭地坐在那裡，一動也不動地坐在那裡，轉瞬他凝結了，好似他的靈魂已離開軀殼飄然乘風散開；他才恍然大悟，何以莎拉大聲喚叫：「凱撒之物，終歸於凱撒！」

只有那玫瑰項圈肆無忌憚地圍繞著他的脖子，點點斑疹，宛如被風吹拂的朵朵玫瑰花蕾，閃爍不定，咬耳竊語，伸根於他的肉體，緩慢地，確實地，萌芽，生長，開花，結果實。

然而舒乃達擾亂的心思慢慢平靜了；他不再生氣了；對於莎拉荒謬的報復，柯亦德令人難受的譏誚，他都寬恕了。既然主宰命運之神賜給他苦難，他只好領首接受，較耶穌的受難他這小小挫折又算得什麼？原宥和善意，總比仇恨和虛妄好；可憐的約翰．舒乃達終於得到一個結論，他平心靜氣的要加以接受一切，不然，他永遠得不到寧靜、和平的靈魂。

這時舒乃達如從噩夢裡清醒過來，而彷彿聽到柯亦德提醒他的一句話。

「你立刻去找郁尼阿斯神父吧！為了你精神上求得解脫，你必須毫無隱瞞地向他懺悔！然而，為了你肉體上的解脫，你也得向神父討些猛烈的水銀劑治療你這風流病！」

導讀

葉石濤（一九二五—二〇〇八），臺南市人。日治時期臺南二中畢業後，爲日人作家西川滿所賞識，十九歲赴臺北至其主持的《文藝臺灣》社擔任助理編輯。戰後開始學習中文，嘗試跨越語言，用中文重新創作。一九五一年因「知匪不報」的罪名入獄三年，受此打擊，封筆十四年不曾寫作。出獄後在嘉義、宜蘭、高雄等地小學任教迄退休。曾獲金鼎獎、臺美基金會人文貢獻獎、高雄市文藝獎、行政院文化獎、國家文藝獎等，一九九九年成功大學頒予名譽文學博士學位。

葉石濤於一九四九年發表〈三月的媽祖〉，是臺灣小說中最早以二二八事件為題材的作品。〈復讎〉、〈河畔的悲劇〉、〈娼婦〉等篇，以荷人據臺時郭懷一事件為背景，探討荷蘭殖民議題。以上諸篇都以日文書寫，用殖民者的語言敘述戰後甫發生的政治事件，或追溯三百年前的先民事蹟，就語言而言，充滿後殖民的弔詭。六〇年代小說特意以詼諧滑稽的筆觸，寫貧苦卑瑣的小人物，為臺灣人歷來所遭受的沮喪絕望做一記錄，《晴天和陰天》、《卡薩爾斯之琴》、《葫蘆巷春夢》就是此類小說的代表作。八〇年代解嚴以後的《紅鞋子》、《女朋友》、《臺灣男子簡阿淘》等一系列小說則文風轉變，以白色恐怖為背景，回溯其青年時期生活，含有濃厚的自傳性質，也比以往作品更富批判性。除了小說之外，葉石濤更以評論對臺灣文壇產生巨大影響，《臺灣鄉土作家論集》、《文學回憶錄》、《沒有土地，哪有文學》等十幾部專門著作，探討的範圍極廣。他一面以小說刻劃時代、批判現實，一面以評論廓清文壇迷思，闡釋文學史脈絡，不論在小說或評論的領域，葉石濤都是開創性格十分強烈的先鋒作家。

葉石濤早期小說經常是唯美、浪漫與現實交錯，〈玫瑰項圈〉（原載《小說創作》第三十一期，一九六六年十二月）也一樣，最獨特的是這篇小說的背景是鄭成功攻打臺灣的前夕，彼時山雨欲來的戰爭氛圍，使得殖民情境充滿強烈的焦慮感。男主角是荷蘭的書記官約翰・舒乃達，女主角是年輕貌美的原住民女性莎拉。莎拉之前與荷蘭副太守毛頓相戀，被感染了性病梅毒，又被拋棄，於是她用匕首暗殺了副太守，又勾引舒乃達，將梅毒傳染給他。這是一則簡單的為愛情復仇的故事，不過，文中的敘事卻聚焦在國族與殖民的議題上。葉石濤九〇年代發表的《西拉雅族的末裔》中，平埔族女人潘銀花以豐饒與強壯主掌情勢，她獨立自主，不願受到男人的豢養。莎拉也是如此，她不甘受辱，重新尋回身體的主權，以「性」來扭轉局勢，轉化了現實裡被殖民壓迫的劣勢，顛覆了殖民地「被蹂躪的女人」的形象。在殖民思考體系裡，「性」往往被賦予強烈的權力象徵意義，殖民者施暴於被殖民者的土地和女人，而被殖民者的男人則如去勢一般，英雄無用武之地。〈玫瑰項圈〉中原住民男性隱身不見，只有莎拉挺身報仇，而做爲殖民者、施予者的荷蘭官員，有的被殺，有的被傳染了梅毒，「凱撒之物終歸凱撒」，小說的結局是荷蘭人留下土地，帶著梅毒走了。〈玫瑰項圈〉透過女性的復仇，表達抵抗殖民的精神，顯示臺灣人追求自由，永不妥協的決心。國族對立的背景與情節的荒謬使小說的寓言性增強，可看出作者從國家大敘述的壓抑中突破的敘事企圖，這是葉石濤再次利用殖民場景所建構的一則政治寓言。（余昭玟）

報馬仔

鄭清文

陳保民去參加銀行的股東會。他的股份不多，以前的人叫他「總會屋」，現在有人稱他「一股的」。「總會屋」是日本名詞，是指小股東利用發言權，以小吃大，以便得到好處，這是最省本的。

董事長在上面報告，報告業績和一連串的數字，要股東通過。

「大家有什麼意見？」

有人舉手，陳保民也舉手。董事長指名別人，好像沒有看到他。不會是故意的吧。

那人發言完畢，陳保民又舉手，董事長依然沒有指名他。他站起來，想說話，董事長卻說，「大家沒有意見，第三案通過。」

陳保民還是站著，還想說話，旁邊有人猛拉他下來。因為拉把太重，他整個人頓坐在椅上，差一點撞傷尾椎骨。

股東會就這樣結束了？太短了，也太簡單了。公營銀行的股東會就是這樣的，只是做一點手續。旁邊有人說。

陳保民看著董事長。董事長已下來，在和政府派來的代表，或其他貴賓握手。

在開股東會之前，陳保民曾經去找過董事長。董事長送了他兩包香菸，是外國製的。一年一次的股東會，只有兩包香菸？不過，這還是今天唯一的收穫呢。

董事長是日本的大學畢業的，應該知道他的身分。他常常告訴別人，包括董事長，他在日據時代當過「特高」。特高是「特別高等警察」，是日本內務省直轄的。內務省相當於內政部。當時，不但台灣人怕他，就是一般日本人也懼怕他三分，尤其是那些自稱為文化人的人。

他看董事長和幾個大股東坐電梯下去。他一直沒有機會和董事長攀談幾句。

他帶著股東會分發的資料袋，也隨著下到七樓。銀行的重要幹部的房間都在七樓。

他必須再見董事長一面，他有很多話要說。銀行的經營有很多缺失。這一、兩年來，由於新台幣的升值，外匯蒙受很大的損失。董事長說，這是配合政府的政策。不錯，但是，政府也要了解民股的立場呀。這一點，他是必須問清楚的。

當然，他也可以不說。不過，有些話是必須要談的。自從日據時代，他就學會什麼該說，什麼不該說了。當然，他也可以不說的。不過，他們應該了解，他只是不說，並不是不敢說，更不是不懂。這一點，是必須讓別人明白的。

董事長曾經給他兩包香菸。他知道董事長有交際菸，而董事長自己又不抽菸，給他一條、兩條也不為過。他應該再去看看他。

他在外面等候室等了二十分鐘，還是見不到董事長。今天是大日子，可能客人多。但是，他必須自己去確定一下。他站起來，自己推門進去。秘書匆匆站起來，好像要阻止他。但是他裝著沒有看見。他陳保民是什麼人？小小的秘書就想阻止他嗎？他走到裡面的房間，董事長坐在那裡，裡面的確有兩、三個客人，而且是外國客人。他急忙退出來。他看到董事長有說有笑的。原來，董事長還會說英語。

去看看老總吧。他想到，在開股東會的時候，一直沒有看到老總。秘書小姐告訴他，老總去議會。騙人的吧？

「什麼時候回來？」

「不知道。」

問來問去，都說不知道。現在的小姐，實在太不像話。他是來找老總的，老總是她的主人，主人的客人來了，她不請他坐也不端茶，也不敬菸。怎麼可以對他這種人這樣子無禮。服務和禮貌，不是銀行一直標榜的嗎？像他這樣重要的人，尤其在股東開會的期間，竟然有人這樣對待他。

「太不像話了。」

但是，他又想回來，難道，開過了會，就沒有人理他了？這也實在太現實了。他應該早點來，在開會之前來，花是要插在前面的。他實在來得太晚了，在開會之前，只見過董事長一面。

他再去找副總。三個副總，有兩人不在。聽說，是拜訪客戶去了。這些人，真會跑。真的去拜訪客戶去了？聽說，現在的銀行員，是和以前不同了。

留守的這個副總一向對他很客氣。他一進去，就看到副總桌上堆著一大疊公事。副總看他進來，就站起來。副總給他五張銀行餐廳的飯票。他在中心算了一下，一張二十五元，一共也不過一百多元。

他告訴副總說，他是來參加股東會的，不是來要飯的。副總很客氣地說，「免客氣，今天我很忙，沒有辦法陪你吃飯。不過，飯是一定要吃的。」他這才把飯票收了下來。

「你還是太瘦了一點，要多吃一點補喔。」

難道這五張飯票，就要他當著補吃嗎？不過，他並沒有生氣。

他離開副總的房間，走到廁所。他先照照鏡子，的確瘦了一點，臉色也不很好。有人說他生病，是肺結核。活見鬼，患了肺結核，還能活到現在？而且，活到現在，就不怕什麼肺結核了。啐！他到七樓來，不是來照鏡子的。都是副總那些話，要他吃點補。

他到七樓來，另有目的。七樓是這一棟大樓的重地，只有這一層鋪有地毯，也只有這一樓的廁所裡放著衛生紙。

他打開一間廁所的門一看，卻只剩下一小卷。再打開另外的一間，也是一樣。

「怎麼可能呢？」

銀行省錢，也不會省到七樓來的。一定是坐在外面服務台的那些小妹搞的鬼。好！好！妳們這些小鬼有心搞我，妳們就等著瞧吧。

他從廁所出來，看到坐在服務台的那兩個小姐，都低著頭，斜著眼睛瞟看了他一眼。

「不會錯的，一定是她們搞的鬼。」

他對自己說，他來七樓來得太久了，她們才有時間搞鬼的。

好呀，妳們這些小鬼，可以當我的孫女兒的，竟搞我的鬼。看我去總務室和人事室告妳們。我必須去告妳們，我必須去，不然，妳們是不會乖的。

「不，不行。」

他知道，他走了之後，她們一定會把新的、整卷的衛生紙換回去的。等一下，等我吃完飯之後，回來把它拿走。這是比告人還重要的。

他從七樓坐電梯下去到一樓。一樓是營業部。一進去營業廳，就聽到滿天的打字機聲，有一點像工廠。另外的，就是電腦的終端機。

他要找經理，找人，就先找大的。找大的才有好處，而且他的身分，也應該如此。這是他一貫的想法和做法。

經理不在，說是去拜訪客戶。

「什麼時候回來？」

「不知道。」坐在經理室外面的服務生冷冷地回答他。

他走進經理室，想打一通電話，才發現電話是上著鎖的。

「小氣！」他罵了一聲，又走出來。

「鑰匙呢？」他問門口的小妹。

「經理帶走了。」

「騙人。」

「不騙你。」

營業部有三個副理。他遠遠就看到，其中的兩個，一看到他過來，就從另外一個方向溜走了。有什麼好怕的，說不定，我到董事長或老總面前，說你們一、兩句好話，你們就可以高升經理了。

當然，有人怕他，也沒有什麼奇怪。怕他的人，可不少呢。實際上，他心裡多少還有點得意呢。在日據時代，還有光復後，有多少人怕他。實際上，就有許多人說他比老虎更可怕的。

有一個沒有跑的副理，好像是新調過來的吧。

新副理一直忙著，他走到他身邊，對方還是沒有感覺。

這個銀行，在前年年底，曾經遭到搶案，到現在還沒有破案。也許可以從這個「新鳥仔」打聽到一點線索的吧。

聽說，這個案，提了不少獎金，獎金也大概還在吧。

耳朵要像兔子，這是他一向的想法。

「你知道我是誰？」他站在副理的桌前說。

新副理抬頭看他一眼，沒有站起來，也沒有請他坐。他是新來的。

他自己在副理桌旁的椅子坐下來。他沒有生氣，他覺得，自己的脾氣比以前好多了。

「不知道。」副理若無其事地回答說，繼續蓋章。

居然有人不知道他是誰了。這一家銀行，到底是怎麼開的了。

「這三家銀行的股東會，都是我在……，我在斡旋。」他說出「斡旋」兩字，自己也很得意。

「我在幹旋。」他再說一遍。也許，副理聽不懂他的話。現在的人，是很沒有學問的。

「開股東會？在十樓，恐怕已結束了吧。」

「笨。」他在心裡喊著，然後說：「我當然知道已經結束了，我是開完股東會才下來的。你不是股東嗎？」

「不是。」

「我就知道。你們這些行員，尤其是像副、襄理級的主管，不買自己銀行的股票，怎麼會替銀行賣力？」

「買不起呀。我幹了二十年的行員，到現在，一股也沒有。不然，我也可以像那些『一股的』，上去喊喊叫叫。」

這些話，好像是一種牢騷，也好像在說他，弄它幾股，然後上去吵吵鬧鬧。

「我看，你頭腦太簡單，沒有資格當副理。」

「喔，我也這麼想。你說，我應該當什麼？」對方笑著說，居然笑得一點痕跡也沒有。

「當工友。」

「當工友，我才沒有資格呢。哈哈。」

對方居然笑出聲音來了。

「為什麼？」

「我不會騎機車。你不知道嗎，當工友，要先有駕駛執照。哈哈。」笨。他低哼了一句。本來，是說對方的，卻又好像是對自己說的了。看樣子，這是多浪費時間，不會有什麼結果的了。

他離開營業部，到九樓去吃飯。餐廳裡，人還不少。他一個人佔著四個人的桌位。人越來越多，有人端了盤子進來，看了看他旁邊的坐位，沒有一個人過來和他同桌。

他們都怕他？還是認為他有病。

「哼，我要一個人坐，要坐寬一點。你們這些人，根本就沒有資格和我坐在一起。」他這一輩子，就不知道和多少顯赫的人物一起吃過飯。這一些，一頓只吃二十五元的，都算是小角色。

他一個人吃，不時用筷子把那三、四樣小菜翻來翻去。有限的菜，這樣翻，就會多一點？老實說，他心裡還是有一點不滿的。

有時，他覺得喉嚨有點癢，就輕咳幾聲。坐在旁邊桌位的小姐，有的把臉別過去，有的把椅子移了一下，也有的忽然站起來，筷子往盤上一丟，沒有吃完就走了。

「現在的年輕人，尤其是小姐，都沒有頭腦，還有資格搞什麼電腦化？」他自言自語地說，不過聲音足夠讓別人聽見的。

她們是越來越大膽了。有些小姐轉過頭來，瞅了他一眼。現在銀行裡，女孩子是越來越多了，還有些女孩子，是挺著大肚子呢。多丟臉！他說得大聲一點。

他吃過飯，喝了湯之後，輕咳兩下，把一口痰吐在已喝過湯的湯碗裡，人一站起來，放了盤子，就要走開。

「骯髒鬼！」旁邊有個小姐輕哼了一聲。

她說得很小聲，他卻依稀聽得見。

「什麼？」

「我們這裡，盤子是要自己端走的呀。」

「什麼？妳們知道我是什麼人？」

「又不是瘸手的。」又是類似自言口自語。

「什麼？」

「你不收，我們來收好了。」第一個女孩子，一手端自己的盤子，另一手端起他的盤子。

「很奇怪，上面的人，還討好這種人。」另外一個女孩子說。

這些女孩子，有的比他小女兒還小，或許可以當他孫女輩的了，竟教訓起他來了。要是妳們的祖父或父親，認識我的，看到這種情形，一定會活活把妳們打死的。

他從飯廳出來，直接走到隔壁的咖啡廳。那裡，也沒有人理他。都是小角色。連副理都不認識他，這還有什麼奇怪的。

服務生站得遠遠的，也不看他一眼。

「咖啡。」他用指甲敲著櫃枱說。

以前，不是「明星」的咖啡，他是不喝的。

「十塊錢。」服務生把咖啡端出來，有點不情願地。

「我會付的。」

十塊錢，還叫得那麼大聲。他掏出飯票，撕了一張下來，往櫃台上一拋。

「找十五塊。」他用同樣的口氣說。

服務生把十五元擱在櫃枱上，轉身走開。

「奶精多來一點。」他命令著說。

他看到，那是三花牌的。服務生不情不願地加了還不到三分之一湯匙。

他自己端了咖啡，找到一個位子落坐下來。旁邊有個人在看報紙。

「報紙借一下。」

他喝完了咖啡，把報紙摺了一下，就順手拿走，這是準備到七樓包衛生紙的。這時候，到七樓最好。那些高級主管都出去吃飯了，服務生也趴在服務台上打瞌睡。雖然他不怕，不過，沒有人看到，是更好做事的。

「等一下，那報是今天的，別人還要看。」泡咖啡的服務生忽然衝了出來。

「那妳就拿一張過期的來換嘛。」

「沒有過期的。過期的，都交回總務室去了。」

不得已，他把報紙放下，下樓到總務室去找主任。

「太小氣了！實在太小氣了！」他推開主任的門喊著，才發現裡面沒有人。

「舊報紙放在哪裡？」他眼睛一轉，卻沒有看到。

他從主任室出來，大辦公廳裡，有兩個小姐趴在桌上睡午覺。他還不能忘掉衛生紙的事。有人說他記性退化，他才不相信呢。他一到七樓。就看到門廳和過道的電燈都已熄掉，只有一個服務生趴在服務台上。走路要像貓，他想到了這個秘訣。

他走到廁所，果然有一卷完整的衛生紙。另外一間，也是一樣。上午，果然是服務生搞了鬼。

妳們沒有想到我會回來吧。

他把衛生紙弄了下來。他做到順利而迅速。好，妳們會搞我的鬼，我兩卷都拿走，等一下，妳們老闆要用，找不到紙，看看誰會挨罵。

可是要怎樣拿下去？他知道樓下有警員。他當然是不怕的。不過，還是包一下好。對了，他把股東會的資料袋裡面的資料拿了出來。那是年報、開會程序表、表決單一類的東西，都是形式，對他是完全沒有用的。不像衛生紙有實用價值。他把那些東西倒出來，丟進廢紙箱裡，把資料袋撕開，把衛生紙包起來。兩捲衛生紙，包不攏的。有包比沒有包的好，他想。

他走出廁所時，那個服務生還趴在服務台上睡著。他笑著，等一下老闆找不到紙，有的瞧了。

做事情，就是要有計畫的。他很高興自己的成功，這也是聰明的人才能做到的。

他看看手錶，快兩點了。他可以到另外的兩家銀行去。明天、後天，是另外那兩家銀行的股東會。這三家公家的銀行的股東會一直是輪流的。今年第一、第二，第三家，明年改成二、三、一的次序，後年再改成三、一、二。不但是輪流，而且是三天連續舉行。

他又想到自己的計畫的才能。做事情是必須要有計畫的。晚去，不如先去。這是他一再經驗過的。他打算到另外的兩家銀行去，因為一家是明天開股東會，另外一家是後天開。拿一點紀念品應該是不會有問題的。

他先到股務，銀行的股務多屬於秘書室。股務很忙，沒有人有時間關照他。

他去上面，上面也是一樣忙。最近，外匯的兌換損失問題，已把這幾家銀行壓得喘不過氣來了。聽說，今天開股東會這家銀行，有幾個股東預備要起來質詢，幸好有關部門事前疏通好。另外的兩家也正要忙著疏通。

好，今天他沒有想到這問題。明天、後天，他可有材料轟他們了。當然，這也要看紀念品的份上了。

他跑了兩家銀行，只得了六包香菸。這總比沒有好吧。當然，明天他還是要出席股東會的了。

他看了看錶，已四點多。離吃晚飯的時間，還早了一點。飯還沒有弄好，你那麼早回來做什麼？另外的一句話就是，除了吃飯，你還會什麼。這是他老伴最常說的話。我會的多著呢。

他正要過馬路時，一部計程車從他身邊擦過去。司機還回頭瞪了他一眼，嘴巴嘀咕著什麼。

「什麼！」他叫了一聲，「〇七八—一七七八，淺綠色車身，司機三十五歲左右，頭髮略捲。哼！你還逃得過我訓練有素的眼睛嗎？」

「〇七八—〇七八八。」後面四個字，到底是〇七八八，還是一七七八？怎麼可能，他怎麼會混掉了呢？

他先坐了一段公車，在學校前下車。小公園，就在學校的圍牆側面。在回家之前，如果有時間，他喜歡到小公園來小坐。

他先到小公園的樹底下坐下來。上面是開著一串串黃花的阿伯勒樹。他看著許多小孩子在溜滑梯，在坐翹翹板，也有的在鑽輪胎。這裡離開家裡還有十多分的路程。

他看了小孩子一下，就移坐到另外一邊有鐘塔的地方。那邊有幾個人在下棋。他想看下棋，看不到。他把人擠開。

「要抽車了。」他大聲喊。

「不要說，人家在下彩的。」

好！好！賭博還那麼兇，我一定要去報告。

他快速走開，坐在鐘塔前面。那鐘塔，是扶輪社捐贈的。以前，他也想加入扶輪社，卻一直沒有成功。扶輪社是高級人士參加的團體，是要全體會員同意，才能參加。但是，每一次，總是有一、兩個人反對他。這一點，他是不會忘掉的。

他把衛生紙放好，掏出一包撕開的香菸。抽自己的菸太可惜了。他轉頭看看，沒有認識的人。不會有人請他抽菸的了。實際上，不知道他在這裡坐過多少次了，很少碰到熟人。這是和以前完全不同的了。

他掏出一根香菸。當然不會有人替他點火的了。他掏出打火機，是銀行做來送顧客的。一個十塊錢，外殼透明的那一種，這也算禮物，實在太寒酸了。

他按了幾次，火一直點不著。難道是自己老了，不行了？不！他怎麼會有這種想法呢？一定是打火機有問題的。幹！有問題的打火機還拿出來送人！他一罵，再一按，打火機果然點著了。連打火機都要罵，才肯聽話。

他點了香菸，急忙吸了一口。他的眼睛望著小公園旁邊的圍牆。這時候，他忽然領悟到了自己為什麼喜歡到這裡來。

那是因為那座學校，圍牆裡面的那座學校。那是日據時代的高等學校。那時的高等學校和現在的高中是完全不同的。論程度是和現在的專科差不多，但是台灣人要進去，是比登天還要難，一年才有幾個人，那是全島最優秀的學子。他的工作，就是以那些人為對象。那時候的學生，是多麼有思想呀，而有思想的學生，都怕他。他問他們看什麼書，他還暗中調查他們。

現在，那學校已變得那麼大了。不，學校沒有變大，只是學生多了。實際上，學校已改成大學了。現在的大學生，比螞蟻還多呢。有什麼稀奇，像做豆腐，豆子不變，水多了，豆腐就大了。有什麼稀奇。

他看看學校的旁邊，也就是公園的另一邊，有很多賣店。有賣自助餐的，有賣冰果的，有賣麵包的，有賣西藥的，也有賣眼鏡的。這一邊，看來，是更像菜市場了。

有些學生，還一邊走，一邊吃東西。大學生了，成什麼體統。他有點生氣了。

他把眼睛再轉到學校的那邊。那些褪了色的紅磚房子，是以前的舊教室，那是他永遠忘不了的。他還想起，當時的學生的樣子。黑色的制服，黑色的帽子。帽子周邊還有線。兩條？還是三條？他怎麼老是有許多事記不清楚？

在日據時代，那些學生是多麼神氣。那時代，他是更神氣的。那些學生，後來有的在台北唸帝大，有的到日本去唸大學。他們總是走在時代前面的。而他們最怕的就是他。

在光復之後，他們依然是先知先覺。

這些最優秀的人，有的在光復不久的事件裡犧牲了，也有的留到現在的，依然是社會上最重要的人物。有的成為大學者，有的成為企業家，也有的做了大官。

這些活下來的，有的是他救命的。有很多人說，在光復當初，他害死了不少人，說他是用嘴巴害死人的。「你為什麼要害自己的同胞？」有人問他。

「我只分好人和壞人。」他這樣回答。他覺得，他回答的很得體。

其實，他想，他並沒有害人。他倒是救了不少人的。為什麼沒有人說他救了不少人。現在活下來，而成為顯要的那些人，不知道有多少，是他救下來的。當時，有人找他去，只要他去點點頭，或搖搖頭，就可以救一個人的生命了。生與死，就只差那麼一點點，而那麼一點點，那麼重要的一點點，完全是操在他的手裡。

他還記得，當時，不知有多少人在他面前哭過，不知有多少人，跪在他面前求過，有人送黃金給他，有人要他把女兒娶回家，有些做人妻的，還自願獻身給他。

難道他們都忘了？

這些事，他是不會忘掉的，他還可以叫出每一個人的名字。

不過，別人卻把他忘得很快，雖然他立了那麼大的功。

當時，他有許多資料。他們說，他的那些資料已用不著了。不，那是他們不識寶，所以他們不會用。

他是最重視資料的，他辛辛苦苦蒐集了不少資料。沒有資料怎麼做事，沒有好資料怎麼做好事？而他們卻一點也不重視。

另外有一點，他們也一直沒有分清楚。

他是特高，不是線民，他們卻一定要把他當做線民使用。一樣提供消息，身價可不一樣呀。

實際上，他也有一點懊悔。資料沒有用，就真的會變成廢料了。

不，絕對不是廢料，他在心裡喊著。

他抽完了一根菸，想再抽。他先算一算香菸的數目。先算包，再乘以支數。明天、後天，是另外兩家銀行的股東會，只要他有質詢的資料，就一定會有人來和他疏通的。說不一定還能拿到幾包，甚至幾條。不過，後天過後，就要等到明年了。

當然，銀行並不止這幾家。不過，其他的，他沒有股份，人家是不會理他的。

還是省一點吧。他把香菸收起來，而後又掏了出來。不抽菸，就想說話。還是再抽一根吧。

「軋！」

那時，突然有一部紅色的計程車，停在學校紅磚牆下的人行道邊。

「有問題。」他立即對自己說。

他看到，一個年輕女孩子匆匆下車。她穿著奶白色的衣裙，沿著牆角，輕搖著腰身。

他一看，那臉孔，那體態，都很熟悉。

那不是美娟嗎？差一點連自己的女兒都認不出來了。

不錯，那是美娟。眼睛要像鷹隼。在台灣，老鷹多。老鳶怎麼能比呢？

他還是喜歡用鷹隼來形容自己的。眼睛是要像鷹隼。不會錯的，那是美娟，本來他對自己的眼睛是越來越沒有自信了。不過這一次，他的眼睛忽然亮了起來，他已恢復自信了。

美娟是他小女兒，論年齡，可以當孫女兒了。實際上，他最大的孫女，和這個女兒也只差三歲。

「她為什麼不去上班？她來這裡做什麼？」

看看扶輪社的鐘塔，已五點四十五分了。原來，已是下班的時間了。

「她去那裡？」

她是從家那方向坐計程車過來的。回家，應該是另一個方向。

他站起來，把香菸一丟，才想到忘掉踩熄。他想回頭。管他！他跟在女兒的後面匆匆向前。女兒似乎沒有注意到他。

女兒的腳步跨得很大。在學校的牆角，有個男孩在等著。她走過去，一笑，他也報以一笑，摟住她的腰身，一起往前走。

他看到他們一起走進學校對面的一家餐廳。那餐廳，他沒有去過。他抬頭一看，不止是餐廳，而且是一家旅館。樓下是餐廳部，樓上是旅館部。上面還有一個小看板，寫著「休息三百元，過夜五百元」。

「什麼？」他大吃一驚。

也許，他們只是進去吃飯的，現在，應該是吃飯的時間。

他跟上去。眼睛像鷹隼，耳朵像兔子，走路像貓，找到獵物時，要像一種獵狗，尾巴直直地翹起，輕輕地搖動著。這是告訴主人的方式。

他匆忙走進一樓。也許，時間還太早，裡面只有兩個人，分開坐著，好像是在等人。他沒有看到女兒，也沒有看到另外那個男孩。

「那麼早。」連吃飯都早了一點。「還在這種地方，離開家裡也不很遠。」

他一轉身，向原來的路，急忙走回去，走回自己的家。已好久沒有這麼大的消息了。

他一進門，就看到太太正在廚房裡炒菜，油煙和鍋鏟的聲音充滿了整個廚房。

「還沒好吃。」

「我不是趕回來吃飯的。」

太太就曾經說過，「除了吃飯，你還會什麼？」

「我，我告訴妳一件大消息。」當時，他面對警察局長，也沒有這麼緊張。

「什麼事嘛。」太太手裡的鍋鏟並沒有停下來。

「我看到了美娟。」

「她剛才一進來，換了一件衣服，又匆匆地出去，說不回來吃飯。」

「我看到了美娟。」

「到底什麼事嘛。」

「她跟一個男孩……」

「……」太太回過頭來，鍋鏟也停了一下。

「她，她跟那個男孩上旅館去了。」

「……」

「真的呀！」

「三八！」太太說，又開始炒菜。但是，那聲音卻不像剛才那麼協調。

在他聽來，太太的鏟子碰到鍋底的聲音，好像在應著：「三八，三八……。」

導讀

鄭清文（一九三二—），桃園人。臺灣大學商學系畢業，曾任職於華南商業銀行四十餘年。一九五八年第一篇作品〈寂寞的心〉發表，創作迄今逾半世紀。曾獲臺灣文學獎、吳三連文藝獎、時報文學獎、行政院新聞局金鼎獎、美國桐山環太平洋書卷獎、行政院新聞局小太陽獎、鹽分地帶臺灣文學貢獻獎、世界華文文學終身成就獎、國家文藝獎。獲國家文藝獎時，獎辭寫道：「鄭清文的作品常鼓勵人在困境中的奮鬥，高揚生命的普世價值；剖析人性，細膩幽微、蘊藉深刻，深合清淡幽遠的藝術理想。」其短篇小說有兩百多篇，成就極高。另有長篇小說《峽地》、《大火》、《舊金山——一九七二》，以及質量頗豐的兒童文學創作。

鄭清文不喜用直接敘述的方式去創作小說，而是間接的展現故事。他曾引用美國海明威的冰山理論，來解釋自己的小說創作原則：浮在水面上的只有十分之一，其他十分之九在水面下讓讀者自己去體會。他並不特別講究文字技巧，而是以富有深意的內容取勝，小說風格樸實內斂。不同於鍾肇政、葉石濤、李喬等前輩及同輩作家的創作題材隨著解嚴而鬆綁，鄭清文仍一本初衷，真誠而含蓄的探討小人物的悲喜人生。

〈報馬仔〉（原載《文學界》第二十一期，一九八七年九月）以日本殖民時期當線民的陳保民為主角，他名為「保民」，而所作所為其實都在陷害他人。到了八〇年代他不改本性，依然貪婪好利，又精於窺探偵伺，隨時想找機會舉發弊端。他是一個銀行的小股東，小說呈現他到銀行參加股東會的經過。因為自私，以及失去過往當「報馬仔」的光環，使他完全無法適應現在的社會，他以為人人都該卑屈來討好他才是。他到處搜刮小利，連廁所的衛生紙也要偷，使得銀行裡的職員避之唯恐不及，但他心裡卻沾沾自喜。對話的運用是鄭清文寫作的一絕，對話使情節開展，有時引起懸念，有時埋下伏筆。本篇利用對話來換景，簡單幾句，就表達了許多故事，人物心態也從中顯露出來。小說敘述時間只有一天，故事時間則藉主角的內心所想，回溯至日治及戰後初期。所謂「報馬仔」，就是告密者，他們積極搜羅過失，出賣他人，以討好當權者，並獲得利益。在政治高壓專制的年代，因陳保民的告密也害死了不少人，而他卻輕描淡寫，其語氣愈冷靜，心態也愈可怖。

本篇以主角陳保民組成整個情節架構，他處於中心位置，隨著故事貫串全場，其他人只是陪襯性質而已。主角形象塑造成功，得利於出色的獨白，文中以無聲的內心活動，表現其思想情感。小說從時空情境切入人物心理，使現實與回憶融合，又穿插陳保民的各種跳躍式的聯想，激起情感變化，揭示他的內在情感。他自得的回想當年誣陷他人的事蹟，用各種手段操縱，以獲取權勢富貴的過程。如今時代變了，他也沒有自省，沒有悔意。鄭清文另有〈三腳馬〉同樣刻劃日治時期臺灣線民壓迫自己同胞的故事，但主角在戰後眞心懺悔，餘生不停的雕刻三腳馬來救贖自己的罪過。〈報馬仔〉則寫出卑鄙人性的極致，一個人的人性會被扭曲到如此地步，也令讀者怵目驚心。鄭清文的文字一向內斂而節制，很少出現副詞和形容詞，多使用單純的動詞、名詞，但在含蓄的敘述裡，其實寄寓著深刻的故事，就像平靜的水面下隱藏不可見的急流漩渦。（余昭玟）

九根手指頭的故事

黃春明

蓮花是和爺爺住在山裡長大的。她最喜歡爺爺抱她，家裡也只有爺爺有時間抱她。有一天蓮花知道每一個人都有十根手指頭的時候，她發現爺爺少了一根大拇指。蓮花十分驚訝。沒想到爺爺除了說了這個斷指的故事之外，其他九根傷痕累累的手指頭，每一根也都有它的故事。蓮花她愛聽故事的童年，這些手指頭的故事，爺爺翻來翻去，不知講了多少遍，講到後來，那根斷掉的大拇指，竟然跑到沒有子女的老夫妻家投胎去了。

蓮花慢慢長大，山裡的年輕人，從山頂上像溜滑梯溜到平地，留下來的老年人也不多了。蓮花很久很久沒聽爺爺說故事了，爺爺和山一樣，不再說話。蓮花十四歲那一年，有一位說國語的腔調很怪的老兵，穿過屋子裡面的兩道鐵門，走進蓮花的小房間，蓮花一眼就看到這位老人也少了一根大拇指。她不但沒有看到陌生人進來時的怯怕，反而笑著說：「哈，你和我爺爺一樣，只有九根手指頭。」老兵聽了覺得好不自在。蓮花一邊脫她的衣服，一邊說她的爺爺的事。「妳等一下！」老兵說。蓮花沒聽懂老兵的意思，很快地脫光了衣服，往靠牆的床躺下來，繼續說爺爺的大拇指的故事。「那你的手指頭是怎麼斷掉的？」他邊說邊拍著騰出來的床位。老兵站在那裡愣了一下，懼懼地說：「我，我做你的爺爺好嗎？」蓮花一聽，抓起床邊的衣服遮住身體坐起來說：

「那你怎麼可以跟我睡覺？」

「當，當然。我們不能。」

「那你會不會說手指頭的故事？」

「我的手指頭也有很多的故事。」

「真的！」蓮花高興了一下，又不安地說：「那你還是要給我錢才可以啊。」

「我給我給。現在就給你。你快把衣服穿起來。」

老兵常去找蓮花講手指頭的故事，蓮花也把老兵當著爺爺一樣愛他。但是，有一次有一段不算短的時間，老兵沒去找蓮花說故事。等到有一天，輔導會和另外幾個老兵帶著斷指老兵的遺書來找蓮花的時候，蓮花已不在那裡了。她也沒回到山上。據說蓮花又被轉賣走了。

導讀

黃春明（一九三五—），宜蘭羅東人。屏東師範學校畢業。曾任小學教師、廣播電臺主持人、記者、編劇、紀錄片導演、廣告企劃，亦曾任教於中國文化大學廣告系、藝術學院戲劇系。豐富的生活經驗，加上一顆敏銳深情的心，使黃春明能洞燭人性，描摹出蛻變中的臺灣城鄉的種種現象，作品內蘊深厚，發人深省。一九九三年他回到故鄉宜蘭，從小說走入人群，以行動代替文字，編導兒童劇，又致力於社區營造，創辦宜蘭地方性文學雜誌《九彎十八拐》雙月刊，推廣鄉土意識與在地文學。黃春明是臺灣重量級的小說家，學術界曾爲其作品舉辦多場研討會。曾獲吳三連文藝獎、國家文藝獎、時報文學獎。小說作品有《兒子的大玩偶》、《青番公的故事》、《鑼》、《莎喲娜拉‧再見》、《小寡婦》、《我愛瑪麗》、《放生》等，另有多篇小說被改編成電影，在臺灣電影界引起很大的迴響。

〈九根手指頭的故事〉（原載《中國時報‧人間副刊》，一九九八年五月二十一日）只有短短七百多字，是弱勢族群的黑暗記事，亦收錄於《放生》一書中。《放生》共收十篇短篇小說，每一篇小說都以老人爲主角，凸顯現今老人問題的嚴重性。書中的老人大抵是宜蘭村落的農夫農婦，唯獨〈九根手指頭的故事〉中的老人是一位外省老兵，他孤寂一人生活，來到妓院尋找些許慰藉。當他聽到十四歲的妓女蓮花講述爺爺和他一樣，也只有九根手指頭時，這個相似的殘疾使他產生溫情，他希望能當她的爺爺，於是兩個卑微的人物很快有了親情的依靠。但這樣的溫暖轉瞬即逝，老兵死去，女孩也被轉賣他處了。文中流露深沉的悲意，嫖客妓女變爲祖孫，故事何等荒唐，主題又何等沉重嚴肅！黃春明向來關注卑微的人物，探索人間最眞摯的情感，本篇小說也透露了這樣的情懷。

黃春明在一九六七年發表〈看海的日子〉，主角白梅也是妓女，經歷艱苦後，她生了兒子，在鄉下成爲一個受人敬重的母親。鄉土是一種召喚，它讓白梅新生，洗滌了她辛酸卑微的過往，不過蓮花的命運是更悲憐無奈的。本篇小說發表之前，黃春明曾計劃執導電影《我的名字叫蓮花》，闡述排灣族少女蓮花被迫賣淫的故事。當部落解體，家庭破碎時，少女被犧牲了。「蓮花」的故事眞實存在，她的表姐夫和平地人勾結，將她賣往私娼寮。她的父親坐牢，母親自殺，大哥爲營救蓮花而被私娼寮的保鑣殺死。未滿二十歲的蓮花獲救脫離妓院後，又因父親多病，自願再重返火坑，一九八四年二月六日《臺灣時報》三版也曾刊出「蓮花」的遭遇。黃春明是敏銳的作家，他關心原住民，揭露了長期被忽略的人口販賣與色情交易的嚴重問題。在傳統價值與漢人資本主義、現代化價值之間的矛盾下，原住民的家庭結構與傳統文化面臨崩解，在政治、經濟、教育各方面淪爲弱勢，族群的生命力難以延續下去。

十九世紀法國小說家莫泊桑（Henry-René-Albert-Guy de Maupassant）創作出多樣性的妓女人物，約有五十則短篇小說涉及此主題，〈脂肪球〉、〈德利列妓院〉均爲其代表作。臺灣作家白先勇、李喬、阿盛等，也曾寫出獨特的妓女形象。〈九根手指頭的故事〉則涉及更嚴肅的議題，黃春明以蓮花和老兵的命運，透露弱勢族群被邊緣化的處境，有憂心有自省，也表現濃烈的社會關懷與道德批判。（余昭玟）

骨灰

白先勇

父親的骨灰終於有了下落。一九七八年哥哥摘掉帽子從黑龍江返回上海，便開始四處打聽，尋找父親的遺骸了。他曾經數度到崇明島去查詢，可是不得要領，那邊勞改農場的領導已經換過幾任，下面的人也不甚清楚有過羅任平這樣一個人。「文革」期間，從上海下放到崇明島勞改的知識分子，數以千百計，父親在交通大學執教，雖然資格很老，但只是一個普通數學教授，還稱不上「反動學術權威」。他在崇明島上的生死下落，自然少有人去理會。那個年代，勞改場上倒斃一兩個年邁體衰的知識分子，大概也是一件很平常的事情。哥哥奔走年餘，父親的骨灰下落，始終石沉大海。父親在崇明島上勞改了八年，是一九七六年初去世的，離「四人幫」倒台，只差幾個月的光景。哥哥信上說，按規定，骨灰保存，時限是三年；三年一過，無人認領，便會處理掉，因此他焦急萬分，生怕年限一到，父親的骨灰流離失所，那麼便永無安葬之日了。未料到今年秋天，突然間，峰廻路轉，交通大學竟主動出面，協助哥哥到崇明島追查出父親遺骸的所在。哥哥把父親的骨灰，迎回上海家中，馬上打了一個電話到紐約給我，電話中他很激動，他說交大預備替父親開追悼會，為他平反，恢復名譽，並且特地邀請我到上海去參加。這，都得感謝美國福斯特惠勒公司。今年六月福斯特惠勒與中國工業部簽定了一項合同，賣給北京第一機械廠一批巨型渦輪，這批交易價值三千多萬美金，是公司打開中國市場的第一炮，因此分外重視，特別派我率領一個五人工程師團，赴北京訓練第一機械廠的技術人員。工業部的接待事項籌劃得異常周到，連我們上海徐家匯的老房子也派人去趕著粉刷油漆了一番，並且還新裝上電話，以便我到上海參加父親的追悼會時，可以住在家中，與哥哥團聚。不消說，父親的追悼會，一定也是細心安排的了。

一九四九年春天，上海時局吃緊，父親命母親攜帶我跟隨大伯一家先到台灣，他自己與哥哥暫留上海，等待學期結束，再南下與我們會合。不料父親這一個決定，使得我們一家人，從此分離海峽兩岸，悠悠三十年，再也未能團聚。母親在台灣渡過了她黯淡的下半生，從她常年悒鬱的眼神以及無奈的喟嘆中，我深深地感覺到她對父親那份無窮無盡的思念。最後母親纏綿病床，臨終時她滿懷憾恨，嘆息道：「齊生，我見不到你爹爹了。」她囑咐我，日後無論如何，要設法與父親取得聯繫。

一九六五年我來美國留學，到紐約哥倫比亞大學攻讀工程博士，第一件事就是託香港一位親戚，輾轉與父親聯絡上，透過親戚的傳遞，我與父親開始通信。我們只通了六封，便突然中斷，因為「文革」爆發了。從此，我也就失去了父親的音訊。哥哥信上說，父親是因為受了「海外關係」的連累，被打為「反革命分子」的，而我寫給他的那幾封家書，被抄了出來，竟變成了「裡通外國」的罪證。父親下放崇明島到底受了些什麼罪，哥哥一字未提。他只含蓄地告訴我，父親一向患有高血壓的痼疾，最後因為腦充血，倒斃勞改場上，死時六十五歲。

去中國的行程，都由公司替我們安排妥當，十二月二十日乘泛美飛往上海。十九日，我先飛舊金山，打算在舊金山停留一晚，趁便去探望兩年沒有見面的大伯，在他那裡過夜。大伯住在唐人街的邊緣，一幢老人公寓裡，在加利福尼亞街底的山坡上，是一座灰撲撲四層樓的建築。裡面住的都是中國老人，大多數是唐人街的老華僑，也有幾個是從台灣來的。三年前，我到舊金山開會，第一次到大伯的住所去看他，我進到那幢老人公寓，在那幽暗的走廊上，迎面便聞到一陣中國菜特有的油膩味，大概氤氳日久，濃濁觸鼻。大伯住在樓底一間兩房一廳的公寓裡，那時伯媽還在，公寓的家具雖然簡陋，倒是收拾得整整齊齊的。客廳正面壁上，仍舊懸掛著大伯和蕭鷹將軍合照的那張放大相片，相片差不多占了半面牆，框子也新換過了，是銀灰色，鋁質的。幾十年來無論大伯到哪裡，他一直攜帶著那張大相片，而且一定是掛在客廳正面的壁上。那張相片是抗戰勝利還都南京的那一年，大伯和蕭將軍合照的。大伯說，蕭將軍從來沒跟他部下合照過相，那次破例，因此大伯特別珍惜。相中蕭將軍穿著西裝，面露笑容，溫文儒雅，絲毫看不出曾是一位聲威顯赫，叱吒風雲的英雄人物。大伯那時大概才三十出頭，他立在蕭將軍身側，穿了一身深色的中山裝，剃著個陸軍頭，十分英武的模樣。大伯南人北相，身材魁梧，長得虎背熊腰，一點也不像江浙人，尤其是他那兩刷關刀眉，雙眉一聳，一雙眼睛炯炯有神，頗有懾人的威嚴。後來大伯上了年紀，發胖起來，眼泡子腫了，又長了眼袋，而且淚腺有毛病，一徑淚水汪汪的，一雙濃眉也起了花白，他那張圓厚的闊臉上反而添了幾分老人的慈祥。不過他仍舊留著短短的陸軍頭，正式場合，一定要把他那套深藍色的毛料中山裝拿出來，洗熨得乾乾淨淨的，穿在身上。只是他那一雙腿，卻愈來愈跛了，走起路來，左一拐、右一拐，拖著他那龐大沉重的身軀，顯得異常蹣跚吃力。從前在台灣，我到大伯家去，大伯常常把我和堂哥拘到跟前，聽他數說抗戰期間，他在上海「翦除日寇，制裁漢奸」的英勇事跡。說得興起，他便撈起褲管子亮出一雙毛茸茸的大腿來給我們看，他那雙腿是畸形的，膝蓋佝曲，無法伸直，膝蓋一圈紫瘢纍纍，他指著他那雙傷殘的腿對我說道：

「齊生，你大伯這雙腿啊，不知該記多少功呢！」

大伯在一次鋤奸行動裡，被一個變節的同志出賣了，落到偽政府「特工總部」的手裡，關進了「七十六號」的黑牢中。大伯在裡面給灌涼水、上電刑、抽皮鞭子，最後坐上了老虎凳，而且還加了三塊磚，終於把一雙腿硬生生地繃折了。大伯被整得死去活來，可是始終沒肯吐露上海區的同志名單，救了不少人的性命。抗戰勝利，大伯抗日有功，頗獲蕭將軍的器重。那張照片，就是那時拍攝的，而大伯的事業同時也達到了他一生中輝煌的巔峰。到了台灣後，因為人事更替，大伯耿直固執的個性，不合時宜，起先是遭到排擠，後來被人誣告了一狀，到外島去坐了兩年牢。七十年代初，大伯終於全家移民到了美國。上一次我到他的公寓去看他，他和伯媽剛從堂哥帕洛阿圖那個家搬出來。伯媽趁著大伯去洗手間，朝裡面努了努嘴，悄悄對我說道：

「老頭子這回動了真怒，和媳婦兒子鬧翻了。」

原來大伯住在堂哥家，沒事時就給他兩個小孫子講述「民國史」，大概就像他從前給我和堂哥兩人所上的課類似。偏偏堂嫂卻是一個歷史博士，專修近代史的，而且思想還相當左。她與大伯的「歷史觀」格格不入，她認為大伯不該盡給她兩個兒子講他那些「血腥事件」。大伯嗤之以鼻，詰問堂嫂道：

「我考考你這個歷史博士：蕭鷹將軍是何年何月何日出事的？出事的地點何在？這件歷史大事你說說看。」

堂嫂答不出來，大伯很得意，他說如果他是主考官，堂嫂的博士考試就通不過。堂嫂背地裡罵了大伯一句：「那個老反動！」大伯卻聽見了，連夜逼著伯媽便搬了出來。老人公寓房租低，大伯在唐人街一家水果鋪門口擺了一個書報攤，伯媽也在一家洗衣店裡當出納，兩老自食其力。

「你大伯擺書攤是姜太公釣魚！」伯媽調侃大伯道。

大伯的書報攤左派書報他不賣，右派的又少有人買，只有靠香港幾本電影刊物在撐場面。不過大伯並不在意，他說他跟伯媽兩人是在實踐「新生活運動」。他又開始練字了，從前他在台灣，有一段日子在家中賦閒，就全靠練字修身養性，後來還真練就了一手好草書，江蘇同鄉會給他開過一次書法展。那天我去的時候，大伯正在伏案揮筆，書寫對聯，錄的是陸放翁的兩句詩：「夜闌臥聽風吹雨，鐵馬冰河入夢來」。一手草書寫得筆走龍蛇，墨跡還沒有乾。大伯說，那副對聯是寫給樓上田將軍的，田將軍也是一位退了役的少將，從前跟大伯是同一個系統，大伯搬進這幢老人公寓，還是田將軍介紹的。田將軍畫馬出名，他的畫在唐人街居然還賣得出去，賣給一些美國觀光客，他自己打趣說他是「秦瓊賣馬」。田將軍送過一幅「戰馬圖」給大伯，大伯回贈對聯，投桃報李。大伯在對聯上落了款，他命我將兩幅對聯高高舉起，他顛拐著退了幾步，頗為得意地欣賞著自己的傑作，對我笑道：

「齊生，你看看，你大伯的老功夫還在吧？」

舊金山傍晚大霧，飛機在上空盤桓了二十多分鐘才穿雲而下，我從窗戶望下去，整個灣區都浸在迷茫的霧裡，一片燈火朦朧。我到了唐人街，在一家廣東燒臘店買了一隻燒鴨，切了一盤烤乳豬，還有一盒滷鴨掌——這是大伯最喜歡的下酒菜，打了包，提到大伯的住所去。加利福尼亞街底的山坡，罩在灰濛濛的霧裡，那些老建築，一幢幢都變成了黑色的魅影。爬上山坡，冷風迎面掠來，我不禁一連打了幾個寒噤，趕忙將風衣的領子倒豎起來。紐約已經下雪了，因為聖誕來臨，街上到處都亮起了燦爛的聖誕樹，白絨絨的雪花隨著叮叮咚咚的聖誕音樂飄落下來，反而給人一種溫馨的感覺。舊金山的冷風夾著濕霧，當頭罩下，竟是寒惻惻的，砭人肌骨。

大伯來開門，他拄了一根枴杖，行走起來像是愈加艱難了。

「大伯，我給你帶了滷鴨掌來。」

我舉起手上的菜盒，大伯顯然很高興，接過菜盒去，笑道：

「虧你還想得到，我倒把這個玩意兒給忘了！我有瓶茅台，今晚正用得著這個。」

我放下行李箱，把身上的風衣卸去。大伯公寓裡，茶几、沙發，連地上都堆滿了一疊疊的舊報紙、舊雜誌，五顏六色，非常凌亂，大概都是賣剩下的。

「喏，這就是任平的小兒子——齊生。」

大伯拄著枴杖，蹭蹬到飯桌那邊，把菜盒擱到桌上。這下我才看見，飯桌那邊，靠著窗戶的一張椅子上，蜷縮著一個矮小的老人，大伯在跟那個老人說話。老人顫巍巍地立起，朝著我緩緩地移身過來，在燈光下，我看清楚老人原來是個駝背，而且佝僂得厲害，整個上身往前傾俯，兩片肩胛高高聳起，頸子吃力地伸了出去，頂著一顆白髮蒼蒼的頭顱；老人身子十分羸弱，身上裹著一件寬鬆黑絨夾襖，好像掛在一襲骨架子上似的，走起路來，抖抖索索。

「唔，是有點像任平。」

老人仰起面來，打量了我片刻，點頭微笑道。老人的臉削瘦得只剩下一個巴掌寬，一雙灰白的眉毛緊緊糾在一起，一臉愁容不展似的，他的嘴角完全垂掛了下來，笑起來，也是一副悲苦的神情。他的聲音細弱，帶著顫音。

「他是你鼎立表伯，齊生。」

大伯一面在擺設碗、筷，回頭叫道。

一剎那，我的腦海閃電似地掠過一連串的歷史名詞：「民盟」、「救國會」、「七君子」，這些轟轟烈烈的歷史名詞，都與優生學家名教授龍鼎立息息相關，可是我一時卻無法把當年「民盟」健將、「救國會」領袖、我們家鼎鼎大名的鼎立表伯與目前這個愁容滿面的衰殘老人連在一起。

「你不會認得我的了，」老人大概見我盯著他一直發怔，笑著說道，「我看見你的時候，你才兩三歲，還抱在手裡呢。」

「人家現在可神氣了呀！」大伯在那邊插嘴道，「變成『歸國學人』啦！」

大伯知道我這次去跟北京做生意，頗不以為然。

「我是在替美國人當『買辦』罷咧，大伯。」我自嘲道。

「現在『買辦』在中國吃香得很啊。」鼎立表伯接嘴道，他尖細的笑聲顫抖抖的。

「你怎麼不帶了太太也回去風光風光？」大伯問道。

「明珠跟孩子到瑞士度假去了。」我答道，隔了片刻，我終於解釋道：「她不肯跟我去中國，她怕中國廁所髒。」

兩個老人愣了一下，隨即呵呵地笑了起來。明珠有潔癖，廁所有臭味她會便秘，連尿也撒不出。我們在長島的家裡，那三間廁所一年四季都吊滿了鮮花，打理得香噴噴的。我們公司有一對同事夫婦，剛去中國旅遊回來，同事太太告訴明珠，她去遊長城，上公廁，發現茅坑裡有蛆。明珠聽得花容失色，這次無論我怎麼游說，也不為所動。

大伯擺好碗筷，把我們招了過去，大家坐定下來。桌上連我帶來的燒臘，一共有七八樣菜，大概都是館子裡買來的。

「你表伯昨天剛到。」

大伯打開了一瓶茅台，倒進一隻銅酒壺裡，遞了給我。我替大伯、鼎立表伯都斟上了酒。

「今天我替你表伯接風，也算是給你送行。」大伯舉起了他那隻個人用的青瓷酒杯，卻望著鼎立表伯，兩個老人又搖頭又嘆氣，半晌，大伯才開腔道：

「老弟，今夕何夕，想不到咱們老兄弟還有見面的一天。」鼎立表伯坐在椅上，上身卻傾俯到桌面上，他的項子伸得長長的，搖著他那一頭亂麻似的白髮，嘆息道：

「是啊，表哥，真是『此身雖在堪驚』哪！」

我們三個人都酌了一口茅台，濃烈的酒像火一般滾落到腸胃裡去。大伯用手抓起一隻滷鴨掌啃嚼起來，他執著那隻鴨掌，指點了我與鼎立表伯一下。

「你從紐約去上海，他從上海又要去紐約——這個世界真是顛來倒去吓。」

「我是作夢也想不到還會到美國來。」鼎立表伯欷歔道。

「我們一直以為你早就不在人世了。」大伯舀了一調羹茄汁蝦仁到鼎立表伯的盤子裡，「這麼多年也不知道你的下落。前年你表嫂過世，你哥哥鼎豐從紐約來看我，我們兩人還感嘆了一番：當初大陸撤退，我們最大的錯誤，就是讓你和任平留在上海，怎麼樣也應該逼著你們兩人一起離開的。」

「那時我哪裡肯走？」鼎立表伯苦笑道，「上海解放，我還率領『民盟』代表團去歡迎陳毅呢。」

「早知如此，那次我把你抓起來，就不放你出去了——乾脆把你押到台灣去！」大伯呷了一口酒，咂咂嘴轉向我道，「你們鼎立表伯，當年是有名得很的『民主鬥士』呢！一天到晚在大公報上發表反政府的言論，又帶領學生鬧學潮，搞什麼『和平運動』，我去同濟大學把他們一百多個師生統統抓了起來！」

大伯說著呵呵地笑了起來，他的淚腺失去了控制，眼淚盈盈溢出，他忙用袖角把淚水拭掉。

「你那時罵我罵得好凶啊！」大伯指著鼎立表伯搖頭道，「『劊子手！』『走狗爪牙』！」

「嗳——」鼎立表伯直搖手，尷尬地笑著，他的眉頭卻仍舊糾在一處，一臉憂色。

我舉起酒杯，敬鼎立表伯。

「表伯，我覺得你們『民盟』很了不起呢，」我說道，「當時壓力那麼大，你們一點也不退縮。」

我告訴他，我做學生時，在哥大東方圖書館看到不少早年「中國民主同盟」的資料，尤其是民國二十五年他們「救國會」請願抗日，「七君子」章乃器、王造時等人給逮捕下監的事跡，我最感興趣。鼎立表伯默默地聽著，他的身子俯得低低的，背上馱著一座小山一般，他吸了一口酒，長長地噓了一口氣。

「『民盟』後來很慘，」鼎立表伯戚然道，「我們徹底地失敗了，一九五七年反右，『章羅反黨聯盟』的案子，把我們都捲了進去，全部打成了右派。『救國會七君子』沒有一個有好下場——王造時、章乃器給鬥得欲生不得、欲死不能，連梁漱老還挨毛澤東罵得臭死，我們一個個也就噤若寒蟬了——」

鼎立表伯有點哽咽住了，大伯舉起酒壺勸慰道：

「來、來、來，老弟，『一壺濁酒喜相逢』，你能出來還見得著我這個老表哥，已經很不錯啦。」

大伯殷勤勸酒，兩個老人的眼睛都喝得冒了紅。兩杯茅台下肚，我也感到全身的血液在開始燃燒了。

「莫怪我來說你們，」大伯把那盤燒鴨挪到鼎立表伯跟前讓他過酒，「當年大陸失敗，你們這批『民主人士』，也要負一部分責任哩！你們在報上天天攻擊政府，青年學生聽你們的話，也都作起亂來。」

「表哥，你當時親眼見到的，」鼎立表伯極力分辯道，「勝利以後，那些接收大員到了上海南京，表現得實在太壞！什麼『五子登科』、『有條有理』，上海南京的人都說他們是『刦收』，一點也不冤枉——民心就是那樣去的，我們那時還能保持緘默麼？」

大伯靜靜地聽著，沒有出聲，他又用袖角拭了一拭淌到面頰上的眼淚。沉默了半晌，他突然舉起靠在桌邊的那根枴杖，指向客廳牆壁上那張大照片叫道：

「都是蕭先生走得太早，走得不得其時！」大伯的聲音變得激昂起來，「要不然，上海南京不會出現那種局面。蕭先生飛機出事，還是我去把他的遺體迎回南京的呢。有些人表面悲哀，我知道他們心中暗喜，蕭先生不在了，沒有人敢管他們，他們就可以胡作非為了。我有一個部下，在上海法租界弄到一棟漢奸的房子，要來送給我邀功。我臭罵了他一頓：『國家就是這樣給你們毀掉的，還敢來賄賂我？』我看見那批人那樣亂搞，實在痛心！」

大伯說著用枴杖在地板上重重地敲了兩下，敲得地板咚咚響。

「我跑到紫金山蕭先生的靈前，放聲痛哭，我哭給他聽：『蕭先生、蕭先生，我們千辛萬苦贏來的勝利，都讓那批不肖之徒給葬送了啊！』」

大伯那張圓厚的闊臉，兩腮抽搐起來，酒意上來了，一張臉轉成赤黑，額上沁著汗光，旋即，他冷笑了兩聲，說道：

「我不肯跟他們同流合污，他們當然要排擠我嘍。算我的舊帳，說我關在『七十六號』的時候，有通敵之嫌。我羅任重捫心自問，我一輩子沒出賣過一個同志。只有一次，受刑實在吃不住了，招供了一些情報。事後我也向蕭先生自首過，蕭先生諒解我，還頒給我『忠勇』勳章呢！那些沒坐過老虎凳的人，哪裡懂得受刑的滋味！」

「表哥，你抗日有功，我們都知道的。」鼎立表伯安撫大伯道。

大伯舉起他那隻青瓷酒杯，把杯裡半杯茅台，一口喝光了。

「大伯，你要添碗飯麼？」我伸手想去拿大伯面前的空飯碗，大伯並不理睬，卻突然想起了什麼似地，問我道：

「你爹爹的追悼會，幾時舉行啊？」

「我到上海，第二天就舉行。他們準備替爹爹平反，恢復他的名譽呢。」

「人都死了，還平反什麼？」大伯提高了聲音。

「不是這麼說，」鼎立表伯插嘴道，「任平平反了，齊生的哥哥日子就好過得多。我的案子要不是今年年初得到平反，鼎豐申請我來美國，他們肯定不會放人。」

「我死了我就不要平反！」大伯悻悻然說道，「老實說，除了蕭先生，也沒有人有資格替我平反。齊生，你去替你爹爹開追悼會，回來也好替你大伯料理後事了。」

「大伯，你老人家要活到一百歲呢。」我趕忙笑著說道。

「你這是在咒我麼？」大伯豎起兩道花白的關刀眉，「你堂哥怕老婆，是個沒出息的人，我不指望他。大伯一直把你當做自己兒子看待，大伯並不想多拖累你，只交代你一件事：大伯死了，你一把火燒成灰，統統撒到海裡去，任他飄到大陸也好，飄到台灣也好，——千萬莫把我葬在美國！」

大伯轉向鼎立表伯道：

「美國這個地方，病不得，死也死不起！一塊豆腐乾大的墓地就要兩三千美金，莫說我沒錢買不起，買得起我也不要去跟那些洋鬼子去擠去！」

大伯說著嘿嘿地笑了起來，他拍了拍他那粗壯的腰，說道：

「這些年我常鬧腰子痛，痛得厲害。醫生掃描檢查出來裡面生瘤，很可能還是惡性的呢。」

「醫生說可不可以開刀呢？大伯。」我急切問道。

「我這把年紀還開什麼刀？」大伯揮了一下手，「近來我常常感到心神不寧——我曉得，我的大限也不會遠了。」

我仔細端詳了大伯一下，發覺伯媽過世後，這兩年來，大伯果然又衰老了不少。他的臉上不是肥胖，竟是浮腫，兩塊眼袋子轉烏了，上面沁出點點的青斑，淚水溢出來，眼袋上都是濕濕的。

「鼎立，」大伯淚眼汪汪地注視著鼎立表伯，聲音低啞地說道，「你罵我是『劊子手』，你沒錯，你表哥這一生確實殺了不少人。從前我奉了蕭先生的命令去殺人，並沒有覺得什麼不對，為了國家嘛。可是現在想想，雖然殺的都是漢奸、共產黨，可是到底都是中國人哪，而且還有不少青年男女呢。殺了那麼些人，唉——我看也是白殺了。」

「表哥——」鼎立表伯叫了一聲，他的嘴皮顫動了兩下，好像要說什麼似的。

「鼎立——」大伯沉痛地喚道，他伸出手去，拍了一下鼎立表伯高聳的肩胛，「我們大家辛苦了一場，都白費了——」

兩個老人，對坐著，欷歔了一番，沉默起來。我感到空氣好像突然凝固，呼吸都有點困難了似的。雖然酒精在我身體裡滾燙地流動著，我卻感到一陣颼颼的寒意，汗毛都豎了起來。我記起去年李永新到紐約來看我，我與永新有八年未曾見面。從前我們在哥大都是「保釣」的志友，我抽身得早，總算把博士念完，在福斯特惠勒找到一份高薪的工作，而永新卻全身投入，連學位也犧牲掉，後來一直事業坎坷。那天我們兩人在一起，談著談著，突然也這樣沉默起來，久久無言以對。雖然我和永新一直避免再提起「保釣」運動，可是我們知道彼此心中都在想著這件事，而且我們都在悼念「一・二九」華盛頓大遊行那一天，在雪地裡，我和永新肩靠肩，隨著千千百百個中國青年，大家萬眾一心地喊道：釣魚台，中國地！釣魚台，我們的！我們的呼喊，像潮水般向著日本大使館洶洶湧去。

吃完飯，大伯要我們提早就寢，我須早起，趕八點鐘的飛機，而鼎立表伯也有點不勝酒力了。我去浴室漱洗完畢，回到客房，鼎立表伯已經卸去了外衣，他裡面穿了一套發了黃的緊身棉毛衫褲，更顯得瘦骨嶙峋，他削瘦的背脊高高隆起，背上好像插著一柄刀似的。他蹲在地上，打開了一隻黑漆皮的舊箱子，從裡面掏出了一件草綠的毛線背心來，他把箱子蓋好，推回到床底下去。我等鼎立表伯穿上背心，顫巍巍地爬上了床，才把燈熄掉。客房裡沒有暖氣，我躺在沙發上，裹著一條薄毯子，愈睡愈涼。黑暗中，我可以聽得到對面床上老人時緩時急的呼吸聲，我的思緒開始起伏不平起來，想到兩天後，在上海父親的追悼會，我不禁惶惶然。一陣酒意湧了上來，我感到有點反胃。

「你睡不著麼，齊生？」

黑暗中，鼎立表伯細顫的聲音傳了過來，大概老人聽到我在沙發上一直輾轉反側。

「我想到明天去上海，心裡有點緊張。」我答道。

「哦，我也是，這次要來美國，幾夜都睡不好。」

我摸索著找到擱在沙發托手上的外套，把衣袋裡的香菸和打火機掏了出來，點上一支菸深深地吸了一口。

「龍華離上海遠不遠，表伯？」我問道。

「半個多鐘頭的汽車，不算很遠。」

「哥哥說，追悼會開完，爹爹的骨灰當天就下葬，葬在『龍華公墓』。」

「『龍華公墓』？」老人疑惑道，「恐怕是『龍華烈士公墓』吧？那倒是個新的公墓，聽說很講究，普通人還進不去呢。」

「我搞不太清楚，反正葬在龍華就是了。」

「『龍華公墓』早就沒有嘍——」

老人翻了一下身，黑暗中，他那顫抖的聲音忽近忽遠地飄浮著。

「文革時候，我們的『五七幹校』就在龍華，『龍華公墓』那裡，我們把那些墳都剷平了，變成了農場。那是個老公墓，有的人家，祖宗三代都葬在那裡，也統統給我們挖了出來，天天挖出幾卡車的死人骨頭——我的背，就是那時挖墳挖傷的——」

我猛吸了一口菸，將香菸按熄掉。我感到我的胃翻得更加厲害，一陣陣酸味冒上來，有點想作嘔了。

「美國的公墓怎麼樣，齊生？」隔了半晌，老人試探著問道，「真是像你大伯講的那麼貴麼？一塊地要兩三千美金哪？」

「這要看地方，表伯，貴的、便宜的都有。」

「紐約呢？紐約有便宜的墓地麼？」

「有是有，在黑人區，不過有點像亂葬崗。」

老人朝著我這邊，挪了一下身子，悄悄地喚我道：

「齊生，你可不可以幫我一個忙？」

老人的語氣，充滿了乞求。

「好的，表伯。」我應道。

「你從中國回來，可不可以帶我到處去看看，我想在紐約好好找一塊地，也不必太講究，普通一點的也行，只要乾淨就好——」

我靜靜地聽著，老人的聲調變得酸楚起來。

「我和你表伯媽，兩人在一起，也有四十五年了，從來也沒有分開過。她為了我的政治問題，很吃了一些苦頭，我們兩人——也可以算是患難夫妻了。這次到美國，本來她也申請了的，上面公文旅行，半年才批准，她等不及，前兩個月，病故了——這次我出來，把她一個人留在那裡頭，我實在放不下心——我把她的骨灰放在箱子裡，也一起帶了出來——日後在這裡，再慢慢替她找個安息的地方吧——」

老人細顫、飄忽的聲音戛然而止。黑暗中，一切沉靜下來，我仰臥在沙發上，房中的寒意凜凜地侵了過來，我把毯子拉起，將頭也蒙上。漸漸的酒意上了頭，我感到愈來愈昏沉，朦朧中，我彷彿來到了一片灰暗的荒野裡，野地上有許多人在挖掘地坑，人影幢幢，一齊在揮動著圓鍬、十字鎬。我走近一個大坑，看見一個身材高大的老人站在坑中，地坑已經深到了他的胸口。他掄著柄圓鍬，在奮力地挖掘。偌大的坑中，橫著、豎著竟臥滿了纍纍的死人骨頭，一根根枯白的。老人舉起圓鍬將那些枯骨鏟起便往坑外一扔，他那柄圓鍬上下飛舞著；一根根人骨紛紛墜落地上，愈堆愈高，不一會兒便在坑邊堆成了一座白森森的小山。我定神一看，赫然發覺那個高大的老人，竟是大伯，他憤怒地舞動著手裡的圓鍬，發狂似地在挖掘死人骨頭。倏地，那座白森森的小山嘩啦啦傾瀉了，根根人骨滾落坑中，將大伯埋陷在裡頭，大伯雙手亂招，狂喊道：

「齊生——」

我猛然驚醒，心中突突亂跳，額上冒出一陣冷汗來。原來大伯已經站在沙發跟前，他來叫醒我，去趕飛機了。房中光線仍舊昏暗，幽暗中，大伯龐大的身軀，矗立在我頭邊，像一座鐵塔似的。

導讀

白先勇（一九三七—），廣西桂林人。臺灣大學外文系畢業，美國愛荷華大學「國際作家工作坊」碩士。曾任美國加州大學聖塔巴巴拉分校教授，講授中國語言文學，現已退休。大學時代，深受外文系教授夏濟安的啓發與影響，一九五八年即在《文學雜誌》發表第一篇短篇小說〈金大奶奶〉。一九六〇年與歐陽子、陳若曦、王文興等人共同創辦《現代文學》雜誌，大量譯介西方現代文學理論與作品，並試驗與創新小說的表現技法，被稱爲現代主義文學的旗手。著有《寂寞的十七歲》、《孽子》、《臺北人》、《紐約客》等。

白先勇結合中國古典文學底蘊與西方現代主義精神，創造出個人獨特的小說風格。早期作品，如在《現代文學》創刊號發表的短篇小說〈玉卿嫂〉，運用意識流的手法，刻劃心理的衝突，描寫情慾的糾葛，體現現代主義的寫作技巧。又如〈月夢〉、〈青春〉、〈寂寞的十七歲〉等篇，則顯現在同志議題的實驗與突破。白先勇出國之後，專注於「臺北人」、「紐約客」兩個系列小說創作。「臺北人」系列，鎖定移居臺灣的外省第一代，透過「舊時王謝堂前燕，飛入尋常百姓家」的今昔對比，寄寓歷史興衰與人世滄桑的感嘆。「紐約客」系列，則聚焦於留學海外的外省第二代，書寫離散的飄泊與故國的牽繫，王德威在〈文學行旅與世界想像〉一文肯定白先勇爲離散文學的翹楚。

〈骨灰〉（原載《聯合文學》第二十六期，一九八六年十二月）即是白先勇小說中離散主題的代表作。在時間敘事方面，橫跨近五十年，從對日抗戰、國共內戰與分裂、策動學潮、反右鬥爭、文革浩劫、平反，以及保釣運動等，有如中國現代史的縮影。內容描述二代人物被迫離鄉到異地生活的故事，分別是第一代的羅任平、羅任重、龍鼎立，第二代的羅齊生。羅任平原爲上海交通大學的數學教授，文革時因病倒斃於勞改場上，故在美國工作的兒子羅齊生，準備前往該校參加父親的平反追悼會。而羅任重則是效忠國民黨的黨員，從大陸來臺，在臺坐牢，在美潦倒。至於龍鼎立乃是報身共產黨的黨員，晚年從大陸至美，爲妻、爲自己尋找安葬之地。在空間敘事方面，從大陸離散至臺灣、美國，而現實的場景，則主要描寫舊金山羅任重家的一個晚上；作者運用倒敘手法，今昔對照，事件與情節密度極高。其中特別著墨於第一代的羅任重、羅鼎立，早年風華正茂、豪氣干雲，爲了愛國變成敵人；如今在異鄉窮途潦倒，羸弱衰殘，有同悲失路之嘆、相濡以沫之悲，二人皆背負中國近數十年的災難，並發出死無葬身之地的浩嘆。小說藉此不僅反諷「任重道遠」、「頂天立地」的美名，同時也流露中國人離散的沉鬱悲痛。

白先勇小說向來善於用典，如羅任重練字書寫陸游的〈十一月四日風雨大作〉：「夜闌臥聽風吹雨，鐵馬冰河入夢來。」龍鼎立引用陳與義的〈臨江仙〉：「二十餘年如一夢，此身雖在堪驚」，皆與國難時艱、民族苦痛有關，所用典故顯然切合作品中的人物經歷與歷史時代。其次，結尾敘及羅齊生的夢境，也十分耐人尋味。夢中羅任重、龍鼎立角色錯置的荒誕，意謂理想的錯置，反諷革命戰爭的荒謬；又夢中骨山傾瀉，埋陷掘坑者，不僅指涉入土不能安，同時也象徵個人的努力被歷史淹沒，蘊含「一將功成萬骨枯」的意涵。其他如對人物容貌與場景擺設的工筆細繪，姓名的反諷意味，氣氛的陰沉基調，皆可見作者獨到的藝術造詣。（林秀蓉）

辛莊

陳若曦

他慢慢地沿著保福路走，不時掏一塊手帕揩拭額頭上的汗珠，指了兩下便下意識地扶扶頭下那頂舊草帽。路兩旁的稻子已收割完畢，田裡只剩下整齊的稻梗，如小兵林立，在斜陽中閃著褐色及灰色的亮光。他走得很慢，微微喘著氣。近乎水平的陽光照射著他衣袖捲起的手臂及下半個臉龐，手臂在褐色中泛著紅紫，而一小時的戶外散步給他蒼白的臉頰上鍍了一層薄薄的紅暈。他側過頭瞇了一眼日頭，它正落在山峰上。他悠閒地回頭睨一眼自己的影子，影子細長如一根竹枝，橫過馬路，一頭落在田裡。路盡頭的鳳凰木在斜陽裡低垂了枝葉，狀若默禱的僧侶；近舍人家的樹木正呈現入眠的狀態。他頻頻擦抹額頭鼻尖的汗珠，步履更緩慢了。布鞋踩在碎石子上，發出輕柔的撞擊聲。

忽然，他聽到從前面盡頭處傳來一派鑼鼓聲，低低的，遠遠的。他停下步來細聽，有一點詫異。有一會兒他才想起今天是村裡謝神演戲。他搖了一下頭後又開始往前走，心裡說：「我腦子越來越不行了，什麼事都記不住。」

一輛腳踏車在他身後疾馳而來。兩隻車胎把碎石壓得吱吱作響，有幾粒被擠得迸出道旁。「阿莊！」車上的人一邊用力踩踏板，一邊大聲喊前面步行的人。「難得看到你出來呀，第一次下床出來散步吧？」

阿莊收住腳，揪著帽沿，回過頭來。「長腳高，是你呀，好久不見了。」他露出牙齒，很快活地迎著腳踏車邁了兩步。「入院動手術的時候，蒙你來探望，我還不曾向你道謝呢。」

「好說，好說，相識的也該這樣，何況你以前還是我的房東哩。」說著，長腳高連人帶車已衝到阿莊面前，「軋」的一聲煞住。車子傾向一邊，他伸出一隻腳支持著，殷勤地對阿莊裂著嘴笑，一邊掏出手帕擦滿頭的汗。他的上衣敞開了兩個鈕子，一叢濃密的胸毛露了出來。

嘴角仍然掛著柔和的微笑，阿莊羨慕地瞧著他寬闊的胸膛。半晌，兩個人互相對望卻沒有話講。阿莊聽到鑼鼓聲，便問他：「去看戲，嗯？」

「呵……不……現在去收肉賬。」

「哦，那晚上去啦？我記得你頂愛看歌仔戲的。」

「嗯、嗯……」長腳高不加可否地應著，拿手帕用力擦了兩下額頭，對阿莊笑笑，又抱怨地說：「已經入秋了，天氣還這麼熱，一絲風都不吹！」說著，不等阿莊回答，又望向前方，加上一句：「還要趕去收肉賬。我先走了，改天再去看你。」對阿莊歉意地笑笑，便急急上車走了。

「免啦，多謝。」阿莊感激地向他擺擺手。他凝視著騎車者高大的背影漸漸遠去，眼睛流露出羨慕的神情。發現自己呆立在路旁，他深深吸了一口氣，又往前走。日頭有一半被埋進山腰，另一半仍與山頭繾綣不捨。鑼鼓聲越來越響，還夾雜著梆子的敲聲。阿莊卻沒注意這個，心裡只想著長腳高。他想到長腳高竟對自己這麼好，三番兩次地來醫院探視，自己以前倒沒對他有什麼恩惠。一年前借他客廳住的時候，阿莊幾乎從不曾注意到他呢。

「呵，我那時候太忙了！」他突然想到。像自己那樣忙碌，什麼事也不會注意呀！午夜十二點摸黑騎腳踏車到圓山的印刷所，趕著印報紙。發完報紙再騎車到中央市場，批購了水果趕運到永和鎮，正好市場開市，他的女人雲英接過去照顧，他才回來睡覺。哎，雲英說什麼來著？哦，他想起來了，「陰陽顛倒」。可不是陰陽顛倒！晚飯後孩子們吵著他講故事，他的眼皮卻像鉛般一直搭下來。賣一下午的水果實在累人呀！如果不馬上睡，半夜裡怎生起得床？孩子們（小乖乖！）失望了，他們只好找高叔叔，長腳高會給他們講故事……呵，這樣的日子真令人厭倦了，太乏味！一想起來便覺得疲倦得眼皮要闔上似的。然而兩年也就這麼樣過去了，說快也真快呢！再拚命幹這麼一年，房子的債還清了，啊，那時候雲英一定眉開眼笑，再不會罵自己「陰陽顛倒」，而自己可以一心賣水果……

想到這裡，他心情豁然開朗起來，微笑又爬上嘴角。一抬頭，發覺已走近村子了。前頭大榕樹下聚了四個人在談天。他一眼就認出抽旱菸袋的阿土伯，只有他一人坐在石頭上，嘴咬著煙管，昂頭凝神聽其他三人侃侃而談；有二個兄弟是市場裡賣青菜的；另一個只有二十來歲，是他的近鄰萬全。萬全這時正抬起頭，看見了阿莊。阿莊正想露齒微笑打個招呼，可是萬全卻似乎沒看見一般，又低下頭與其他人大聲講話。阿莊只好收回這未成形的微笑，覺得有些尷尬。

「嘿，千真萬確的！我親眼看到！」萬全大聲地保證。

「阿土伯，你知道嗎？還有人親眼看見他們去大光明看歌仔戲，散場後，他還用腳踏車載她到巴士站兩人才分開呢！」一個賣菜的俯下頭，對阿土伯得意地說。「呀，真有這回事嗎？」阿土伯大搖頭。「看不出這女人竟是這樣的，兒女三個了，丈夫像牛馬一般地勞作……」

「呸！」另一個賣菜的在地上吐了一口水，不屑地說：「他曉得了不斬死這野女人，天要黑一半啦！」

「算了，長腳高是吃定這老實人啦！」萬全嘆息地說。然後，漫不經意地，他轉過頭來，做出剛發現了阿莊的表情。

「難得出來呵，阿莊哥。」他對他笑笑，露出雪白的牙齒。其他三個人側頭一看，不覺都怔住了。

阿莊對他們微笑點頭，同時摘下草帽，殷勤地招呼他們。「阿土伯，近來康健呀！阿全，火生，水生，多時不見了，菜場生意好吧？」

大家都親切地招呼他。火生兄弟偷望了萬全一眼，見後者若無其事似的，他們乃咬了下唇皮，對望了一眼，神色也變得自在起來。阿土伯拔出煙管，抹了一把嘴，和善地對阿莊說：「阿莊啊，我說，你這次開刀是大手術呢，可得好生休息，將養將養，再不能像以前那麼勞累了。」

「真是的，阿土伯說得有理，這場病全是勞累過度呢！」賣菜的兄弟同聲附和著。

「阿莊哥，這次康復後，總該辭掉報館的差事吧？」萬全接著問。

阿莊遲疑著，不知如何回答。萬全又說下去了：「應該辭掉呀！白天黑夜連著奔波，簡直是賣命嘛！……其實，你一個人這麼勞苦又為什麼呢？每天賣賣水果，日子也就將就可以過了，何必幹那印刷的工作，把人累得面黃肌瘦。」

其他三人連聲稱是，阿莊感激地微笑著，不知說什麼才好，老半天才說：「不能不拚命拖呀，女人小孩一家五張嘴呢。也不過病了半個多月，聽說白米一斤已漲到新台幣四塊啦！賺錢買米都不夠呢。」

大家一時沒有答腔，米價的威脅爬上心頭。最後，阿土伯抬頭注視著阿莊的臉，意味深長似地對他說：「我說阿莊，一個男子漢不能光只拚命賺錢養家，他還得守好家。再不能像以往那樣，除了睡覺，白天黑夜都不在家，扔下女人和孩子守門戶——要知道，家裡沒有男人，女人很難做哩，你們說是不是？」

其他三個人都齊聲附和。阿莊有點莫名其妙，臉上的笑容逐漸消失，終於不安地說：「呵……怎麼……我倒沒想到……雲英也從不曾抱怨過……」

一大群人正從附近一條巷子湧出來。不知什麼時候，鑼鼓聲已停止，歌仔戲散場了。女人們還很激動，一路上嘰嘰咕咕地談論，有幾個眼圈兒還紅紅的。幾個青年邁著武打步子，擺開架勢，一路上互相比劃著。

萬全走開兩步，大聲招呼那幾個互相扭來轉去的青年：「嘿，什麼戲呀，打得熱鬧嗎？」

「沒什麼看頭，老萬仔，」其中一個帶著失望的口氣回答他，「總是紅杏出牆，謀害親夫，然後冤魂不散，狀告到陰間去啦——真是幹他老母，女人看的戲嘛！」

聽的人哈哈笑起來。阿土伯笑得最輕，斜睨了阿莊一眼。阿莊向來不愛看戲，他想陪著笑幾聲，不知怎地，卻沒笑出來。他的朋友們破例地笑個不停，一個止住，另一個就奉陪似地接下去。他突然不安起來，終於提高了聲音對阿土伯說：「我得回去了，大家有空到我家來坐坐。」

大家突地收住笑聲，一起看著他走開。他一邊走，一邊尖著耳朵聽他們還說什麼。他們倒不說什麼。就在要拐入巷子的時候，他才聽到阿土伯蒼老的嗓音：「那長腳高是吃定這個老實人啦。」

看完戲的人蜂湧地趕過他，呼叫喧鬧著，像一派海潮捲向他。天地忽然被拉向兩極端，他似乎被扔在當中，搖蕩，滾翻，抓不到什麼。一忽兒在漩渦中，浮沉，打轉，越轉越深，終於撞到海底。

他發覺自己靠牆站著，路上人已走光，渾身溼漉漉的，宛若剛從水底撈起來一般。忽然他對自己適才浪潮般捲過的念頭感到羞愧。於是，楞了一會兒，他摘下草帽，拿在手裡，慢慢步行回去。

女兒阿英坐在門檻上，看到他便跳起來喊：「阿爸，媽媽已經拜好了，等你吃飯呢！」說著，向他跑去。阿莊「嗯」了一聲，摸摸阿英的頭，牽著她的手走進屋去。

「阿莊，回來了？」廚房裡傳來雲英的問話，夾雜著碗碟相碰的聲響。

「嗯。」

她沒有出來。他的小兒子阿久坐在水泥地上玩小石子，正要把一粒小石子往嘴裡送。他放開女兒的手，把阿久抱起來。「使不得，小乖。」他把石子挖出來，扔掉。孩子戀戀不捨地瞪著地上。

他在一張藤椅坐下來，把草帽放在另一張藤椅上。然後，他輕輕地搖著膝上的孩子，哄著似地輕輕搖著，眼光木然地落在通往臥室的門口。搖了有一會，他不自覺地停下來，眼色迷糊，下巴鬆開，一臉迷惑的神情，身子卻像化石般僵直不動。孩子仰著小臉望著他的臉孔，有些害怕，便悄悄地從他腿上爬下來，一個人坐在地上玩石子。

「吃飯！」雲英在廚房裡喊，末一個字有些激昂，透露出稍許不快。

他不自覺地跳了起來。走兩步，隨即對自己適才這個小動作有些懊惱，卻一時也想不出一個理由。他彎腰抱起地上的小男孩。這時阿英從外把大弟弟找了回來，他嘴裡正吹著泡泡糖。

裡間是臥室兼飯廳，雲英已把飯桌從牆邊拉了出來。她正解去圍裙，用手指掠去垂在額前的頭髮。一看到大男孩，她大喊：「吐掉泡泡糖，洗手去！」男孩撒賴不去，她拉長臉，不由分說一把拉進廚房去。一會兒，他乖乖回來坐到飯桌旁。阿英已把筷子擺好，飯盛好。雲英從廚房出來時，端了一小鍋稀飯，放在她丈夫面前，然後從他手上接過阿久。

「你走了很多路？」自他回來，她第一次正眼瞧他的臉。

「怎麼？」

「你臉色蒼白，定是走太多路太勞累了。」說著，她開始餵小孩飯。

「太勞累……」他瞧著她重複了末句，楞了一會兒才低頭去啜稀飯。一小盤的白斬雞擺在他面前，兩個大孩子饞兮兮的眼光直在它上面打轉。他發現了便動手給他們夾過去。夾了幾塊，盤子就快空了。

雲英忙著餵小孩，同時自己很快地吃著。突然想到一件事，她抬頭問丈夫：

「我們的客廳要不要再租出去？菜場裡的張清木要租，房租還是兩百。」

「張清木？我跟他不熟啊，誰介紹他來租的？」

「長腳高……」她遲疑地說，「張清木從他那裡知道我們房間空著。」

長腳高，他心裡重複一遍，對這個名字開始有說不出的厭惡。

「我不租。」

「為什麼？」她大大地覺得出乎意料之外，把挾了往嘴裡送的菜又放回去，不解地瞪著他。

他知道要給她一個理由，可是一時想不出來。他一直計劃要把客廳再租出去，拿房租來付會錢好還債。出院以來，兩個人已經商量好幾次了。現在，她瞪著他，捏著筷子不動，清澈的眼光滯留在他臉上，一心要捕捉他表情的變化。就在這時，有人喊她。她答應著，回過頭去。常家的寡婦穿著很齊整，笑嘻嘻地跨進門來。

「才吃飯呀！」她說。

「來坐，」阿莊放下筷子，欠了欠身，「同我們吃飯吧。」

「不客氣啦，我已吃過。」她擺擺手，對雲英說：「辛大嫂，今晚去不去看戲呀？」

「想去的。」

「我就料到你要去，待會兒我來找你結伴好嗎？」

「哦，好是好……」雲英遲疑了一會兒才說：「可是，我看你還是先去吧，我要晚點去，或者孩子不睡，說不定不去。」

常家寡婦有點失望，她本想說幾句來慫恿雲英，但一看她神情不甚愜意，語氣很冷淡，當下就把話嚥了下去。臨走時，她對阿莊深深看了一眼，神情頗特別，阿莊感到莫名其妙。

他們默默地吃飯，不再提起房間出租的事。他只喝了一碗稀飯，這是平常飯量的三分之一，然而雲英並沒有發覺到。她匆匆吃完飯，便帶兩個男孩子去洗澡。阿英收拾碗碟，他就無聊地往自己床上一倒。

這間臥房兼飯廳有八個榻榻米大，一半離地兩尺架成總鋪，鋪了榻榻米。雲英和孩子們睡在這裡。他原來也睡在這裡，自從生阿久後，他嫌吵，同時自己又兼了印刷廠的工作，夜裡上下床不方便，便買了一張竹榻，放置在靠廚房的牆邊給自己睡。他原先並不曾想要分床睡，可是一年來，他習慣似地總往竹榻上倒頭便睡。工作實在太累，累得使人一摸到床便和衣倒下。雲英沒有要求他改睡到大總鋪上去，他就自然而然地獨占了這張竹床。有時大男孩在竹榻上跳躍，把床弄得吱吱作響，他母親會叱責他：「下來！爸爸的床要給你震散了！」

他躺在竹榻上，沒有絲毫睡意。這半個月在家裡養病，特別沒有睡意，好像以前缺的睡眠全補足了似的。白天孩子在家裡，他倒睡了一點，夜晚靜極了，往往睜著眼等待窗玻璃亮起來。「賤骨頭是天生的，有福也享不來呀！」他不禁這樣嘆息。突然，他憧憬起香菸。自從成家戒菸到現在，這還是第一次渴望抽菸。從前如果碰到手頭沒有菸而又菸癮發作時，喉頭會出奇地癢。現在喉頭並不癢，他只是渴想噴一口煙，大大噴一口，說不定能把現在心中結在一塊兒的疙瘩一古腦兒噴出去。有一股氣在他腑臟中醞釀，蠢蠢欲動，使他覺得焦灼、不安；想發作又發作不出來，因為他從來沒有發作過，簡直就不知道如何去發作出來。

「鴨—毛—賣—呵—酒—瓶—賣……」巷口外響起單調、拖長的聲音，這半個月以來聽熟的聲音。從來不曾有鄰居去同他交易，可是收酒瓶的小販照例每天黃昏的時候來巷口叫喊一趟。阿莊常常躺在床上閉著眼，想像這小販的面目。「他必是四十左右，貧血，瘦弱，並且憂傷、孤獨……」他其實不曾花時間去想像，不過把自己的形象移到小販身上，只是自己渾然不知而已。

「鴨—毛—賣—呵……」這聲音漸漸遠去。阿莊覺得今天的喊聲特別單調、柔弱，從夜風裡傳過來，還帶著幾分淒涼。他翻過身，臉朝著廚房。

雲英已替兩個孩子洗好澡了，大的正自己穿衣服。她擰乾毛巾，讓阿久站在澡盆裡，拿毛巾擦他的身體。她邊擦邊沉思，眼睛直楞楞瞪著洗澡水。小孩不耐煩了，踢起右腳，「哧」的一聲，濺起水花，水滴潑在媽媽臉上。她抬起頭，做出生氣的樣子，輕輕在他右腳打一下。

「阿英，把弟弟哄去睡。」

阿英已收拾好碗盤，聽到喊她，便過來抱小弟弟，一面乘機對媽媽央求：「帶我去看戲，好不？」大眼睛流露出哀求的神情，一副惹人憐愛的樣子。

「不要去，乖，下次一定帶你去。」雲英煩躁地哄她。

阿英很失望地抱了孩子走開，大弟弟穿好了衣服跟在她後面。

帶她去啊！阿莊衝口要說出來。為什麼不呢？他心裡追問著，然後像背上受刺了一針，他翻過身去，模糊地呻吟了一聲，臉壓在花布被單上，一動不動地。他心裡太煩躁，而自己又不明白怎麼有這燒灼般的懊惱。

他聽到雲英倒水、舀水的聲響，「咯」「咯」輕快的木屐聲，接著，「碰」一聲廚房門關上。這聲響不大，卻意外地使他渾身一抖，像挨了一棍。他臉一側，耳朵貼著薄壁板，好奇地聽著。十年來他從不曾注意過雲英洗澡，也不曾起過這樣的念頭。現在他心無二用地聽她隔牆洗澡，專心凝神到連自己都來不及分析這個動作的異常。牆是沒有鉋過的檜木板釘成的，很粗糙，擦痛了他皮膚，他卻毫不在意。

他聽到她解開上衣的鈕釦，褪下裙子，脫下襯衫與汗衫，一把往牆邊的木架上一扔。襯衫的鈕釦撞擊著薄壁板，在阿莊耳中沖激起一串輕脆的短響。一陣微氳透過板壁，爬上臉頰。他覺得臉微微燒起來。輕輕咒了自己一聲，便別過頭去。一會兒又不覺地正過臉來。他聽到水濺潑，擰乾毛巾的聲音……一段靜寂。忽然，她低低地哼起歌曲。一種低沉而舒緩的，自己不曾聽過的調子，從她鼻腔中哼出來，時斷時續，聽起來似乎含蘊了什麼。是什麼？他不了解。

「碰」一聲，門被打開。他坐直身來，覺得有些羞慚，更悶聲不響地踱過去看他的小男孩。阿久坐在阿英腿上，聚精會神地瞧他哥哥姊姊數柚仔子。大男孩白天在母親的水果攤旁遊戲，撿了許多柚仔子，上床前總要數一遍，當寶貝似地裝進舊茶葉罐裡去。這時三對眼睛瞧著柚仔子一粒粒扔進罐裡，一邊聽他數：「四十九，五十」，沒有一個人發現父親站在旁邊。

阿莊懨懨地走開。雲英加上一鏟生煤，關上灶門，回頭對他說：「阿莊，洗澡水給你倒好啦。」他愣了愣，便進了廚房。雲英給遞過來替換衣褲，他接了便坐下來擦澡。

毛巾擦過一根根突起的肋骨上，一陣強烈的自憫湧上心頭。只不過一剎那間，整個人便屈服在這種情感中；淒涼，被遺棄的感覺像蠶兒啃桑葉一般啃噬他的腑臟。他覺得自己缺乏機智，竟是低能而懦弱，不禁微微嘆息起來。然而他生性善於自足，一環顧四周，灶頭、水缸、熱水瓶等熟悉的事物便立刻賦給他一種安全感。雲英在外面哄孩子睡的溫柔話，澡盆裡冒上來的熱氣，它們馬上驅走了那份淒涼孤獨的感覺。他穿上衣服後，全身輕暖；自憫中也摻揉著少許安慰了。

兩個大孩子出去玩了。雲英正輕悄悄地從睡著的孩子身邊爬起來，躡手躡腳地走下總鋪。她看著阿莊，說：「擦好了？」他「嗯」了一聲。房裡靜悄悄的，兩個人都找不出話說。雲英開始化粧。

他沒事可做，只好又躺到竹榻上，躺在那裡看她化粧。她的化粧道具只有一把缺了齒的木梳子，一面鏡子，一瓶白熊脂霜，一盒鋅粉，一管廉價的口紅。她把這些一起從抽斗裡搬到飯桌上。坐下來調好鏡子的角度後，便旋開瓶蓋，舀了些許面霜，點在額頭、鼻尖和兩頰，接著對著鏡子，用兩手輕輕撫抹。

他瞇起眼睛注視她化粧。忽然間，他驚訝起來，原來他一直不曾發現一點：女人是不老的，至少她們老得特別慢。他想起十年前媒人陪他去相親時，她的臉同現在的也差不多。眼睛仍是大大的、晶亮的，瓜子臉少許拉長了一點而已。她只穿了一件汗衫，臂膀和頸子全裸露出來，臂膀結實而圓滑，在昏黃的燈光下閃著迷人的淡褐色。頸子也是渾圓的，胸脯翹了起來，腰也是圓圓的。「三個孩子的母親了，」他想著，「她沒有老。」一陣欣喜爬上眉梢。

「她沒有老，」他忍不住又重複一遍。忽然，他莫名其妙地痛苦起來。「她沒有老，她沒有老……」他在心裡一遍遍地重複著，痛苦便一陣陣加深，令到全身肌肉抽搐起來。

她細心地敷粉，頭俯向鏡前，臉上帶著似是而非的淺笑。口紅已經快用殘了，她把管子旋到最後，用小指頭伸進去，挖了一點出來，小心地抹在唇上。抹勻後，她對著鏡子端詳。好久，她出神地瞧著鏡裡的臉，動也不動地。然後，他看見她左邊的唇角微微翹起，兩片唇逐漸展成弧形。似乎突然回憶起什麼，她忍不住笑出來，低低的、挑逗的一聲笑，眉毛跟著揚起。這笑聲刺痛了旁觀者，連她本人也感到吃驚。她慌張地回頭掃一眼，臉上飛上紅暈。抓起木梳，她狠力梳起頭髮。

他把臉朝向牆壁，鼓起勇氣喊她：「雲英。」

「嗯。」她應了，繼續梳頭髮，沒有回頭。

「你是，真的要去看戲？」他發覺自己的語調竟是怯懦十足，不禁暗暗咒怨自己。

「真的要去。」她這次回頭看他一眼。「我跟一個太太約好了。」

他不響。很久才轉過臉來問：「哪一個太太？」

「反正你不認得。」她不耐煩地回答，向他投去懊惱的一瞥，接著用力梳了兩下頭。忽然，梳齒一下子纏在髮梢上，梳不開了。她氣惱地拔出來。狠力扔去，「叭」一聲掉在桌上。他心隨著一跳。

她悶聲不響地上了總鋪，拉開櫥子，取出一件桃紅色的襯衫和一件旗袍裙，就在床上穿起來。她忙亂地套上襯衫，斜著眼偷偷看他。忙亂中穿反了裙，她褪下來，重穿，神情既懊惱又焦躁。

「把窗子打開吧。」她突然對他說，「你滿頭是汗呢！」

他驚愕地瞪著她，不知道她說什麼。心裡宛如短兵交接的戰場，紛亂囂嚷。在一片混亂喧嘩中，一個強烈的呼求呼之欲出：

「雲英不要去，同我在一起，不要去……」

然而嘴唇封得緊緊的，他只一味瞪著她開叉的旗袍裙，她豐滿渾圓的腿。心聲終是心聲。

她對他的樣子有點氣惱，但不在乎地聳聳肩膀，徑自下來套鞋子。

「雲英……」他吃力地喊她，肚子開刀的地方隱隱作痛起來。

「告訴你，我要去看戲！」她口氣懊惱，說話時卻低著頭沒敢瞧他。聽不到他說話，她伸手從牆上取下黑皮包，遲疑了一下，終於頭一抬，出門而去。

他仰天躺著，兩手痛苦地抓住床沿，嘴唇痙攣地抽動著，但沒有聲響。

導讀

陳若曦（一九三八—），本名陳秀美，臺北人。臺灣大學外文系畢業，美國馬里蘭州約翰霍普金斯大學文學碩士。曾任香港新法書院英文教師、美國加州柏克萊分校中文中心主任、香港《星期天週刊》編輯。陳若曦在大學時曾與白先勇、王文興、歐陽子等人創辦《現代文學》雜誌，並寫作短篇小說。一九六二年出版英文小說集《招魂》，同年至美國求學。因回歸祖國的思想，於一九六六年和丈夫段世堯投奔中國大陸，彼時正逢「文化大革命」開始，陳若曦目睹清算和鬥爭，曾被下放勞動，備受驚恐。七年後藉友人幫助，才設法移居加拿大、美國。藉此親身體驗，她完成了三部文革傷痕的小說《尹縣長》、《老人》及《歸》，敘寫中國民眾的苦難及知識分子遭受的迫害。一九九五年回臺灣定居，曾任中央大學駐校作家、第一屆南投縣駐縣作家。曾獲美國圖書館協會書卷獎、中山文藝獎、《聯合報》文學獎特別獎、吳三連文藝獎、吳濁流文學獎、國家文藝獎。

陳若曦早期作品不乏鄉土題材，以臺灣傳統社會爲背景，表現小人物的困頓與掙扎。另外，受到現代主義思想的影響，運用心理及意識流書寫技巧，充滿神秘色彩，如〈欽之舅舅〉、〈巴里的旅程〉等。移民美國讓陳若曦觀察到美國華人的生活面貌，《突圍》、《紙婚》等作品探討移民滄桑與中美文化的衝突。返臺定居後，陳若曦更關懷女性、環保、宗教的議題，二十一世紀初發表《慧心蓮》及《重返桃花源》兩部小說，反映當時臺灣宗教偏離正道的發展，嚴肅思考比丘尼在佛教界的地位及對社會的貢獻。

陳若曦小說中的女性典型是勤儉、賢淑、貞節而有情義，她們是家庭穩定的支柱，但是〈辛莊〉（原載《現代文學》第五期，一九六〇年十一月）卻大不相同，寫的是一位紅杏出牆的妻子。從唐傳奇〈馮燕傳〉到莎士比亞的《奧塞羅》，都是描寫妻子出軌，或被懷疑不貞的故事，結局是女主角被情夫或丈夫所殺，古今中外對不守婦道的女人都深惡痛絕。在「男尊女卑」的觀念下，丈夫拈花惹草可能只是風流，女性的外遇則常被視為淫蕩，引發較多的責難。陳若曦從一位女作家的立場，分析雲英為何移情別戀，以抽絲剝繭的手法，一層層顯露女性在婚姻中的角色。雲英其實是一位賢妻良母，她照顧三個兒女，處理繁瑣的家務，默默盡本分。丈夫辛莊把太太放在家裡，又把家裡一個房間租給賣豬肉的長腳高。等自己勞累奔波，生了一場大病，才由別人口中知道太太和長腳高有染。陳若曦以綿密的聽覺、視覺的感官書寫，呈現辛莊如何注意妻子洗澡的聲音和化妝的動作。結婚十年，她仍然年輕健美的身體，使病弱的辛莊更自卑自憐。雲英即將出門，此時辛莊想要挽救也不無可能，他的心緒不斷波動，卻不敢開口阻止妻子去幽會，嘴唇始終封得緊緊的，只能痛苦的抓住床沿而一點聲音都沒有。他過於懦弱，缺乏堅決果斷的性格。如果說性格決定一個人的命運，那他的婚姻註定是一場悲劇。本篇以丈夫之名為題，從丈夫的視角觀看一個妻子外遇的過程，辛莊的意識流動貫串全篇。（余昭玟）

菸田

鍾鐵民

一

晨風，吹得路邊竹子吱吱哀叫著彎下腰，竹尾飄呀飄的在風裡打轉。昨天晚上，糊里糊塗地倒下便睡，連今天要摘菸葉都給忘了。

連連地做著好夢，醒來渾身都舒暢，吸吸涼風，我真忍不住想要高唱起心肝阿妹來。不過，太遲了點，人家早就下田半天了。我抖抖牛繩，在空中摔個花圈，啪的在牛後臀上擊了一鞭！

「嗷！快走。」

鐵皮車輪，在高低不平的石土路上叩著，發出隆隆的呻吟，彎過山嘴，眼底是個寬闊的山谷平原。放眼望去，盡是一片綠油油的菸田，彎彎曲曲的綠秀溪縱貫全谷。河床上裸露的巨大圓石，和兩岸的蘆葦、矮樹，點綴了菸田的單調，這片美好的田園，就是我們的——頭家的田地啊！

西面的山頭，浸浴在耀眼的陽光下，山坡底的相思樹，正隨風翻起陣陣樹浪，谷地卻處在山的陰影中。摘菸葉的人們全淹沒在綠色的菸海裡，只見一頂頂的草笠在表面浮動著。

喂——我高聲長呼，四面山群也隨著喂喂的反響。

一隻手臂舉起來了，接著也傳來一聲長長的呼喚。

喂——。

菸葉的辛辣味兒飄送了過來，我拍拍牛背，上好車擋，下陡坡，輪子和木擋摩擦出使人牙齦發酸的咿呀聲，傳遍了全谷。

路邊攤開的破麻袋上堆著高高的菸葉，又長又厚的菸葉看起來是多麼可愛呀！多少年沒種得這樣好的葉子了，只可惜……。

停好車，解下牛絆繩，重重的在牛後臀上拍了一巴掌，老伙伴就大搖大擺地爬上山坡上去了，山上有的是嫩管筍，好好兒去塞飽點吧！

隔河那邊高呼怪叫得那樣熱鬧，我也自顧自的笑起來，好像有傳染性的，我只有跟著那邊的笑聲笑；我太高興了。

安妥車板，我兩手不停地把菸葉撿齊了往車上裝。山歌儘管好唱，活兒卻不能不趕，下午是不能摘菸葉的，這活兒比什麼還要緊，跟趕救火似的，延不得。

貴香挑著大擔的菸葉，沿著田塍走過來。綠色的雨衣被菸油染成了黑色。只剩領子上還依稀能辨出它本來的面目；草笠拿在手裡，頭髮燙得像隻烏鳥窩，又鬆又亂；圓臉上掛滿笑意，笑得非常迷人。

新德和阿鳳嫂升上河坎，也先後的沿田塍過來。新德黝黑的長臉上密密麻麻的長滿了青春痘，步伐又快又穩，鬈鬈的像陣風，把阿鳳嫂給撇在後頭老遠。

「喲！阿壬哥好意思？到現在才下田哪！」貴香放下擔子就嚷：「人家都快摘

過河來了。」

「睏了幾夜了咧，昨天晚上又起下乾菸葉七、八百竿，雞啼才睡。那像妳們這般吃飯不管事的那麼享福。」

「阿壬哥，我看八成你晚上在攪鬼。我到上面去還蒙著頭大睡。」新德這傢伙嘴上最刻薄，他可以跟女人們肆無忌憚的調笑。碰到我，哈！可是針尾碰到鑽，辣椒遇著薑，討不了便宜。

「唉！好久沒有看到新妹，想來想去整夜都睡不著覺。」我說。

「呸！羞死祖宗啦！」兩個女的尖叫：「人家新德的姊姊是老師，連看都不看你，那樣的厚臉皮哪！」

我哈哈大笑，新德這傢伙也有莫可奈何的時候啊！

「咦？阿鳳嫂，妳這擔葉子誰摘的？」我翻開阿鳳嫂擔子裡的菸葉：「太青了。」

「好像是招金摘的。」她遲疑了一下回答。

「招娣自己呢？怎麼把小姑娘也找來？」

「昨天招娣被菸葉傷了身子。怕人手不夠，才教她妹子來。」

「呃？真糟！傷得重嗎？」

「開始很怕人。早上我打她那裡來，她已經坐起來縫衣服，大概不很重吧！」阿鳳嫂說。

招娣是我們工作班子裡的台柱。二十七歲了還沒有嫁出去，在這一帶是很不尋常的事情。但是，她的一手好活兒可真不含糊哪！脾氣僵得可怕，其實又何必逞強？她明明曉得菸葉上的露水會醉人，卻經常不穿雨衣，到底還是傷到身子了。

「今天幾個人？」我問。

「連阿錦嫂八個。」阿鳳嫂說：「要教招金回去嗎？」

「教她每株少摘一片葉子吧！青的留著下期摘。」我說：「順便叫順妹來幫我裝車。」

「不用叫！看那邊不是嗅到腥味找來了？哈……。」新德報復似的大笑著走了。

順妹身材高大豐滿，圓臉上甜甜地笑著，原本嫌小的眼睛更瞇成了一條縫。我聞到一般熟悉的體香，全身登時輕起來了。她今天真漂亮，脫掉了外面的黑雨衣，竟穿得一身乾淨的洋裝。我格格傻笑著看她捲起衣袖，熟練的撿著菸葉，噢，那隻噴著粉兒的手臂兒……。

「又發神經了。」她遞過一把葉子，惡狠狠地瞪我一眼。

「妳今天好漂亮。」我止不住笑：「香噴噴的迷死人啦！」

「嚕嗦鬼！」她也笑了。

我一層層地把菸葉堆上去，小心著弄斷葉骨。

「你看這葉子多好！肥肥重重的。」她理著菸葉說：「真罕見這麼可愛的葉子。怪的就是烤不好，實在想不通。」

「今年雨水太好，淋了這陣雨，把黃葉又給弄得回青回嫩，烤起來顏色先就差了。排水又排不好。菸葉像在菸樓裡蒸，葉蒂一爛，都掉了下來。如果不幸碎葉穿過鐵線網，觸到燒得紅紅的鐵筒，連屋子都會燒掉，那才倒楣哩！葉子長大，肥厚也是沒有用的。」我說。

她搖搖頭，歎了口氣說：「每年天旱，爭水爭得拿刀握棍，今年不爭水了，卻又這樣。我們這些莊稼人兒，就是注定要一輩子苦。」

「妳也天天忙嗎？我日夜蹲火場，想出去真不容易。」

「可不是呢！今天這家摘菸葉，明天那家斷菸筍。轉來轉去一連半個月沒歇過，真累得腰骨都伸不直了。昨天招娣姊給弄倒啦，現在還在床上哩！」

「昨天不是在妳們家摘嗎？」

「正是。真把我嚇死了。我爸爸出去請醫生，我和貴香把她扶回家，弄到晚上十一點多才把菸葉穿完，擺進菸樓裡架好，雞已啼頭更。躺下眠床，剛閤眼皮，天又亮了。」她說著，樣子是那樣的憎惡、不滿：「只不過多幾文錢好賺，命也要賣給它，真個菸業！冤業！你倒真做不厭也做不怕？」

聽她一發牢騷，我心裡又怕起來，我很擔心她又提起上次的問題。雖然我天天為這個心焦，考慮了又考慮，卻沒能夠下決心。要是她突然一問，又要氣得半死。

「晚上我們看看招娣去。」我岔開話題說：「我們也好久沒有在一起了。」

摩托車噗噗的響著，今兒頭家可來得真早。他也心急啦！我們相對會意地笑了笑。

「呵呵——你們早。」頭家車子還沒有停穩就嘻嘻呵呵笑開了。這正是他的特點，對誰都能笑得那麼親切那麼自然。難怪他名望高，又是鎮民代表又是農會理事，一大堆名頭。他的白皮膚，方面孔，映著剛翻過山頭來的陽光，顯得生氣蓬勃，熱情洋溢。

「呵呵！順妹辛苦啊！早點下工休息。」他笑嘻嘻地說：「有你的信呢！阿壬。」

看看信封，熟悉的狗爬字，是第四封了。我偷看順妹，她很快地溜了我一眼。

「昨天下葉子，這場菸葉烤得怎麼樣？」頭家低低的，滿不在意似的問，我早看出他眼裡迫切的閃光了。一場葉子值數千元，辛苦了多少時間，也不過八、九場葉子啊！

「爛是沒有爛掉，就是顏色褐褐的沒有油性，而且十多竿葉子不太乾。」我說。

「沒有爛掉就太好了。外面情形壞，實在教人心寒。」頭家乾笑著說：「幾千元的東西挑去糞堆裡搭肥哩！」

「以後會好些的。沒有再下雨。」我說。

「呵呵！就希望這樣哪！」他朝隔河工作的地方張望了一下。新德和貴香又挑著葉子爬上了河坎。

「你們慢慢做，我先上去看看。今天宰雞啊！呵呵。」

摩托車爬坡叫得很響，噴出一股青色的煙霧在空氣中翻滾，汽油味隨著微風飄送，隨即一切又都消失了，仍留下清爽的山風和暖洋洋的太陽照耀全谷。

「張明亮的信。」我說。

「哦！」她停了一下，想說什麼，卻又默默地埋首工作。我也不願意說什麼，且等著我看完信再說。隔河，喧鬧的聲浪不停的傳來。

「好熱鬧。那唱十八相送的嫩嗓子是招娣她妹子吧？唱得真好。」

一班小孩子趕牛入山，落群的小牛哞哞哀叫著；又一班伐木工人，帶著刀鋸，提著便當，也談談笑笑的往山裡去。我們做得很愉快。連半山的畫眉也吱吱喳喳聒噪得正起勁。

二

我命苦，註定是討食婆的兒子。閻王放我出來這個世間，童年卻也召去了我爹。留給我們的只有一間破茅寮挨著一角菜園地。我媽多病，躺下床便是半月十日。我不知道媽媽怎樣把我跟哥哥養活的。我還依稀記得，母親拖著病體，揹著我，牽著哥哥一家家去討些殘菜冷湯。

我也沒有唸多少書，小學裡鬼混了幾年，小要飯的沒人理會，只唸到四年級就滾了出來，斗大的字倒也識得一些。平日裡沒親沒戚，沒有朋友，清明不用祭祖宗，過年也無須敬關爺，母子三個把破寮一關，就是我們的天下。

頭家是我遠房表叔，但是，我們各房不相往來，已是一、兩代以前的事了。我已忘記是那一年來到頭家家裡，也忘記怎樣跟上他的。我只記得一開始就和財發伯一起看羊。俗語說：「掌牛有牽，掌羊有跑」，可真一點不錯，三十幾隻羊在山上，就像有幾百隻那麼多，整天追來追去累得半死。財發伯是膿包，半瓶米酒能使他死睡大半天，有時我把羊兒趕歸欄後，還要打起火把找老財發。

寂寞，不自由，苦啊！我幾次跑回家，和哥哥一同爬到床底藏著，還是叫母親給扭著送回山裡去，由看羊到看牛下田，一年年流水一樣流去，摸摸下巴，鬍子渣兒已經粗得刺手了。

十幾年來頭家的照顧不能說不好，吃穿用的，樣樣齊全；自從在這山谷裡做了菸樓之後，我儼然成了山裡的主子。田裡的事，家裡的事一大堆，好在還有長工阿錦哥夫婦，又有老財發伯管理許多家畜，大家住著倒也像個家。頭家鎮子裡有家有店，是難得進來照管的。

這天下午餐桌上，頭家很興奮，開了瓶紅露，勸大家喝酒，話也特別多，白白的面孔泛起微紅，顯然有酒意了。

「呵呵，大家不要客氣，自己隨意好。」他睜大眼睛，掃視著每一張臉孔。

「今天我要在各位朋友面前說幾句話，也請各位做個證，看我說的話算不算數。」他手捧酒瓶做了個揖；聲音有些急促，語氣卻頗肯定：「我們結了多年鄰舍，一向承蒙大家幫忙照顧，這點要特別感謝。另外我要說的，是我這賢侄阿壬。」

「阿壬等於我半邊身子，這一點大家也知道。我自己兩個孩子沒用，全在外面唸書；我自己店裡事情又多。要不是阿壬在這裡日夜辛苦，我實在沒有今天的安開。」

他頓了頓，換上另一種語調說：「他在我這裡，就是我們自家人，我一向把他當做自己的兒子，他年紀也不小了，自他前年退伍後，我就打算替他成家。」

「前些時候我託人替他問過兩家姑娘，都是他自己推辭掉，是不是他有意中人，我就不知道了。但是有一點，不管他中意誰，我若沒有誠心替他辦這件親事，大家可以罵我說話像狗吠。」

我感到窘極了，頭家講這種話，好像我曾抱怨過什麼似的，順妹在那邊已經瞟過我好幾次了。頭家剛坐下，由新德領頭轟的大笑大叫起來。我極力應付著各種善意的取笑，匆匆忙忙丟下飯碗便溜到菸樓前的蔗葉涼棚底下。

我得想一想！我告訴自己，撿過一支菸竿，解開一端的繩子穿上長長的菸針，然後機械地把菸葉從葉蒂串進繩子裡去。

不錯，頭家好意替我成家。但今天態度很特別，很明顯的他有某種的意圖。是擔心我突然離去？

他沒有把我當外人，我不也一逕將這裡視為自己家嗎？這裡才有我的生活方式，我何嘗有意離去自己的天地呢？我原就命歹，老古言語說的：命裡注定八合米，走遍天下不滿升。那裡不都一樣？何況生來直接跌落地，原是脫不開土的呢！可是這股力量，在心裡翻騰許久的意識，卻壓得我很難受。繩子串滿了菸葉，我取下菸針，把繩端繞上竹竿。擺到身後，又撿取一根菸竿。

張明亮又來信了，這次他倒沒有催促，只說隨時歡迎我。退伍後，他們幾個合起來做生意，賣力賺錢，卻也幹得有聲有色。他說這是新興行業，可以試試。

「缺你老三，我們很遺憾。」他信裡說。我好像看見了他高大的身軀，聽到了他響亮的聲音一樣。

「人總得要自己進鑽，你一生當長工，看頭家臉色，像條狗一樣？你看看財發伯吧！」最重的壓力在這句話，雖然聲音輕微悅耳，卻天天迫得我透不出氣來。他沒有說錯，自然我不能像財發伯一樣。只是我有點害怕，害怕新的生活。

那麼！頭家的一席話是有因而發的了。難道他已看出我的不安嗎？我或許只是敏感罷了。那麼我是不是該正式向他提起呢？我又換上另一根菸竿。

順妹抱著一包菸葉進來，坐在斜對面的矮凳上，拿起菸竿解開繩索。

「你跟頭家講過嗎？」她問。

「還沒有。」

「那他怎麼好好的忽然提起這些事呢？是不是他看了信？」她偏過頭來看著我：「信裡怎麼說的？」

我看著大班的人擁出飯廳，對她笑笑說：「晚上告訴妳，我們要好好談談。」

「好吧！我在招娣家等你，一定來。」她說著調皮地扮個鬼臉，貴香已一腳踏進涼棚來了。

三

我們從招娣家出來，大地已經沉寂，月牙兒剛剛爬上山頭。周圍蟲聲此起彼落地輕唱著，似在讚歎這美麗的夜。山的輪廓，樹的微影，一切是朦朧的、夢幻的。遠處野狗低沉的吠聲，伴著我們的腳步。

「不久過年，又加一歲啦！」她踢著腳邊的草莖，幽幽地說：「你真該有什麼打算了，等到頭髮變白後，還能做什麼？張先生又在催你去吧？」

「沒有，這次他沒有催，只說歡迎我去合夥。」

龍眼樹枝斜斜地垂在路邊，我舉手扳住頭頂的低枝，選了一片嫩嫩的新葉嗅著。

「過年時，菸樓正在停火期間，最好我們能先去看看，他們也想見妳哩！」

「你告訴他們了？」她忽的停下步子，轉過頭來瞪著我，目光懾懾逼人，我能感到它所含的責問的意味。

「不能讓他們知道？」我囁嚅地舔舔嘴唇。

「我——我不知道。」她收回目光繼續低著頭向前行。

綠秀溪上的老鐵線吊橋高高地懸在河面上，順妹在橋中央坐下，把兩腿伸出橋欄外晃著，吊橋一晃一晃的也隨著搖盪起來。我傍著她，斜斜地扶靠著鐵纜立著。風把兩岸茂密的灌木吹得簌簌發聲，鐵纜上蒙著薄薄的露水，涼涼溼溼的有些冰手。

「今天，那個潤德伯母到我家去了。」她把頭伏在我腿上，平靜地說。我能感到她臉上肌肉的牽動。

月光將破碎的樹影投射在她身上髮上，風吹樹搖，影子像在顫抖似的跳動。我心裡突然生起一股無名的驚懼，我常擔心著會有這種事發生，現在不是來了嗎？我真不知道我們能不能再在一起。這該下十八層地獄的媒婆，該死的潤德伯母！我心裡咒著。

「誰？」我顫聲輕問。

「我也不知道。我媽剛剛要跟我談，我沒有理她。」她揚起頭對我安慰似的一笑：「你害怕啦？」

我搖搖頭在她身邊坐下。她輕輕地靠過來，安靜地讓我摟著。我把龍眼葉含到口裡，悶悶地吹著番調小曲，調子是憂鬱的，哀怨的，我被自己引得眼角癢癢。心裡的陰影使我不安，我不知道未來是禍是福。

「順妹。」我吐出樹葉，摸摸眼角。

「嗯——？」

「我們——妳爸爸會反對嗎？」

我感到她輕輕顫動了一下，把我的手指握得很緊。許久才低低的說：

「大概不會。」

這就是啦！我告訴自己。前面的道路很黑暗，我可能落進深谷下，但是我得要儘量向前爬。明天，給張明亮信，告訴他我已經決定了。趁別的事沒有發生前，趕緊先抓住她吧！我相信她會走向我的。想到這點我較開心了。

樹影漸漸從身上移開，明月爬上了樹梢。我替她理理飄散的頭髮，拍拍她的肩膀。

「走吧！我們回家去。」我說：「明天妳來這裡，等我的消息。」

回到菸樓剛過半夜，屋裡靜悄悄的。阿錦哥他們全睡了。老黑搖著尾巴親熱地迎接我。轉到火場後，把菸樓中的溫度表拉近看窗，透過玻璃！卅度，剛好。明天再悶一天，讓這些葉子變得像黃金般的顏色。我也正可以出鎮去找頭家談談，也得回家去看媽媽了。

四

媽媽在屋後菜園裡，密密籬笆棚中，只能看到她的藍衫在搖動。我支起單車，把後架上的米提進屋裡。米缸空空的，掀開鍋，有幾根煮熟的大甘薯。灶子冷冷的，不知道什麼時候停火到現在了。我一陣心酸，推開後門。

「媽！我回來了。」

「誰？阿壬嗎？」媽媽緩緩站起，眼眶紅紅的，在陽光下努力的眨著，媽媽蒼老了。佝僂的身子，遲緩的步伐，二十幾年艱苦歲月，使媽媽變成了老太婆，不知道要那一天才能享清福呢！哥哥靠不住，經常隨著那些狐群狗黨閒蕩，哪日他能回頭，就是母親的福氣了。

「想摘點菜去賣。」媽媽笑笑說。望著老人家的笑容，我再也忍不住慚愧和悲痛，我從來就沒有為母親想過，我只自私地為自己打算。我離去，再有誰來照顧她的生活呢？往常三、五天回家一次，這回只多耽擱了幾天就這樣——

「哥哥呢？」我問；心裡很不高興。

「誰知道他鬼混到哪裡去了，昨天早上就出去，到現在鬼影都沒有看到。」媽媽說：「很忙嗎？好久都不回來。」

「烤菸葉，脫不開身。我買了兩斗米在缸裡，這裡有五百元妳帶在身上用。我要等菸樓熄火後才能再回來。」

澆完菜，打滿水缸我才出門。望著一根用木柱斜撐著的破茅寮，我心裡更加沉悶起來。

頭家在鋪子裡跟幾個男人圍著飯桌談話。年關已近，洋貨店生意很盛。頭家娘在外面忙著應付客人。

「我侄子阿壬。」頭家向對面穿西裝的老頭子說。我認得他，就在洋貨店隔壁農會推廣組做事，我不時向他買農藥。

「農會的阿木伯，你認得嗎？」頭家笑著對我說：「這兩位是屠宰場的金星哥和對面粄仔店的全盛叔。」

我朝大家點點頭，在阿木伯旁邊坐下。

「菸樓生火了嗎？」頭家問。

「沒有，這期葉子太青，黃變期要久一點。晚上可以起火。」我說。

「你看田裡的菸葉怎麼樣？要不要再噴一次藥？」

「正是呢！我發現不少葉子生白星兒，馬上需要噴一次。」我說：「今天要帶瓶藥回去。上次的都用光了。」

「要噴白星兒嗎？波爾多劑很有效，我那裡還有一些兒。」阿木伯很熱心地說：「今年白星兒特別多，種菸的家家都傷腦筋。聽說這白點兒一燻會變黑點，彈一彈全往下掉，可是真的？菸葉破了洞，價錢不是要差了嗎？」

「唉！差又有什麼辦法呢？種菸的慘不就在這裡嗎？沒早沒晚，沒老沒少，一年裡就要忙半年，而且赤星兒啦，白星兒啦，上粉啦，反種啦，一大堆毛病。要是天要作壞，一場霜下來，大家全完蛋。就算全部平平安安吧，繳上去沒有好等次，也是白辛苦。」頭家說著不住地搖頭。

「我說發貴哥。」瓶店的全盛叔說：「你們有菸樓的才是大財主兒哩，每年繳菸葉都用洋巾包鈔票，人家想得要死還想不到菸葉來種呢！」

「嗨！全盛，你看人家在吊頸還說在盪秋千。你要知道，種菸的人家，全年衣食全看在菸葉上啊！平常裡借的賒的，一句話：繳菸後償。菸籽還沒落土，菸葉已吃掉一半啦。等到繳菸葉，菸廠再扣肥料、借款、稅金，剩下的錢領出來，這家店那家鋪子分著，到家能給小孩子留下一點糖菓錢，那就算不錯了，有什麼好的？像牛一樣地做啊！」

「這是真心話！我自己有菸樓，知道得最清楚。」屠宰場的金星哥也長長地歎口氣說：「我真做得怕了，不分老少，從落菸籽忙起，做苗床，淋肥澆水、移植……。」

順妹把菸葉叫做冤業，可不是沒道理的，從做苗床到種菸，哪樣不是把人當做牛使？就說移植後的照管吧！白紗帳子白天掛起晚上收下，或半夜三更下幾滴雨，慌慌張張又要趕緊將苗床撐起來；怕蚯蚓把苗根鑽鬆了，又怕土狗仔將菸葉咬破，日夜不住要巡視，到葉子有巴掌大了才可以種植。菸畦一行行用尺量，用線牽，澆水，把腰彎到站不直。然後呢，中耕培土、施肥、捉蟲噴藥，沒有一天不往菸行裡鑽。菸兒長到齊胸高了，開始三、五天一次地斷芯拗芽，這才是最惱人的工作，就算菸葉燻乾了！也還得壓製、檢選、分等、包裝，全家老少都沒閒著。人手少的家庭，真夠瞧的了。過度的工作，菸葉的辛辣，癆病鬼多了，沾上葉子上露水倒了，因噴農藥自身中毒的也不少，誰說不是冤業呢？賣命賺飯吃。除了這行業倒也沒有更好的。

「……去年普遍等級差，一年比一年壓得更緊。」金星哥對大家說：「你不是說也繳得壞嗎？」

「可不是？我認為天下最不公平的，莫過於繳菸了。自己老命拚出來的東西，隨別人去分等分價，還不得異議，天下哪有這等生意？」頭家說：「我們那組裡我繳的最差，無形無跡就虧上萬元啊！」

去年，論色澤、葉子，我們並不比他家差，等級卻最壞，繳菸葉那天，我真恨不得找人算帳。他媽的把人當瞎子，他的口比佛祖的法言還靈，一等二等三等隨他高興。六七包上等的貨色，我從十包中精選出來的，他輕輕鬆鬆就統統喊二。要不是頭家拉的緊，當場就有他看的。不過，我怕也要去吃幾年飯團去了。

「還是你，阿木哥，你好。清清閒閒的領月給，一家人不受風吹雨淋，真是前生修來的福。我要不是有這間破爛店撐著，早垮了！」頭家說。

「嘿！誰不知道你發貴哥是大主兒？我領五年月給也抵不上你一年菸葉。」阿木伯哈哈乾笑兩聲，立起身來伸個懶腰：「唉——，回辦公室去了，不要人來找不到。阿王，你等下過來拿藥。」

全盛叔也站了起來，拖著大冬瓜似的胖身子往門邊擠；金星哥連連打呵欠，拿起桌底下的草笠戴正，一面用手指摸了摸眼角。

「都要走啦？再坐會嚒！」頭家說：「就吃中飯了！」

「我在燒七十二度火，教大女兒看不放心，回去看看好。」金星哥說著摸摸嘴巴，跟著大夥出去了。

「你回過家了？」頭家給我一支菸：「你媽好嗎？」

「好！」

煙圈一個個飄起，慢慢地擴大搖曳。說呀！我告訴自己：事情反正得解決。但是真該死，舌頭像有千斤重，轉了好幾轉都發不出一句話來。放大膽！沒有什麼可羞的。呀！是個堂堂男子漢嚒！我鼓勵自己，責罵自己，全沒用。我只能對著頭家吐煙圈，他雖然是表叔，畢竟不是爸爸，有求於他的話，真難出口。但是想想順妹，想想那天誅地滅的媒婆潤德伯母，我膽氣突然一振。

「你和順妹好像很有意思，你覺得她怎麼樣？」

竟然是頭家先開口，於是我大膽興奮地把我們的感情、計畫，連張明亮的信都告訴了他，他靜靜聽著，不時點點頭表示知道。

「——我們想出去混一個時候，趁現在年輕多跑點路，也好見識見識事情……。」我將順妹的話搬上來，只有她讀過兩年中學的人才能說這樣彆嘴的話，這可不是我賣死力的粗大個兒說得好的。

「那你的意思是想先結婚，然後去跟張明亮合夥做生意不是？」頭家問。

「是的！不過先訂婚，等我事業稍有成就再結婚也可以，只要先把名份弄定。」我確實在害怕著，怕那不知名的傢伙。

「那麼你什麼時候會稍有成就？要是失敗了怎麼好？」他問。

「我們都年輕，還怕掙不到飯吃嗎？」我又搬出順妹的話。

「所以我說你沒有頭腦就是這樣。」頭家笑了：「你根本沒有思想，你用什麼方法養老婆，有了老婆又要養兒子的啊！水跟風填不飽肚子，你拿什麼去換飯吃？賣力？自己都不知道餵不餵得飽呢！我沒有話講，一萬八千拿出來替你辦事大概還辦得到，順妹她爸爸可是死要面子的人，又是兩棟菸樓的大主兒，他會讓女兒跟你去喝西北風嗎？恐怕還要考慮考慮哩！」

我的心慢慢往下沉，沉向飄渺的深坑，就像第一次跳傘時，傘沒有開前一樣，一口氣堵在胸前，一時失去了聲音，也失去了自己，我不是沒想到這些，我只怕想到這些，總是樂觀地欺騙著自己。

「有一個辦法，你們婚後仍替我照管山裡，將來我將伯公背的幾分園圃給你們，你們改良改良可以種稻子，也可以起屋。順妹她爸爸由我出面給他保證，這樣大家都好，你看怎麼樣？」頭家問。

一口氣從胸口往下降，漸漸平順了。降落傘到底張開來了，我從心裡笑出來，綠色的大地在眼底打轉，有希望了。只是順妹會怎麼說呢？這真是對誰都好。

「我總得教她明白！」我自言自語地說。

五

對山飛雲寺的燈光在樹叢中明滅，師父夜課的木魚聲也隱約地傳送過來，一切顯得如此地平靜和安詳！

我傍著順妹坐在橋中央，興奮地述說中午談話的經過。

「我們先建間像樣的磚房，農暇時就回到我們的家，也好照顧媽媽。吃的用的有頭家供給⋯⋯。」

我說著突然感到不安，她從頭到尾一點反應都沒有，我握著的手在輕顫。我停下來，正奇怪地打量她，一點熱熱的水滴滴在我的手背上。

「順妹——妳怎麼啦？」我翻身對著她輕叫。

她一動也不動地凝視著飛雲寺的燈光，很久很久才顫聲地說：「我很難受，我們——分開來算了！」

「我錯了嗎？」她的話使我大吃一驚，我惶惶地解說：「伯公背的圍地，我們可以改良成稻田，頭家答應要給我們，我們不是一輩子當長工的啊……。」

「不要說了，我知道。」她抽開手，站起身子低低地說：「我要回去了。」

「聽我說。」我一把拉住她，吊橋隨著我們的動作，咿呀咿呀劇烈地搖盪起來：「我是為了妳，為了妳爸爸才這樣決定的呀！」

「你以為這樣我爸爸就會答應你嗎？」她站定身子，直視著我的眼睛，目光爍爍地發著火花：「我喜歡你，我不在乎別人取笑我嫁給當長工的，我也不在乎別人取笑我嫁給討飯的做媳婦，你想我爸爸會高興人家稱他是討飯婆的親家嗎？」

順妹的話像鐵棒當頭擊下，像尖鑽當胸透過。我頭昏昏地發怔，血液在血管中衝激沸騰。

「我們出去，你父親就會答應嗎？」我鬆開手，虛弱地倚著橋纜，我努力控制自己，仍止不住聲嘶顫抖。

「我不知道，但是我自己有主張。我心甘情願跟你跑，我也不拖累你，還有什麼話說呢？可是你，你誠心要替你頭家多找一個長工。」她從我臉上移開目光，低下頭忿忿地說著：「你為了我好？你有沒有想到我的困難？我們住得那麼近，出入都要經過我爸爸眼底，你以為我不顧一切跟了你，我爸爸會原諒我嗎？你教我怎麼去見人、去做人？」

她說得很快，也很淒切，說完翻身就走，我心在急速跳動，吊橋像在不停地起伏旋轉。她的步子一步步全踏在我心上。

「等一等！」我大喝一聲，彈簧一樣衝出去。

她站住了，倏的翻過身子，站得直直地瞪著我。

「你要幹什麼？」她冷冷地問。

我感到她像不住的在生長高大，我要仰起頭來看她。

「我們出去吧！我答應妳。明天，後天，只要妳高興就走。」我哀求她：「答應我。」

她瞪著我目光漸漸柔和起來，她歎了一口氣說：「不要做自己不想做的事。我不願意強迫你。回去！你頭家會找到合適你的女人。記著，你我立場不同，不要再來找我。這樣對我好，對你——也好。」

她半跑的沿田塍奔去，很快就消失在菸田和黑暗中。

我追了幾步便頹然止住腳步，一下癱在路邊的石塊上，再也站不起來了。

我腦子裡一團混亂，我什麼也不能想，只靜靜地呆坐著，我忘了涼風狂吹，也沒有感覺到菸田飄出的辛辣味。我一直坐到如眉彎月升起，才拖著疲乏的身子回菸樓。

六

「貴叔，我決定要走了。」我把頭家拉進火場裡告訴他，順妹今天沒來上工，她有意避我，我明白她的性情。

頭家凝重地望著我，久久才開口說話。

「好吧！我不為難你。你跟她怎麼辦？」他深意地說：「我昨天見到了老阿坤，我再沒有法子幫忙。他很頑強。」

「我和順妹也完了。我不能再做下去。」我說。

「呃？這樣也好！乾淨。」他說：「出去玩玩吧！但你得再幫我一個月，等菸期過去再走，我也好準備一點錢給你用。」

好！就再忍耐幾天吧！我茫茫然地點點頭。

「想開點，大丈夫該提得起放得下，還怕找不到老婆嗎？只要你有意，我一定替你物色。」他豪爽地在我肩上拍著，白白的臉上有著一股正直堅毅的神情：「我這裡需要你，這裡才是你的家。或三月兩月，或一年半載，玩厭了就該回家來。」

我眼裡不知何時儲滿了眼淚，經他肩上一拍，紛紛往下滴。我沒有見過自己的爸爸，我何曾聽過這種充滿慈愛又令人斷腸哀痛的言語？隔著一重朦朧的水翳，我們嚴肅地相互對望。

幾天迷迷糊糊地過去，今天摘菸葉又忙了一天，明天是小月的二十九，後天就是大年初一了。算算上場菸葉，整整燻了七天半。

順妹今天也沒上工，整天都像沒有帶著腦子工作一樣，這狐狸精真能收人魂魄啊！

我日夜都摔不脫她的影子，我不住地回想著我們在一起的許多事情。多少年了，我們從一塊兒放牛到一塊兒工作，從大夥兒到我和她兩個。往事，猶如一場好夢。夢醒了，她走她的路我過我的橋；我和你不同！這是她說的！本來嘛！誰教我是討食婆的兒子呢？人家是兩棟菸樓的大主兒哩！

飛雲寺的燈光和鐘聲依舊，鐵線吊橋仍靜靜地懸在綠秀溪上。沒有熟悉的人影，我只獨自地憑著橋纜聽風聲，我也吹著古老的番仔調，讓那哀怨的歌聲隨風飄向菸田的深處。

七

爆竹聲密密地響著。頭家娘給我一大片豬肉和蒸熟的雞。我興沖沖地趕回家，我可以看到哥哥，好好地談談了。

「喲！帶了那麼多肉回來啊！」左鄰增祥嬸站在禾埕邊曬衣服，增祥叔正蹲在水圳旁宰雞，小孩子的叫聲不時爆起。我笑著一一招呼他們。

媽媽正低著頭坐在矮櫈上吃早餐，太陽光一條條從牆縫透進屋裡來。房子打掃得很乾淨，卻顯得格外的空蕩。

「阿壬嗎？這麼早就回來了！」媽媽抬起頭，瞇著眼看我：「你吃過早飯嗎？」

「在山裡吃了。」

我把東西掛在竹柱上，突然我全身一震，連手也忘記縮回來。

牆角上倚著媽媽的竹杖，破草提袋挨著竹杖放著；這是媽媽從前的行頭呀！難道媽媽她又——？

說。

我一把提起草袋，倒出幾個甘薯和一包米，我突的忍不住大嚷起來了。

「媽！妳，妳怎麼又出去討東西了！妳要教我們怎麼去見人呢？」我忿忿的說。

「沒有吃的，你要我餓死嗎？」她吶吶反問。

「我上次給你五百塊呢？才幾天全用光啦？」我大叫。媽媽惴惴地望著我，好一會才負罪似的說：

「都被你哥哥偷去賭光了。」

這個畜生！這個廢物！我心裡大怒。我要把他撕成碎片，掏出心肝餵狗，這個該死的畜生。

「他呢？」

「誰知道他死到哪裡去了，兩天沒有回來。」

我扔掉草袋，衝出大門。我找他算帳去，我忍不下這口氣了。這是什麼該死的家庭啊！為什麼偏偏出生在這種該死的地方呢？我反覆地對自己大叫。

我到鎮裡找到四眼狗德輝，也是個道地的敗類。

「昨天我看見他跟老大昌盛哥在一起。」他奇怪地打量著我說：「有什麼事嗎？我替你找去。」

「我自己去。」

我轉到鎮北昌盛家，背著清水河的老屋，一眼就看出破落的景象。昌盛的兄嫂在辦三牲敬神，我感到心裡怒氣更盛。看別人家家戶戶在全心地準備過年，而我們——。

「阿王找你哥哥嗎？」昌盛的哥哥冷冷地招呼我：「他們昨晚三點多才回來，還在後面閒間裡睡呢！」

後舍橫間裡，哥哥和昌盛一橫一直的睡得非常安穩。我一肚子火要爆炸了。

「起來！」

我抓住哥哥的前領，把他硬拖起來。

「幹什麼！幹什麼？」他睡眼朦朧地推開我的手，尖聲怪叫地爬起來：「什麼了不起的事嚒！」

「有話跟你說。」我把他拖向屋背河灘上。

「你瘋啦，你要幹什麼？」他不住地大嚷。

到沙灘上，我踢踢細沙，翻身一拳就把他打出六尺外。

「你這個混蛋，廢物！」我破口罵。

他爬起來瞪著我，臉上的肌肉在扭動在變形。

「好哇！你造反！」他大怒地吼著：「你找死啦！」

我看著他低頭疾衝過來，立刻向右側閃開一步，一下捻住他的頸往下壓，伸出右手在他屁股上使勁擂一拳，他向前一仆，爬不動了，我把他翻過來，抓緊衣領提起來。他驚懼地看看我，雙手抱著頭拚命掙扎。

「我要宰掉你。」我咬著牙，一下一下朝他頰上摑著：「你算人嗎？媽媽在挨家討飯，你竟有臉皮穿得一身光整在街上蕩，媽媽在吃蕃薯，你卻把錢拿出去玩樂，你怎麼嚥得下媽媽討來的東西哪？你這畜生。你乾脆跳清水潭死掉好，你為什麼還不跳下去？——」

我摔下他，朝他臉上吐口水。忽然肩頭被人用力一按，接著眼前一花，早就挨了一記重重的拳頭，昏昏沉沉地被擊翻在地上。搖搖頭，定神一看，昌盛和四眼狗一邊一個，正怒沖沖地撲上來。我滾了一個身，順手撇出一大把沙子。

「哎喲！」四眼狗摀著眼睛蹲下去，我站定身子對著昌盛戒備，這個大水牛是出名的打手。

「你找死！」

他咆哮著一步一步地逼近：「老子要教訓你。」

「來吧！」

我衝上去死命一拳搥在他的臉上，同時自己肩窩一熱，全身骨頭都震動起來，這大水牛的拳頭真夠重，來吧！憋了許久的氣，我全發在他身上了，這才是真正的罪魁，膿頭。我不管自己挨了多少拳頭！我昏了腦子，狠命使出全身力量進擊。誰抱住我的腿，我一下跌向大水牛，接著心窩挨一下，我就軟軟地躺在沙上了。大水牛和四眼狗上下壓在身上，我閉著眼等著拳頭落下。

「不要動他。」

耳邊一聲輕喝，我睜開眼睛看見是哥哥握住了兩個拳頭。

「夠了。」他說。

身上一輕，我滾起身來拍拍塵土。哥哥兩腿微開地站在面前，兩手插在腹部腰帶上，他兩頰紅紅腫腫地印滿掌印，我也左眼朦朧地看不清楚。肚子很難過，直想嘔吐。而且我們都不住地氣喘著。

人聲吵雜地滾向河灘來。哥哥朝昌盛和四眼狗點點頭，轉過來向我說：

「現在，我們回去吧。」

媽媽扶著竹杖在馬路邊眺望著，看到我們，又驚又喜地迎上來，她朝哥哥看看又朝我看看，驚叫地說：

「你們打架啦？」

「打了。」我說。

八

菸兒剩下頂上兩片葉子，再兩天一摘就完了。算一算日子，從做苗床開始，到末場菸葉摘掉，整整緊張了四個月。以後檢選、分等和包裝，可以讓阿錦哥去料理。

過年回去就沒再出去。工作班子照樣地做著，只是順妹不再跟著大家出現。從那天晚上以後，我再也沒有看見她，由貴香和新德他們口中，我卻不斷地聽到她的消息；鎮裡黃家相親啦！出去學洋裁啦！準備訂婚啦！我不動聲色忍著，男子漢大丈夫，滾你的好了。

老黑衝出車路上吠，我先看了一下溫度表，七十二度，正好烘乾大葉骨。

「回來，老黑。」我看到的是順妹的妹子富妹，提著一個小包袱站在路上。

「阿壬哥，姊姊今天過定，叫我把這個送你。」她說著解開洋巾放在桌上，赫然是兩塊禮餅。

我心狂跳著，有股怒火在燃燒。我壓制著，心亂如麻地問：

「你姊姊沒有說什麼嗎？」

「姊姊說裡面有東西給你。」她指著洋巾說。

「好，謝謝妳，也謝謝妳姊姊。」

捧著她的禮餅，我真說不出心裡是什麼滋味。也好，一切決定了也免我老牽腸掛肚。我重重的呼出一口氣，如釋重負，又若有所失的坐在便床上發呆。

鐵爐裡木柴嗞嗞地燒著，這當兒溼木頭扔進去也能烘烘燒起來，我加上了一段大木頭，開大風口，烈火呼呼叫得更高了：

「你不要做呆事，我不會跟你出去的，聽我的話留下來，你只有在這兒才會快樂。我沒法不聽我爸爸的話，禮餅送你……。」

哼哼！我自個冷笑起來，她竟想送我禮餅！真虧她想得周到啊！我眼淚都笑出來了。

吃吧！莫負她的好意！我狠狠咬一口，豆沙餡，餡是甜的，心是酸的，從口裡酸到心底。

去吧！少管我閒事！我勾開爐門，連餅帶信一併摔了進去；碰上爐門，我已止不住腦裡的血潮澎湃。

九

昨天夜裡十一點，最末一場菸葉熄火。一切都準備好了，給張明亮寫了信，回家看看母親和哥哥，晚上辭別頭家就可動身北上。

「你放心做事，早年我帶著你們兩個也沒有餓死，現在一個人還怕什麼？」媽媽的話在耳裡響起。

「有我呢？我就回磚窰去挑磚，養得起媽媽。」哥哥的聲音也接著響起：「不要瞧不起人，否則我可要找你真正地再打一場！」

想到哥哥，我渾身都舒服了。我早該找他打一場的，真沒想到一架把他打回了頭。想到除夕晚餐的情形，我又笑了……。

「你把我打得不能吃東西啦！」哥哥摸著臉頰忿忿地抱怨著：「那有弟弟教訓哥哥這樣教訓法的？」

「我不是你弟弟。」我沒好氣的頂他。

「好厲害，就像要吃人的那樣子，也不怕嚇死人。」他揶揄似的說：「你是當家，你有權利管我，我叫你哥哥好吧！」

「你不要得意，我就走了，讓你去當家。」我說完轉身對著媽媽：「媽！我菸葉燻完要出外做事去了。」

哥哥放下摀著臉的手，和媽媽一同注視我。

「你到哪裡去？」他問。

「北部。跟以前同隊的張明亮合夥做自助餐。」

他怔了一會，才突然想通了什麼似的，用堅定的口氣說：

「好吧！你去。家裡有我呢！剛才你那幾拳把我打醒了，使我想到了媽媽和自己。我們原打算出了年溜出去碼頭找快活的，昌盛認識許多弟兄，不時往來。現在，嘿嘿……。」他苦笑著收住話題。

「哥哥，不要嫌做工下賤。三十元一天的工錢你嫌少，一定要大把大把鈔票才賺，你怎不想想自己的身分呢？」我說：「做零工嫌倒架子。磚窰裡長期挑磚又嫌苦，你要做什麼好？」

「行啦行啦！」他笑笑說：「捧完了又要訓，真要命！你可知道我有多苦悶？我們窮，沒有誰正眼看一下，做死做活地還餵不飽肚子——。」

他說著忽地打住，瞪著我奇怪地問：

「你好好兒替發貴叔照顧農場，為什麼也要走呢？」

正如他說的：我苦悶，我寂寞，我沒法再挨下去。我告訴他順妹的事，這回他沒笑，聽完後嚴肅的說：

「我了解，阿壬。你確實需要換換環境。放心找張明亮去吧！以前有你在，我倚著你，你以為我真的不能自己站起來嗎？」他轉向媽媽：「媽！你怕跟我一起挨餓嗎？」

「二十幾年我沒有怕過，你們都知道自立，我怕什麼？」媽媽開心的笑著。

十

第一批伐木工人說說笑笑進山去了。老黑一直跟著我走上牛車路。回去吧！不知道哪一天才能再帶你去追兔子了。

「一路順行。」阿錦哥替我把包袱掛在車把上，低低的說：「明年菸期一到，一定回來啊！」

阿錦嫂眼眶紅紅地站在簷下，我沒看見財發伯，他昨天就對我流了幾次淚，不知道避到哪去了。我們相處最久，我看著他頭髮變白，牙齒脫落；我也在他面前長大成人。我會回來，我不止一次對他保證，我不明白他為什麼那麼傷心，我真的要回來呀！

彎過山嘴，田園溪流全呈現在眼底。菸田空空的，只剩下密密麻麻直立的菸幹。菸芽高高地長起，一片粉紅的菸花浮在頂上搖動。太陽剛剛翻上山頭，把全谷照射得分外清新和明亮。過了今天，明天已在另外一個地方了；我希望張明亮能到車站接我。

過甲河，升上高高的河堤，朝前看去，左邊是矮小的山丘，遠遠地伸向煙霧瀰漫的龍山；右邊則是開闊的菸田一望無際，此時也大都剩下光禿禿的菸幹了。

回頭，山谷正浴在金色陽光中；田畝裡，看得見高高突出的菸樓，那就是順妹的家。

熟悉的地方，寫意的生活，一切全成了過去，還想它幹嘛？我收回目光使勁蹬了兩下，單車飛也似的輕跑起來，前面是大馬路，我用力地蹬著。

菸田飄來的辛辣味好重，我眼睛都薰模糊了，掏出手帕拭眼睛，順手便拋向天空。她送的手帕，都去了吧！手帕飄呀飄呀飄的落在菸行中。單車越跑越快。

咿呀！今天菸味真奇，我視線又給薰模糊了。

導讀

鍾鐵民（一九四一—二〇一一），高雄美濃人，是知名作家鍾理和的長子，生於中國瀋陽，一九四七年回故鄉定居。臺灣師範大學國文系畢業，曾任旗美高中教師、行政院客家委員會委員、高雄縣文化基金會董事、國家文化藝術基金會董事。一九八〇年由其主持興建的「鍾理和紀念館」，是臺灣第一所由民間發起的紀念館。一九九三年參與反對興建美濃水庫社會運動，二〇〇一年擔任高雄縣社區大學主任，打造臺灣第一個農村型社區大學。曾獲臺灣文學獎、吳濁流文學獎、洪醒夫文學獎、賴和文學獎、省府文耕獎。著有《石罅中的小花》、《菸田》、《雨後》、《余忠雄的春天》、《約克夏的黃昏》等小說集。

鍾鐵民在臺北短暫工作及求學後，即回到美濃，以豐沛的創作能量，用彩筆記錄故鄉種種。一九六〇年代他以熟悉的鄉土人物故事爲題材，發表〈蒔田〉、〈約克夏的黃昏〉，受到文壇矚目，極獲好評。本篇即爲當時寫作的農村小說之一，這批作品使鍾鐵民很早就成爲鄉土文學的代表作家。他的小說寫土地買賣、養豬業、洪水氾濫、土地商品化、農民運動等，他是一位站在農民中間，爲農民發聲的作家。〈菸田〉（原載《徵信新聞報》副刊，一九六四年七月四日）敘述種植菸草的歷程，從落菸籽、做苗床、淋肥澆水、噴農藥，到烘烤菸葉，都描寫得詳盡而生動。農村的耕種至爲辛苦，但產品的銷路更牽涉諸多因素。本篇道出當時農村不合理的產銷狀況，彼時臺灣正由農業轉型到工商業，城市興起，農村逐漸沒落，農民成爲臺灣經濟成長的犧牲品。菸農冒著中毒的危險噴灑農藥，繳菸時又任由別人去分等分價，備受剝削，「菸葉」等於是「冤業」。鍾鐵民十分清楚這些原由，他用文字來見證農業政策對農村的壓榨，小說的敘述不慍不火，但批判力道卻很強大。

〈菸田〉以內聚焦視角的限知觀點來書寫，敞開人物的內心世界，表現其與外在世界的衝突。「我」阿壬是一個年輕的長工，小說以他的角度來觀看種植菸田的細節，極具眞實感。阿壬是天生地養的種田人，雖然辛勞，他卻熱愛農務也熟悉農務，把種菸烘菸葉做得有聲有色，得到菸樓頭家的賞識。但村人思維的改變讓他無法在農村安身，爲了爭一口氣，證明自己的價值，阿壬忍痛離開家園，前往北部與朋友合夥，經營自助餐生意。

在農業問題之外，鍾鐵民也以大量的筆墨刻劃農村景象，讓空間語境與歷史記憶形成互文網絡，精確刻劃出傳統農村的生活面貌。農村男女一邊耕種，一邊唱山歌，不論晨風或夕照，山谷平原的景色如此美麗。葉石濤曾說鍾鐵民繼承了其父鍾理和強烈的地方性性格，描畫出農民生活的日常性，不愧是農民文學的開拓者。的確，永恆不變的田園景致構築出美濃人無可被取代的特質，鍾鐵民作品大多書寫故鄉美濃，生活經驗所累積的記憶，催發了鍾鐵民創作的題材與靈感，他將熟悉的故鄉當作故事背景，這是重現生命史的一種方式。（余昭玟）

玉米田之死

平路

最近，台北老是下雨。我坐在窗檯前，收拾床底下的雜物時，揀出一本兩年前的舊筆記本。封面有老鼠咬齧的痕跡。隨手翻翻，除了灑落幾粒塊狀的老鼠屎外，還搧出一股衝鼻的霉濕。這股霉濕味使我中輟下翻閱的動作，把鼻頭貼近雨水沖刷過的、清涼的玻璃。玻璃外面，是已經連續數天的雨霧，以及遠遠近近交疊而模糊的公寓平頂。看得出輪廓的只有電視天線架成的十字架，一根根在灰色的水泥台上嶙峋交錯，像是一處廢棄的墳場……未等這不愉快的聯想在腦袋裡成形，我又盡速把眼光從窗外調轉回來。屋內空氣裡澎湃著的，仍是單身漢房間特有的齷齪與凌亂……一霎時，我不禁回憶起當年那棟綠茵裡的向陽洋房，以及房裡有女主人的日子（啊，那是一種多單純的秩序！）。於是，年前由於拋棄婚姻、事業而引起的罪惡感，又像夢魘一樣，對我兜頭兜臉籠罩下來……

當我試著展讀手上這一本兩年前的筆記，那一片豐美的玉米田便在心裡展現，同時，那抉擇時義無反顧的心情亦清晰地浮現出來。於是，目前生活的脈絡，都在眼底隱沒，那一年夏天發生的事（尤其是重要的事），便歷歷如昨了。

那一年夏天，華盛頓D.C.的天氣好像比往年更為燠熱，連著一兩星期氣溫都在華氏一百度左右徘徊。那時候，我是某日報的駐華府特派員，《××日報》第一版上，隔幾日就會出現我的名字（「特派員」某某某專電）。照這個響噹噹的頭銜來看，我的日子應該過得很精采才是（「特派員」？有位多事的朋友告訴我，他第一次聽到立刻的聯想是「〇〇七」「特派員」），但可惜並不如想像中精采。事實上，那個時候，我對駐外記者的生涯已經相當厭倦。原因多少在於國事蜩螗，使我們這些跑新聞的也因而喪失些該享的權利，甚至嘗到些勢利的眼色（譬如說，就有那麼些友邦新貴一登龍門之後，第一件事是拒絕你的採訪。真足以構成對我職業莫大的侮辱。）！當然，我的難處尚在應付一些閒雜人等。那一陣子，不知為什麼，好像所有阿貓阿狗之輩都藉考察之名出國觀光來了。觀光之餘，偏偏下定決心要擠上報屁股風光風光。所以，如何在跟著他們疲於奔命的空檔中，製造出一些可大可小的握手言歡事件，也是當時我責無旁貸的職務。

這種送往迎來的日子過久了實在不是辦法。開始一兩年裡，我曾幾次請調國內，後來終因美雲的堅決反對而作罷（在我妻子的眼睛裡，單單住在美國這一項，便值回一切票價！）。近幾年我自己倒也懶了，畢竟蹲在這裡是駕輕就熟的事。很自然地，以我天賦的語言能力與這些年在這一畝三分地上泡出來的歷練令報社對我愈發倚重。但以一個新聞從業員來說，我覺得自己正以一種獨特的方式墮落下去。

卻也就在那些年中間，我逐漸養成仔細閱讀報上訃聞的習慣：每天手上拿著剛出滾筒不久、尚帶著餘溫的郵報，除了把大標題逐一瀏覽，找出幾條用Telex打回台灣外，剩下的時間還很多，我便蹲在新聞大樓固定的一角，把報上的訃聞逐字揀進眼裡。

為什麼會養成這奇怪的習慣，原因大概比我說得出的更為複雜。一來可能因為前兩年妻舅驟然去世，使我頓興人世無常之感；二來大概多年來看慣了樓起樓塌，便悟到什麼才帶來真正的平等。每次讀到那些生前翻雲覆雨的人也逃不過這最終的命運，我的心底，便隱然透出一些奇怪的得意。

那一次，陳溪山的名字，就擠在訃聞欄的小角落裡。簡單幾行，像分類廣告的吉屋招租，寫著他存歿的年月日（好年輕，才四十歲不到的人），任職的地方（房屋發展部），以及身後留下一妻一女。寡婦叫作喬琪，當時我啜著杯子裡的咖啡，不經心地念出來。

後來我為什麼會對這一則華人的死訊又留心起來，以至於翻完另一疊體育版，再度把視線移回這個角落，可能的解釋只是我當時實在太無聊了。那是燠熱的夏天，過不完的夏天，社裡跑當地新聞的小秦恰巧公幹紐約，我連抬槓都找不到搭子，他臨走曾開玩笑地囑託我幫他順便照管一下：「爆幾個漏網新聞嘛！也讓我見識見識您的真功夫。」他斜叼著菸捲說，聲音裡卻絕無讓賢的意思。想到他少年得志的氣焰，當時我掏出袋裡的CROSS金筆，朝那方塊大小的地方密密加框。

當天我就照著我袖珍電話簿上的號碼打了幾通電話。想以不驚擾當事人的方式，先了解些前因後果。我心裡希望他橫豎是個青年才俊，最好還回國開過「國建會」，這樣，即使炒不出什麼新聞，至少我可以用哀誄的方式隨意發揮一篇。登在報上，也算反映政府對海外學人應有的矜憐之意。可惜，這姓陳的小子不上道得很，雖然年輕，卻不見得是個才俊，搞不好還有幾分孤僻，因此與國內任何求才的管道都扯不上干係。就在我幾乎要放棄的時候，一個無意中打聽來的線索卻令我精神一振，原來在死訊發布之前這姓陳的人先失蹤了一個月，屍體尋獲後就以沒有他殺的嫌疑而匆匆結案。這讓我覺得蹊蹺起來，憑著我殘存的那點跑社會新聞的直覺，我有心往深層探討下去，至少，我應該設法與他的妻子見上一面。

但是，這一類有關「僑情」的新聞實在是小秦的地盤，到時候戳出紕漏，只會怪我狗拿耗子。萬一烘托出熱門新聞，憑小秦黑吃黑的狠勁我又絕對搶不過他。這樣想想，我便不起勁了，但我還是蓄意地耍了一記陰險，沒對剛從紐約回來的小秦提起。也許只是天熱的緣故，反正我就是懶得開口。那一個禮拜，華盛頓的氣溫繼續在上升之中，四郊原先就茂密的樹木，一瞬間全長成糾結在一起的熱帶林。

然後就是周末，氣溫仍然沒有下降的意思。可怕的是一絲風都沒有。星期天下午，我坐在冰箱嗡嗡響的廚房裡，瞪著後院待剪的草坪發愣。美雲出門前才指著我的頭皮叫我去剪草，她說，鄰家的草都修剪過了。剪過又怎麼樣呢？我當場想到一句英文成語：Keep up with the Joneses.「永遠要與瓊斯家看齊」。可惜，她嫁的這個人，不能看齊的地方太多了。一來就念的是文，永遠不能讓她做一個「工程師」、「建築師」、「律師」或者「會計師」的太太，所幸近幾年我在報界還小有名氣，對她在太太圈裡的威望倒也不無小補。真蠢，真蠢，原來男人沾沾自喜的標準是「勿忝其所婚」。真蠢，要是有頭腦就不會娶到這麼蠢的女人。蠢女人說鄰家的草都修過了，那又怎麼樣？問題是我根本不認為草坪需要修剪。「參差不齊也是一種美感！」我一面揮舞手臂一面在喉嚨裡咆哮，美雲卻已經搖著屁股去了。她去參加她的歌詠團，那是她最有興趣的社交圈，成員都是華府一些名流夫人。美雲大概算團裡的高音台柱。她們在一些慈善的場合獻唱，博得熱心公益的美名。我卻彎著老腰在太陽下剪草。我把廚房裡的椅凳重重一推，突然有心約那個叫喬琪的女人出來見一面。

當我終於見到陳太太，是又過一個禮拜的事了。在那一星期當中，對這個電話設下的約會，我的確有著相當的好奇，因為好奇，竟也滋生出泛泛的期待，這在我平淡的日子裡極為特殊。因此，我還是沒對小秦提起。

約會的那一天到了，坐在「四季餐廳」靠甬道的座位裡，我開始擔心她會不會臨時變卦。儘管她在電話裡一口答應，但女人永遠有最後一分鐘改變心意的本事。我焦躁起來，頻頻張望餐廳的入口處，入口處養著層層疊疊的闊葉植物。每當我鬱悶難當的時候，就覺得陷身叢林，叢林的植物八爪魚一樣地掛下來，撥也撥不開的綠，重重地壓過來。我覺得呼吸是件困難的事，因為在濃密的綠裡空氣稀薄，或許只是家裡未剪的草地……美雲寒著臉斬釘截鐵地說草地終會長成叢林，如果我聽任它們自由生長的話。可是，自由有什麼不好？我也有追求自由的心願。雖然我必須去剪草，如果不是坐在這裡等那叫喬琪的女人……總算謝天謝地，她出現了，她沿著棕櫚樹間隔起來的甬道走到我的桌前，瘦高的女人，卻養了一頭粗黑濃密的髮。關節也是壯大的，向外突出的嘴巴冷靜地抿著。顴骨上有幾塊棕色的斑，眼睛卻像一小撮火苗似地閃爍跳動，顯示出她過人的精力。我記得沒開口她就從手提袋裡掏出印著某某貿易公司的名片，接著，她用她帶廣東腔的英文，快速地衝著我說：

「不要以為我不明瞭你們記者這一行的居心，但請同時也尊重我的權利，我是歸化過的美國公民，相信種種有關的權利你亦知曉，所以不要跟我玩什麼花樣，你不准以我的名字見報，否則，我的律師會直接跟你聯絡。」

一邊說話，她的眼鏡片射出茶色的光，襯在她背後熱帶林的背景裡教我想到沙灘，以及沙灘上身材平板的女人……我有幾分眩惑，也有幾分倒胃口，絕不是給她唬住了，她這個下馬威其實不過幼稚園的程度。我想，我當時只是難以隱忍地失望罷了……不錯，對手有幾分精明，卻也那麼平常，平常得像任何辦公大樓裡果決的女人，談的不過是一件權益糾紛……那時我雖然失望，卻並不具體知道自己的期待，我希望看到什麼呢？擰著手帕、哭得柔腸百折的小女人？還是章回小說裡鬢邊一朵白花、俏生生的小寡婦（或者，乾脆刺激一點，何不素孝裡裹著紅羅裙，一副敢作敢當的模樣……）？我想，我必然是太無聊了，才會無聊到存著這一類荒唐想法……

當時，我還是殷勤地向她保證，我絕沒有惡意，甚至也不打算在報紙上提起。我只是希望多了解一點，只是一番好意，希望能夠幫忙，如果能夠幫得上忙的話。

當這叫喬琪的女人放鬆下來，開始改用中文，點上一枝菸對我談她丈夫的死因時，我卻頓時大吃一驚。我作夢也沒有想到，死因居然真是撲朔迷離。我或許該有心理準備的，但我並沒有，我所有的興趣只緣由於一個悶熱的夏季，以及對死了丈夫的年輕女人（「年輕」？的確是的！任何比我小了十歲的女人都絕對稱得上「年輕」！）一點不該有的好奇而已。可是我畢竟見過不少大風大浪，心裡暗暗告訴自己穩住，臉上已換了一副凝重的表情。這時她更為放鬆，心情甚至顯得相當愉快，可以說有問必答。她的答覆簡單扼要。她那面對問題的勇氣，使我不由得對她產生一種職業性的好感，到後來，我甚至欣賞起她的坦爽來了。我偶爾會想起剛認識美雲的時候，她也是不慌不忙，一副天不怕地不怕的神氣。這種女人天生讓人肅然起敬，只有我這種苦哈哈的人才會把這樣的女人娶進門做老婆；果然婚後不久，我就在美雲昂揚的鬥志裡敗下陣來。人家說婚姻原是戰場與墳場的綜合，戰場裡考驗你的意志，耐力不夠便葬身墳場，長眠不起……不，不是長眠，是壯烈成仁！當我瞪著眼前這容光煥發的未亡人，一種求仁得仁的意念忽然從我心頭升起，我於是再度提醒自己不要聯想到妻：她們倆必有什麼相似的地方，也許是那爽脆的聲音，像槍子一樣地彈無虛發，那麼，故事是怎樣的呢？疲倦的男人碰上了精力充沛的女人？……ㄊㄚ ㄊㄚ ㄊㄚ ㄊㄚ ㄊㄚ ㄊㄚ……那是機關槍掃射的效果，注定了鞠躬盡瘁，搞不好便屍骨無存。ㄊㄚ ㄊㄚ ㄊㄚ ㄊㄚ……我必須時時把自己從槍林彈雨的冥想裡拖出，才能繼續我們的談話。以下，是我筆記上留存的一些談話紀要：

妻子的話

「溪山大約兩個月前失蹤，從那一天夜裡出去，就沒有回來，我還是第二天早上才發覺有異……後來我報了警，警所的人來是來過，但沒什麼下文，只說會把溪山的資料放進電腦，又說他們每年失蹤的人成千上萬，找回來的比例很小……後來一個多月後，警察告訴我在玉米田裡找到了他，屍體已經開始腐爛，天熱的關係，但他們確定是他。」

「我們家去年十月剛搬進一處新住宅區，附近還留著些玉米田，就在那裡……也許他聽到了什麼聲音，也許他早有夢遊症，誰知道呢？每天下班回來，我已經累得半死，好不容易等小薇睡下，我往床上一倒就人事不知，實在沒想到半夜還會有人開門跑出去。」

「警所的人說最大的可能是自殺，我偏不相信他們。有一個『烏龍』組長居然還問我溪山生前跟不跟我吵架。我馬上反問他，他跟不跟他自己的老婆吵架。真是有沒有搞錯？天下還有不吵架的兩公婆嗎？」

「如果你也要問我這一類的問題，我可以告訴你，溪山和我這些年一起苦出來，同甘共苦的感情總是有的……夫妻之間，那大概就比什麼都重要！」

「我原是香港來的，大學城打工的時候識得溪山。他那時候書念了一半不念了，一時又找不到事，就在餐廳裡幫廚。等到我畢業之後，他才好不容易找到一份事，沒多久我們就註冊結婚。」

「沒認識我之前，他有一批狐群狗黨的朋友，人家鬧釣魚台，他也跟著瞎起鬨，聽說一度還傻傻地想回『社會主義的祖國』貢獻去。認識我之後，這些朋友全列入『拒絕往來戶』。這些年才算安定下來，還進了聯邦政府工作。他最近又常提想回台灣去，不過他講講罷了，他知道他以前有過記錄，搞不好還在黑名單上，而且我也絕不可能同他一起回去。」

「我現在手上有間貿易公司，專做純羊毛地毯進口，生意還不錯。沒辦法，進聯邦政府之前，溪山始終找不到穩定的事，這樣子錢多少活動一點，而且小薇將來也要用錢。在美國女兒尤其花費多！還有這棟買下不到一年的房子，要供！我其實當初是不打算養小孩的，現在更好了，成了沒有父親的孩子，不過，她的生活秩序還照常就是。換我每天去保母那裡接她，周末就學鋼琴，她爸爸不在她反而輕鬆一點，沒有人逼她認方塊字。她爸爸甚至無聊到教孩子講台灣話，你說她爸爸是不是有點頭腦不清楚。」

「說實在的，溪山真是個沒什麼腦筋的人，根本不懂政治。釣魚台的時候他也跟著人家吵回歸，就不看看自己這台灣人要歸去哪裡？這幾年他又變了心意想回台灣，說是不在乎任何窮鄉下，只要回到自己生長的地方。我實在忍不住，就不客氣地告訴他，釣魚台時你可以說是年輕人血氣方剛，現在呢？你有家有眷的，又老大不小了，除非你能把一切都拋掉，否則還是乖乖地給我在美國把根扎下去。」

「他的個性，有點迂來的，真會把人急死。我尤其想不通好端端怎麼會出這個意外，他平常跟別人沒什麼過節，要綁架也找不上我們這種人家……」

「那天晚上，我的確沒聽到什麼聲音……」

目送陳太太走出「四季餐廳」的玻璃門，我也把筆記本闔起來放進了上衣口袋。靠在深陷的卡座裡回想她說的話，我愈來愈覺得這整件事有些蹊蹺：陳太太微帶廣東口音的國語，讓我想到紐約僑報版面上的「香港傳真」，除了聲色犬馬的娛樂新聞外，就滿篇語不驚人死不休的社會版，天天花樣翻新著販毒、走私、綁架……但是，這裡不是香港，陳太太也不像多是非的人，會是什麼呢？……還沒有找出解釋，供應晚飯的時間已經到了，想到那不能報銷的帳單，我只好挽著西裝走出「四季」。外面的馬路揮發一天蓄積下的熱量，我的一頭霧水便化作一身濕漉漉的汗氣。

當我從溽蒸的空氣回到城郊的家，家裡重型冷氣機吹出來的清涼立刻令我精神一振。隔著幾扇門的甬道，我聽見妻正用亢揚的女高音唱那首《清平調》。原來，又是一個練唱的下午。

等我沖了一個溫水澡出來，替自己泡上一杯茉莉香片，她正顫抖地唱到「一枝紅艷露凝香，雲雨巫山枉斷腸」，不知是不是唱詞裡淒婉的聯想感動了我，一時，我竟想到妻斜坐床沿梳髮的背影。我幾乎有一個衝動要推開臥室的門進去，告訴她今天發生的事。但幾乎也是立刻的，她的歌聲停歇在一個長休止符裡，於是，我想到我們中間像環結一樣糾在一起的問題，想到她那張堅定的臉，臉上對物質生活強烈的渴求，相反的我卻是那麼顢頇。大概是老夫少妻或者是人與人相處本質上的悲哀，總之已經不可挽回……悲哀的是即使想得這麼清楚，多少次我還是一樣會把持不住，除了增長她的氣焰之外，更注定我長此匍匐在她膝蓋下的悲慘命運。這樣想著，那一剎那，我握住門環的手又頹然鬆下……

然後，很奇怪的，在下一刻裡，我的心念竟跳進一片玉米田。更奇怪的是這層層搖曳的墨綠並沒有帶來往常那種陷身叢林的鬱結，我只是想到一個叫陳溪山的人。陳溪山他躺在那裡，玉米團團圍繞著他，像是溫暖的洋流，而他浮泳於陽光照射的海面，這一剎那，我忽然知覺像他這樣死去也許不是一件壞事，如果活著也只剩行屍走肉的話。

為了多知道點關於陳溪山的生平，我打了幾通電話，終於在數天後聯絡上他辦公室的同事高立本。高立本英文名叫傑克，安徽人，比陳溪山大十來歲，進到房屋發展部也早幾年。我跟他電話約好，在他們辦公室那弧形建築門口碰面。當時，我穿了一件夏威夷衫，腋下夾了筆記本，一副輕車簡從的樣子，免得引起些不必要的猜疑。想不到，高卻是很四海的一個人，看到我站在那裡，他很熱情地向我走來，抓起我的手就是重重一握，看來姓高的以前大概跑過不少碼頭。

當他談起陳溪山的時候，卻一反嘻笑的神情，他肅穆下來。當時他一大疊皺紋的眼裡，如果細看的話，好像還泛著一層淺淺的水光。

同事的話

「小陳嗎？起先聽說他失蹤的消息我真不敢相信——直到後來去參加他的葬禮——哎，真是個大好人，這麼好的人又正當壯年，怎麼會落得這種下場？」

「真是老實，老實到我都忍不住拿他來開開心。現在想想，還真對不住他——」

「小陳是那種一絲不苟的人，襯衫上一點縐褶都沒有，大概天天洗天天拿熨斗燙……小陳的家庭觀念很重，辦公室擺著放大的全家福，講起話就是小薇長小薇短，每天準四點跨出辦公室大門，說怕小薇在保母家等急了。」

「他的娛樂大概就是種中國蔬菜，聽他說，他家後院子種了各種各樣的菜，其實我也嘗過不少。尤其他種的蘿蔔，味道真甜，像我們家鄉的青皮蘿蔔。」

「唔，玉米田，我知道他死在玉米田裡。他跟我提過，他家是新闢的住宅區。事實上，那個房子是他自己監工造的，去年十月才落成，附近有一片玉米田，他還興奮得不得了。據他說，像他小時候常跑進去玩的甘蔗田，他告訴我他小時候是個頑皮孩子，最喜歡偷甘蔗，那是他童年時候最愛做的事。那時候，最多不過被主人抓到修理一頓，打完了主人還送他一捆甘蔗帶回家。陳溪山一邊講一邊露出牙齒嘿嘿地笑，那表情再爽也沒有了——好像他失蹤前一天還這樣說過。」

「記得我還跟他開玩笑：我說小心美國的農戶都有槍，搞不好玉米偷不到還蝕上命一條，真成了『偷雞不成蝕把米』。」

「要知道會一語成讖，打死我也不敢再胡說俏皮話！」

「噢，對不起，你是問我辦公室都辦什麼樣的公……公家機關嘛，走遍天下都是那一套，沒有重要性的……沒有、沒有，絕對沒有，你們做記者就是想像力豐富。老弟，這是二十世紀的亞美利堅，不是十八世紀的非洲大陸，沒有人因為吃一口公家飯就惹上殺身之禍。如果有這個可能，我今天就上辭呈不幹了……老弟，別扯遠了……對了，等你找出頭緒時，拜託千萬告訴我一聲，我與小陳同事一場，這陣子見不到他，還真不是味道。哎！做事的地方遇上個投契的人不容易喲！哎——哎！」

步出那棟弧形建築後，我的腦袋裡還盤旋著高立本臨送我出門那聲悠長的歎息，然後他又抓住我的手重重一握，一副重託我的樣子。其實，我能做什麼呢？我不過是個新聞記者，這又是在人心隔肚腸的美國。

聽高立本話中的意思，陳溪山是個頗為退縮的人，否則，大概也不會一早進公家機關做事。這樣想著，我的眼前便浮起剛才那座機關大樓，甬道裡一排一排日光燈，永遠不明不滅地閃著。

然後，我想起那玉米田的線索。看來，玉米田在陳溪山心目中的確別有分量，因為長得像甘蔗田便勾起他童年的回憶？又因為某種回憶才直接、間接牽引出這場悲劇？面對這理不清的謎團，我的腦筋格外紛雜了起來……

奇怪的是，除了腦筋偶爾會混亂一陣之外，想到陳溪山的時候，我卻愈來愈明確知悉心裡那種清涼的感覺。只要想到他曾經靜靜地躺在玉米田裡，那年夏天的燠熱便不再蒸烤到我。於是，我止不住一再想起他來。他與我必有某方面的相關，是的，我們都娶了能幹的女人，但是他比我多一個五歲的女兒，有個孩子總是好的，如果妻不是極端理智的話，我的孩子也該五歲了。

我想，我必須找到小薇談一談。

我在保母的家裡看到小薇，一個口齒伶俐的五歲女孩。不知是不是因為她父親的事，眼神顯得空洞。嘴巴呈一個稜角地向外突出，讓我很快想到她的母親，但孩子沒有承繼到她母親的自信與犀利，臉上就顯得單薄多了。

小女兒的話

「爸爸走了，從那天晚上推門出去就沒有回來，小薇現在還在等爸爸回來，像以前一樣，那天四點過一刻，爸爸又站在劉婆婆家樓梯口等小薇啦！」

「爸爸對小薇最好，他比媽媽有耐性，而且準時下班，不像媽媽，常常好黑好黑才回家。」

「爸爸推門出去那天我聽到的，有輕輕動門柄的聲音，那時候，小薇起來噓噓，後來，我作夢還聽到砰地好大一聲，不知是不是打槍……要是小薇一直醒下去就好囉！」

「那一陣子，媽媽晚回家，爸爸總愛站在大門口，望著路邊那塊玉米田發愣……有時候，月亮好圓好圓，遠遠有狗叫，好多隻狗……我看到爸爸就像小薇一樣會流眼淚……臉上好多條水溝，小薇看到也很想哭欸！」

「媽媽回家他們就吵，但除了開頭爸爸還頂幾句，都是媽媽朝爸爸大聲吼。

他們吵架都用英文，小薇聽不懂。不過我知道媽媽怪爸爸不出來幫媽媽做生意，只會縮在殼裡。媽媽又常黑著臉跟爸爸說：『你要回去，我教你一輩子不用再見到小薇！』」

「記者伯伯，你告訴我，爸爸是不是一輩子看不到小薇了？爸爸以前常摟著小薇告訴小薇，他捨不得小薇……他為了小薇哪裡都不去……以前爸爸心裡很不舒服的時候，就牽著小薇的手到菜園裡……爸爸也喜歡教小薇種菜，就是用一點點水把『仔仔』埋進土裡……爸爸還要小薇把泥土握在手裡，好黏好軟又好好玩，爸爸說，那是世界上跟我們最親，最不會丟掉我們的東西。」

「記者伯伯，爸爸是不是不回來了？小薇想要告訴爸爸，她每天都在等爸爸，等得很辛苦欸！」

當小薇揮舞著短胳臂的身影消失在車窗玻璃之後，我竟一時忘不了小女孩圓大而空洞的眼睛，她好像聽到槍響，她說月夜的時候她爸爸常瞪著玉米田，她是在作夢嗎？還是整件事都是一個夢？……為什麼當我對著她的眼睛時，我就覺得她的爸爸一定會回來？四點過一刻的時候，站在保母家樓梯底下等她。

這樣想著，我甚至是妒忌著陳溪山了，因為不管他在生命中欠缺什麼，他至少有個解事的女兒，而我有什麼呢？許多年前，當疲倦的產科大夫褪下手套，伸出他的大手握住我的，告訴我在母親與胎兒間只能擇一，而他們救了母親，遺下氧氣不足的胎兒時，我不知道在我心底處，是否有改變他們決定的心願。我曾經多希望有個孩子，因為孩子可以是另一個自己，全然有希望的自己，生命絕對需要更新，特別當我原來有的，只是具猥瑣的軀殼而已。

而我竟失去了我的孩子，後來妻亦曾懷孕，但她卻以不願再冒險的理由，早早扼殺了我的骨肉。那是五年前的事了……從那以後，我便由衷地厭恨著妻的肌膚（當然，我也有情不自己的時候），與妻之間所有的感情自那之後便一點點死去……或許是我，是我自己一點點地死去了……

見過小薇之後，那年夏天便已經過去了一大半。然後我突然忙了起來，因為一波一波新上任的議員出國考察。我必須離開華盛頓，隨他們到東北角幾個州參觀訪問，往年碰到這種機會我都挺高興，因為我喜歡旅行。旅行時你總會記得許多年輕時候的夢，在旅館的酒吧間裡與女人搭訕的調調也容易讓人一霎時忘情起來，忘記自己是早有家室的人。當然，這樣的時間並不多。因為議員先生的行程一般比較緊湊，尤其這次來的幾個黨外議員，閒下來還要出席同鄉會的邀約，偏偏同鄉團體中也不乏台獨的勢力，於是，我親眼看見他們在各路人馬的包圍下進退兩難：既怕人家以與國民黨合作的「靠攏分子」相視而失了黨外的色彩，亦怕講得多了，這又是某種有形無形的「請君入甕」。替他們想想，也的確是煩惱，想來這就是涉身政治的悲哀……可是，若再轉回頭來想，我們駐外記者這一行，有多少時間就花在為這類人士錦上添花上面，豈不更是悲哀的悲哀？……每當我這樣子自暴自棄的時候，就會依稀想起當年，當年在島內跑地方新聞的日子，橫豎豆腐干一塊地方，跑久了自然能搞出些門道，平常看不慣的，碰到選舉時轟他一炮，居然立竿見影，馬上帶來各階層的關切——不管時效有多短，那兩天即使蹲在攤子上喝魚丸湯，都以為自己是社會良心，自己才真是宣傳車上為民喉舌的人——也許那時候便是快樂，快樂而且自由，盡到了新聞從業員的本色！

但是耗在東北角的日子畢竟不虛此行，憑著一點鬼使神差的狗屎運，我在一個討論會上打聽到一位陳溪山的高中同學。更難得的是，他對溪山還有印象。從他口中，我知道了陳溪山的另一面：

高中同學的話

「陳溪山是我們班的小胖子，坐在前排，功課總在五名之內，不怎麼愛講話，屬於貌不驚人那一型。」

「他好像當了幾年衛生股長，安排大家打掃，倒也井井有條。」

「真正惹起大家注意還是高三上的畢業旅行，那時候，儘管計畫之初熱熱烈烈的，但臨行前功課好的同學都打了退堂鼓，留著時間啃書去了，去的多是些一向比較瀟灑的。」

「陳溪山倒去了，一路上誰也沒有想到，原來他拿著一具麥克風，就可以逗得大家哈哈大笑。任誰也沒有想到，他竟是這樣會講笑話的一個人。」

「那時候，我們是環島旅行。最後一站到他家。到他家前還要坐一段糖廠的小火車，他家附近都是甘蔗田。他家裡人還做飯菜招待我們全體。我記得有一道白切雞，蘸那種濃濃的醬油露。他父母親老實到話都講不出，只是一直替我們夾菜，自己都沒吃，臨走還不停朝我們鞠躬，說我們是讀書人，很了不起。又說要我們多照顧他們家阿屘。」

「後來高中畢業見面就少了，陳溪山考上財稅，他的第一志願，我考上另一間大學的會統。一年之後我又轉進工學院，總會害怕念丁組下去連女朋友都交不到。」

「後來幾次在路上碰見他，好像和他之間還是沒話可說，但心裡又有說不出的熱絡。大概經過那一次畢業旅行，我多少看到了另一面的陳溪山，所以之後聽說他搞釣運，我並沒有太吃驚……」

「釣運那一陣，他還真搞得轟轟烈烈過，召開什麼『國是研討會』，真的一樣！不過，不出奇就是，像他在畢業旅行的一路上，豈不是也出了每個人的意料之外……後來他們保釣不成，『國是研討會』也就無疾而終。我聽說陳溪山曾經大大消沉過一陣子，功課荒廢了不少，書也不能讀了，當時我還十分替他可惜……」

「等我再聽到他的消息，他已經結婚，聽說他娶了一個年輕能幹的老婆，還是做進出口生意的。我以為他小子不愧為聰明人，大概已經混得比每個同學都好。要是今天沒聽您說這個嚇人的消息，我還當真以為他躲在僻靜地方做起寓公來了……」

見過這位「貝爾實驗室」的硬體工程師不久，議員團也結束了他們密集式的訪問，我跟著他們又回到華府。那時候已經夏末，氣溫還是很高，由於濕度低的緣故，便不再悶得難受。回來第一件事是整理桌上堆得老高的報章雜誌，我多半翻也不翻就直截丟進字紙簍，其實，這不過是我對付雜蕪外電的故技。我常陰惻惻地想，就算把面前這些電碼字條一把火燒掉，又有什麼關係呢？世界照舊運轉，明天出版的報紙亦不會因此而失色，沒有人會發現少了什麼。

大概是存心不良的緣故，我常覺得高掛在牆壁的世界地圖正虎視眈眈地瞪著我，怪我對各偏遠角落的天災人禍起不了惻隱之心：也許是我冷血，也許便是我職業上的倦怠感，我總認為世界大同之類的理想並沒有實現的可能。即使我一個資深的外事記者，也終難跟外電中的奇人逸事認同起來。我想，我只是一部傳譯的機器，把冷冰冰的電文再打進冷冰冰的鍵盤，如是而已。

很意外地，我在一捆雜誌底下翻到一份同鄉會的通訊，上面寫著：

> 陳×山君屏東縣人，平日致力鄉梓。日前突陳屍田裡，死因不明，本組織對其無端故去至為關切。
>
> 又及：陳×山君十年前在釣運大會上慷慨陳辭，為出力最多的一員猛將。

然後，就是毫無進展的整整一個月，事情在我腦子裡似乎更撲朔迷離了。同時，憑著我一點業餘的精力，似乎已經走入死胡同裡。其間我也試圖在警署中套出一點口風，他們的回覆卻是公事公辦的一句話：「沒有他殺嫌疑」。之後我也試過電話訪談陳家的近鄰，一來陳家附近是個新住宅區，二來陳家人一向深居簡出，鄰舍竟連有這戶人家都不知悉。每當這麼沮喪的時候，就像有什麼奇異的力量，拉著我必須向玉米田裡去，因為只有那裡，是我一向未涉足的現場，也可能是謎底的所在。

我記得那是十月初的一個下午，中午出門前，妻與我又一貫地發生齟齬。我相信是由待剪的草坪引起的，然後愈扯愈遠，美雲竟把它說成是對婚姻忠誠的一種保證，而我一向的懶散，也可以歸結到我對她的缺乏愛情——「愛情！」——當她提到這兩個字的時候，臉上一下子充滿聖潔的光輝。我忍不住噗嗤一笑。第一次，我能夠平息下怒氣玩味起她字眼裡頭的偽善意味。

那天當我由家中來到辦公室，站在交誼廳等候電梯的時候，大片玻璃透入的陽光讓我俯身過去張望……窗外是圖畫一樣的國會山莊，以及閃閃跳動的波多馬克河。當我的眼光正要由岸邊濃鬱的綠移向那閃閃的河水時，陷身叢林的鬱悶卻瞬時攫住了我，我一陣子暈眩……於是，像陷溺的人抓住浮木，我強迫自己及時想到陳溪山，想像他舒展了手腳躺在泥土上。微風輕輕地呵護他，搖曳著的綠色枝幹像是搖籃，像是母親的手，在裡面人得到真正的安息……我吐出一口氣，心裡逐漸泛起清涼的感覺……

就這樣，我那埋藏著的，想要闖入玉米田的欲望又強烈起來。平常，這段長長的下午，我常去新聞大樓的頂層買杯酒喝，聽人用豎琴彈一些一、二十年的老歌，我的心裡便會浮起些褪色的夢——我早說過，我有一些軟弱的本質，常使我不自禁地濫情起來……但是今天，一杯酒下肚後，我仍記掛著那片玉米田，擔心不久後便是收割，剩下赤裸裸乾裂的土地，枯稭颳得吱嘎吱嘎響，然後一層雪一層雪蓋下來，最後剩下一片灰茫……啊，那就太遲了，那是太荒涼的景象……酒意裡我扶住方向盤，朝著陳溪山家直衝下去……連續上下幾次高速公路，終於路的盡頭，那片新造的房子在眼前清晰起來。然後，我看見了，他家不遠處那片玉米。的確很像甘蔗，除了葉尖端處偶爾露出褐色的鬚髮，但不細看是看不出的。

我把車子煞在路旁，我趴在方向盤上想：我想，我應該回到公路上的。因為秋初的晚風早有寒意，四周也轉眼暗將下來，尤其該想清楚的是，我這個年紀已不適合冒險。但是，晚風裡就是有一股召喚我的力量，逼使我穿過田埂……玉米的葉緣刺著我的肩膀，我必須斜著身子闢開一條路，我的脊背也透著一陣陣涼意，全身爬滿了雞皮疙瘩……但是，葉子與葉子的空隙間的確傳遞出一絲細細的聲音，在喘著氣，在召喚著我，那是陳溪山嗎？是他正試著告訴我綠色的莖葉中包藏的祕密，包藏著什麼？藏著他永遠的夢？永遠不能實現的夢？

當我一步步離開公路走向幽深，玉米葉摩挲的聲音繼續在我耳邊嘈切。奇怪的是，酒意不見了，我的血液卻加倍澎湃起來，腳下踩著同樣的泥土，我幾乎能感覺到那晚上陳溪山的足跡。對了，他必然為了找尋一樣東西來的，也許像我現在一樣，想尋求一個答案，起先他按捺著不去找尋，等著玉米一寸寸長大……終於在一個晚上，一個燠熱的晚上，他忍不住了……那晚上一點風都沒有，層層疊疊的林子，看起來更像甘蔗了。他按捺著狂喜走進去……但是，他的夢立時破了。葉片緊緊保守著祕密，但那早已不是一個祕密：裡面並沒有甘蔗……玉米田只是一場可笑的夢，因為田裡永遠種不出他要找的過去……就像他永遠不可能回到童年，厝邊就是甘蔗田的日子……他現在的家，是坡上那棟寬廣的宅第……也許，那亦是一場夢。美國是一場繁華的夢，婚姻是一場荒謬的夢，至於釣魚台呢？那大概是一場時空錯置的夢……

我沿著田埂坐下來，這時月亮出來了，照著枝葉頂端包裹著的玉米，像是花苞一樣的豐碩飽滿；而田野上經風起拂的稜線，又像夢境一樣地柔和安詳。於是，一霎間，我想起這些年裡，自己一些關於故鄉與田疇的夢，都是遙遠而且模糊的，因為憑著我有限的記憶，那就是我所能渲染出的畫面了……（在我隱約辨出槍聲的時候，我就做了流亡學生）……照理說，在年成好的時候，我的故鄉也該有「青紗帳」的，那會像玉米田？還是會像我心裡謎團一樣的叢林？……（可惜，我真的不記得了，我只記得跟著軍隊一站站開拔，留下潮水一般飢餓的人）……（大概也是大通艙上餓久了，一到陌生的碼頭就搜尋吃的，攤子上水淋淋擺著一截截的竹竿，「ㄅ一竿？竹竿？」人家不高興地狠狠瞪我一眼……那就是我對甘蔗最早的印象了）……那之後？那之後我很少想起家鄉，也很少掉下眼淚，即使是在唱「高粱肥，大豆香」的晚會上……我只是勤勉地上補習學校，想要實現自己的志願，做一個關心民隱的新聞記者……

也許，都是作夢吧！月光下我迷離地想著……也許原來單純的願望，教人心弄得複雜了。也許我們表面看到的，實際上卻是障眼的把戲……會不會陳溪山只是一個不快活的男人（像我一樣！），所以他常常想要逃走（「天啊！幫助我，怎樣才能夠狠下心一走了之？」）……也許他以前月夜時站在家門口，正是一心在計畫逃亡。所以可能連屍體都是假的，他早姘上了有錢的情婦，現在正坐在某私家小島曬地中海的太陽……我幾乎是快慰地往下想。

但就在這一刻裡，月亮掉進烏雲裡去了，我發現自己頹唐地坐在泥巴堆裡，也開始覺悟到自己的童騃——因為我必須承認，憑著一些片面的資料，我對陳溪山的所知仍這麼少，以至於所有的臆測，只不過反映我自己的心境而已——可是，唯有一點我能夠確定的，那就是他曾經辛苦地活過，即使不快樂，他也曾努力地去尋求。我想到他後院該有一畦畦菜園，還有那個等他回家的女兒，到處都是他辛苦過的痕跡。然後他更辛苦地在坡上闢建新家。他那麼喜歡他新家的地點，因為不遠處的玉米總會長高起來……長高一點、長高一點，長得更像甘蔗一點……比起他來，我這幾年在美國的生活算什麼呢？我又有什麼資格探索屬於他的領域？即使是這一片玉米田，也是屬於他的，因為他有感情，是他一天天看著長高起來……比起他來，我在美國的生活還剩什麼？泥土跟我那麼疏遠，職業裡面我那麼虛偽，一點浪漫的幻想也已隨年齡消逝。我有的，只是一套浮誇的生活，一個貪求無饜的老婆而已。

我靜靜坐在田埂上，看嵌在黑雲裡的月亮。夜風緊了，屁股底下也濕漉漉地盡是露水。我提起手臂，看著戴在腕上的夜光錶。不用摸我就知道，背面鐫著「無冕之王」四個字，還是初進報社那一年，社長勉勵新人的紀念品。（那時候，我是一個剛出道的小記者，可是，我多麼看重自己，現在，機遇有了，我卻失去當初的心境了……）

「我想，無論如何，我該再試試的！」我望著月光下無限豐饒的玉米田，認真地對自己說。

於是，我拍拍屁股站起身來，映著月光，在褲袋上擦乾淨錶背。然後，循著葉片摩挲的聲音，我邁出步子，從田埂裡一步步走出去。

這以後我沒有再探詢陳溪山的死因，只是儘快請求內調。一個月後，請調准了，我於是安頓好美雲，隻身回來台北由外勤從頭幹起。

再半年後，美雲以兩地仳離的理由要求離婚，我爽快地答應了她。辦完手續臨去機場的時候，她誠摯地望著我說，只要我再外放，我們仍有復合的希望。

我想必須對她說真話了。於是我握住她鮮紅蔻丹的手告訴她，我是個中年人，不容一錯再錯，而駐外記者一行，是小夥子單打獨鬥的事業。我寧願留在自己的地方，平實地打下根柢，過陣子或許找個鄉下女人成家，生一窩活蹦亂跳的孩子。這是我認為有意義的事。

見過美雲之後，我很少再想起那片玉米田，偶爾想到的時候，我便跳上一列「枋寮線」的快車。當車過嘉南一帶，窗外那綠燦燦的大片甘蔗，便是我瑣屑生活裡最甘美的活水源頭……

導讀

平路（一九五三—），本名路平，籍貫山東諸城，出生於高雄。臺灣大學心理系畢業，愛荷華大學數理統計學碩士。旅美數年，曾任職美國郵政總署、美國經濟與工程研究公司，爲資深會計師，並在工作之餘兼職創作。曾獲《聯合報》小說獎、《中國時報》散文獎與劇本獎等。著有《椿哥》、《行道天涯》、《何日君再來》、《東方之東》、《婆娑之島》、《黑水》等長篇小說，以及《玉米田之死》、《五印封緘》、《捕諜人》（與張系國合著）、《禁書啓示錄》、《百齡箋》、《紅塵五注》、《凝脂溫泉》、《蒙妮卡日記》等短篇小說集。

平路崛起於一九八〇年代中期，在多數女性作家著力於論述兩性關係之際，投入書寫〈玉米田之死〉、〈臺灣奇蹟〉等家國政治的思辨，迥然有別於閨秀文學。她勇於嘗試題材、實驗文類，曾致力於科幻、偵探、後設歷史的創新類型，關注面向觸及社會、文化、性別、政治、歷史、人權等議題，在臺灣女作家中獨樹一格。朱雙一〈後工業文明和後現代文學〉一文提及平路早期小說人物的鮮明標記，乃在於表現身在異域者對土地家國的眷戀，以及理想、現實之間的衝突，〈玉米田之死〉（獲第八屆「聯合報短篇小說獎」首獎，一九八三年）可說是其中的典型之作。小說敘述臺灣駐華府特派員追索旅美華人陳溪山自殺之謎的故事；作者融入本身在美國求學與旅居的經驗，深刻體察移民者長年定居海外的生存困境，是臺灣移民小說的代表作。

移民小說，特指二十世紀七〇年代末、八〇年代初以來，因爲各種不同理由與目的而移居美國的臺灣人士，偏重刻劃移民生活的滄桑與家園尋根的意識。小說中的陳溪山，代表移居美國工作的臺灣人士，感時憂國，返鄉心切，卻又重視家庭妻女，無法回歸種滿甘蔗的家園。家國牽絆，日夜召喚，只能藉著美國的玉米田聊以療治鄉愁。作者巧妙設計陳溪山與特派員的異國相遇，進而引發特派員展開一段自我生命的追尋歷程，如省思去留的抉擇，找尋生命的意義與價值，探索不同習俗的生活方式，對異國文化的質疑困惑等。他們都是愛國保土的有志青年，陳溪山曾熱誠參加釣魚台運動，特派員則投入為民喉舌的工作；二人妻子都是能幹強勢的女性，皆反對丈夫回國服務。不同的是，特派員最後選擇回臺，走出了邊緣人身處夾縫的痛楚，皈依故土與母體文化。

「鄉愁」是海外移民隔著時空與故鄉母土的永恆對話，死者陳溪山內心潛藏著無法磨滅的家鄉記憶，於是產生強烈的失落情懷與漂泊無依之感，小說將這種失落的情懷由表層寫到內裡，揭示移民者內心矛盾的艱辛處境。書寫策略上，採用第一人稱敘事觀點，特派員「我」依序訪談死者的妻子、同事、女兒、高中同學，最後再透過自我的比對及反思，試圖拼湊出男主角的死因。其次，以男性為敘寫中心，透過男弱女強的模式，傳達女性對男性回歸鄉土的願望極度蔑視；在強勢發聲的女性面前，男性徹頭徹尾成為祭品。平路刻意以男性或隱藏性的敘事觀點來掩蓋女性作者的身分，印證其早期小說自外於傳統的女性敘述模式。（林秀蓉）

細枝

王定國

沈家六個女兒都是姊姊，他排行老七，是沈爸離世前認繼的養子。沈爸來的時候身長體弱，兩眼骨碌碌而大如龍眼珠，哭嚎之聲有如鑼鈸亂打。沈爸當夜難以成眠，畢竟認養之事因他起意，當初除了牽掛著自家香火，莫不也是顧忌全家鶯燕為患，他擔心自己遲早有一天淹沒在這胭脂窩裡。

沒料到等了大半年迎來的，卻是一個驚天動地的破鑼嗓。

半夜他把妻子搖醒，紅著眼睛說：「我們來給他改名字。」

「要現在嗎？」

「我知道他哭什麼了，他在等我們把他從爛泥巴解救出來。」

兩人徹夜翻書找籍，天亮前總算得出神來之筆的沈聰海。

送到相士那裡覆驗，卻不得其允，直斷這孩子孤葉殘枝，倘若強行冠戴權威之名，乍聽雖然浩瀚無邊，恐怕來日難逃載寶沉船。

那如何是好。相士表示先卜再說，繼而掐指一陣喃喃。

「這樣，」對方攤開了命理全書，提著紅筆走入字海，忽然相中兩粒遙遠的孤星，從中拉起彷如命運的朱紅一線，頓時現出了上細下枝的怪異組合。

沈爸蹙起眉頭說：「這怎麼好？」

「這孩子八成難養，不如給他一個爛名，你仔細看看這兩個字，越看就越順眼，不就像他羸弱的身形麼，嫌它不夠端莊氣派也罷，偏偏這名字以後就是好給你看，到時你記得來謝我。」

沈細枝從此否極泰來。

沈家通鋪上八個睡姿連成一排，不分長幼胖瘦，依例是女女女女女女男的布陣，若強行插隊恐怕攪亂一盤煎熬的鍋貼。他只好被安放在狹長的藤籃中離地三尺，方便沈爸翻身時順手一推，掛在籃外的兩隻蝦腳於是曲曲地晃盪起來，他哼著糾葛的破音啜泣著，小小腦袋卻已開始享受著這天外飛來的臨場感。

他出運囉，窮寒的本家一條破褥擠著五兄妹，如今他獨享一籃紅毛毯，頭戴防寒絨帽，半夜無聊時還能測試一下自己的存在，哭聲刻意輕細如蚊，沒想到全家一起醒來。

好日子卻不到三年。半夜喝醉酒的沈爸被一部超速車帶走了。沈媽雖然咬緊牙根扛下木材行，從此每次看著沈細枝只用她半隻眼睛，她對這個討命鬼飲恨畏懼，只要遠遠看到他走過來，能避開她就儘量避開。

十多年後連沈媽也漸漸不行了，除了關節炎的病痛纏身，心臟也導入支架才把半條命救回來。她聽人建議決定提前分產，木材行和一大片生薑田持分給六個女兒後，有一天她把沈細枝叫來耳邊，眨著半瞇的眼睛說：「不能說出去喔，這塊都市計畫的土地，我只過給你……。」

沈細枝頗覺事不單純，她向來袒護女兒，平常對他早有戒心。他偷偷找了一名代書調閱資料，還跑到現場仔細勘查。果然發現那塊地只是一條六米小巷，長形的路地已被多戶鄰房闢為菜園，只剩一條蜿蜒的狹道容得下機車以特技通行。

「這樣好了，這塊地妳留著用，我換阿爸留下來的那幾支煙斗。」

沈媽惱怒起來，「你真笨，如果有人嫁給你，不就是因為你有這個。」

那年冬天騙進來鄰村的彩霞。

沈媽騰出了自己的房間，輪流依附六個出嫁的女兒同住，只有除夕過年才回來圍爐。沈細枝那時已經一家五口，多了沈媽回來剛好塞滿小圓桌，飯菜都是阿彩張羅，他只負責帶著孩子出去巷子口放鞭炮，進門時重複咬著沈媽的耳朵說：「妳一定要保密，別讓阿彩知道那是一塊路地喔。」

知道又怎樣，反正已經給你生了三個啦。她笑著說。

彩霞嫁進來時感恩之情充滿內心，她從小跟著家人在海邊的沙田種花生，從沒想過一番媒妁後竟然可以舒服地躺下來成為女人，若說這輩子從此對男人生出無端的崇拜，應該就是洞房那夜忽然讓她夢幻神遊的短暫時光。

那時她只顧遮頭掩面，根本來不及發現他褪盡衣物的靈巧瞬間，待他跨馬上身，才瞟見這男人宛如一抹白影飄來。行進間他活像溪鰻戲水，渾身滑溜蜿蜒，時不時從他胸臆中傳來急鼓鼓的呼喘聲。中場過後他轉身擦汗，彩霞才發現他背後的薄肩細腿，整條龍骨清晰可見，該長肉處清癯如柴，瘦條條的身形簡直就像一支渡船的插篙，實在難以想像剛剛那一輪的劍影刀光，究竟從他身上何處這樣地勇猛襲來。

婚後多年，彩霞再沒看過阿枝的神勇武功，他終日溜達在鎮上的茶坊、撞球間，日午或者夕落回來時只為了吃飯洗澡。家境撐不下去時就去四姊掌櫃的木材行要錢，若是要不到，就在半夜直接開著貨車去偷木材，有一天終於被守在現場的老工頭打到半死，警察來的時候才替他叫了救護車。

沈細枝後來不得不學起了手藝。那時建築景氣正在興狂，他聽了二姊的深謀遠慮，決定從油漆入門，以後起碼可以四處包工，每天只管蹺著腿收錢。第一天報到後，他兩手抱胸聽著師傅講解技巧，聽到心領神會之處頻頻頷首稱道，待由自己上場揮灑則形同花臉粉墨，下工時他師傅橫目相送，臉上充滿厭倦的怒火。

沈細枝也做過水電學徒，一組三人全都新手，唯他特別專注那兩條陰陽線的神奇，趁人不備時反覆交叉實驗，果然發現它遠比仙女棒好玩多了，一陣劈啪四濺的火花差點燎起了旁邊的布沙發。等到親自上陣第一天，他師傅趴在地上穿牆鑿洞，叫他繞到隔房替他拉出交纏的線頭，結果一去不回，師徒多人齊聲大喊也是音息杳然，這時還不知道他又犯了手賤，早已經昏死在牆外的洞口邊。

彩霞接獲通知趕到診所時，他卻已經坐在病榻喝著牛奶，還說著有關牛奶的黃色笑話，逗得兩個護士吱吱叫著。她扶著他回家時，半路上被他推開了，硬是鼓起男子漢的愚勇走得顛顛晃，還不到家門口突然又癱軟下來。

翌日中午彩霞從工廠帶回剩菜，才發現阿枝沒有醒來，雖然睡得像豬，卻有一股陰森森的慈暉映在臉上，那種古怪的笑顏彷如陰間走到一半，回頭對她的哀送非常滿意似地。她趕緊掐著他身上的皮骨，最後掄起了拳頭一陣亂打，那咧開的嘴角忽然咻的一聲吸住口水，朝她透露出還沒死的生機。

當下她飛奔而出，衝進鎮街上的一家蛇店，央著店家從鐵籠裡勾出一尾臭青母，把牠尾端的排泄物擠在一條抹布上。為了防止惡臭外流，她將抹布攢在胸口一路哭奔，回家後準準對著阿枝的鼻洞一把裹住，果然應驗了小時候聽過的傳說，那強烈的腥臭無人可擋，他終於醒來啦，可惜吐了一整夜。

她從披著頭紗來到沈家，經歷過的生死考驗簡直就是一場場的戲謔，阿枝的死從來沒有一次真實，就像他的為人或他說過的每一句話。她問過婆婆，「阿枝的命底真硬呀，以後一定是個偉大的人。」

婆婆嗤著鼻音說：「當然是改了名字的囉。」

沈細枝最常做的一件事，就是每逢特別無聊的午後，他兩腳夾著木屐獨自走在鎮中心的柏油路上。這時候的戲院正準備開演，懶洋洋的街頭適時響起了他腳下木屐跟的磕喀之聲，他算準了時間購票進場，舞台的帷幕剛好緩緩拉開，像一齣非常滑稽又可愛的人生劇場，等著他坐下來觀賞。

小鎮入秋後，有人來到他家後面的廢棄工廠帶頭吆喝著，準備招攬各路的小販聚集起來營生。先來了一攤燒酒雞，接著跟進了烤香腸，擲骰子的聲浪一起，旁邊跟著架設了露天點唱機。幾次短暫的黃昏過後，有人又開始拉線點燈，沒多久還隔起了幾間暗室，並且相中了沈細枝高過牆頭的身手，讓他擔任把風的工作。

「裡面都在做什麼？」彩霞忍不住問他。

「聚餐。」阿枝淡淡地說。

一天夜裡，彩霞正在洗碗，水龍頭一關，後面忽然傳來細碎的輕吟。她把廚房門推開，那些聲音更加凌亂起來，笑浪聲有時淒切如蟬，有時卻又嬌瞋地哼喊著，一聽就知道那些聲音來自房間的密閉，像摀著嘴巴還是關不緊的歡愉。

彩霞開始注意阿枝的行徑，凡他從後門溜進了攤區，四周響起熱情招呼的吆喝，她就放手不去追究。但要是進去了，那裡的氣氛反而忽然靜默下來，賊一樣地無聲無息，那就表示其中有鬼。

這天終於被她逮到了。她躡著腳跟在後面，溜過所有的攤商再繞回來，試著推開過道上的一扇小窗，沒想到夫妻兩人就這樣地恍然相見了。那衣服脫得精光的沈細枝原本撲在床上，轉身時驚慌地看著她的眼睛，全身來不及遮掩，像一尾垂死的白鰻泊在岸邊。

彩霞一口氣打包所有的行李，連夜就把三個孩子帶回了娘家。

夫妻從此各自謀生，彩霞每天跪在沙地上扒著花生藤，阿枝扛著掃把一樣的鳥梨串穿梭在夜市裡，三個孩子忙著上學，遇到父親生病才派來一個陪他過夜，但天剛亮就不見人影。

十多年後一個深夜，沈細枝連續打了三通電話給彩霞。

「阿彩，有件事我一定要先讓妳知道，明天妳在家嗎？」

「最小的都去當兵了，我為什麼不在家。」

猜想這個人應該是倒大楣了。一個浪子突然正經起來，八成是被黑道一把刀架在脖子上，不然就是病得很慘，醫生剛剛宣布了他的死期。她聽得出電話中的阿枝想哭，想說些什麼，又想忍住什麼，莫名得不像他的為人。

沈細枝掛完電話後就真的忍不住了，他裹在被子裡哭得像隻蝦子，卻又覺得這樣的哭泣其實也很刺激，好像徹底洗了一次熱水澡，霎時感到全身溫暖起來。他從來沒有這樣爽快地痛哭過，沈爸走得太早，那時還不懂什麼叫做傷心；彩霞負氣出走，他也沒有機會哭，總覺得都還年輕嘛，一哭就會笑死人。再來就沒有類似的情境了，晃蕩了半輩子，只有一件事讓他覺得要哭要笑都很困難。

就是那塊路地，沈媽騙了他，他只好一直騙著阿彩。

但現在不一樣了。幾天前一家仲介忽然找上門來，他說你發了，你還一個人坐在這裡喝悶酒啊。對方為他宣讀一條新法令，告訴他現在任何一塊私人路地都享有容積率，而建設公司就把這些容積買下來，移到別處蓋更多的房子。也就是說，他一夜之間突然變有錢了。

經過仲介員一番慫恿，那條沒用的六米路，如今賣了千萬元。

沈細枝來到彩霞的住處，等了很久，一個光頭婦人來開門。

「進來啊，是我啦，你怕什麼，醫生說我快好了。」

他的鼻子一縮，攤開了買賣合約給她看，「阿彩，我分一半給妳。」

「你別想在我這裡打什麼鬼主意，我現在只剩下一張健保卡。」

「不是這樣，阿彩，這次是真的，以前我不是故意騙妳……。」想說真話，卻沒有經驗，很怕又把它說假了，沈細枝哽咽起來。

導讀

王定國（一九五五—），彰化鹿港人。臺中僑光商專畢業。曾任臺中地檢處書記官、建設公司企畫、國家企畫公司總經理、國唐建設公司董事長，以及《臺灣新文學》雜誌社長。曾獲全國大專小說創作獎、《中國時報》文學獎、《聯合報》小說獎等。著有《離鄉遺事》、《我是你的憂鬱》、《宣讀之日》、《沙戲》、《那麼熱，那麼冷》、《誰在暗中眨眼睛》等。

王定國的小說自有定調，一九七〇年代崛起文壇時，沒有追隨鄉土文學熱潮。二〇〇三年再出發，也沒有模擬後現代的魔幻與後設；反而投入於融鑄復古懷舊題材，點石成金，掘發新意，堪稱風格獨具。人道關懷的主題與精緻縝密的筆觸，是其小說一貫的特色，陳芳明曾在〈哀傷清麗之美——讀王定國短篇集《誰在暗中眨眼睛》〉中說：「王定國的精彩，往往在文字驚險的關口，及時轉化成為藝術的驚豔。他說故事手法，已是爐火純青。」〈細枝〉（原載《中國時報・人間副刊》，二〇一四年七月二十五日）即是其代表作之一，篇幅短小，將一則現代鄉野傳奇說得潔淨明晰，扣人心弦。

臺灣小說出現養女形象居多，然而〈細枝〉中卻塑造一位居於邊緣地位的養子細枝，描述他繼承遺產、騙得老婆到意外發財的過程。就沈家而言，細枝身分是為了繼承香火而領養的兒子，自小身長體弱，除了愛哭之外，還有一個破鑼嗓；養父雖請來相士爲他改運，取名「細枝」，自己卻意外車禍而死。從此，養母視他爲討命鬼，故提早分家，將有價値的財產分給六個女兒，只將一塊沒用的六米小巷分給他；而憑藉這塊無用之地騙來了老婆彩霞，並育有三個孩子。獨立成家後，細枝身分成爲一位缺席的父親；學做油漆工、水電工，一事無成，還發生不倫之戀。從此，老婆視他爲欺騙鬼，氣得回娘家，茹苦含辛獨力撫養三個孩子。故事終結，細枝因私人路地享有容積率的新法令頒佈，而一夜致富，驚喜之餘，不忘與積勞成疾的老婆對分財產，只是這個弄假成眞的意外，不僅讓老婆難以置信，竟連哽咽的細枝也唯恐一不小心又說成虛情假意了，透露出卑微小人物的幽微良善，更增添故事的蒼涼之美。

王定國擅長使用平淡語氣來穿針引線，帶領讀者一步步探觸故事核心，進而浮現人物的生命本質。〈細枝〉不僅把主人翁刻劃得躍然紙上，同時透視人性的墮落與昇華，在昇華中釋出溫暖與善意，餘蘊無窮。（林秀蓉）

想我眷村的兄弟們

朱天心

我懇請你，讀這篇小說之前，做一些準備動作——不，不是沖上一杯滾燙的茉莉香片並小心別燙到嘴，那是張愛玲「第一爐香」要求讀者的——，至於我的，抱歉可能要麻煩些，我懇請你放上一曲Stand by me，對，就是史蒂芬．金的同名原著拍成的電影，我要的就是電影裡的那一首主題曲，坊間應該不難找到的，總之，不聽是你的損失哦。

那麼，合作的讀者，我們開始吧。

即使沒看過原著沒看過電影的你，應該也會立時被那個歌詞敘事者小男生的口吻吸引住吧，一個無聊悠長的下午，他跟屁蟲的尾隨幾個大男生去遠處探險，因為據說那裡有一具不明死因的男屍，他覺得又驚險又不大相信又拜託真到目擊的那一刻不要嚇得尿褲才好，於是他鼓足勇氣反覆立誓似的提醒自己：我不怕，我不怕，我一點也不怕，只要你在我這一國，我他媽的一顆眼淚也不會掉！

……歌聲漸行漸遠，畫面上漸趨清楚的是一個，我不知道該如何形容她，青春期的大女孩，或小女人，第一次的月經來潮並沒有嚇倒她，她正屏著氣——全沒留意客廳裡傳來的蜂王黑砂糖香皂的電視廣告音樂——專心的把手探在裙下用力拉扯束在裙裡的襯衫，直至確定鏡中的自己胸脯又如小學時候一般平坦，她放心的衝出家門，仍沒看一眼電視畫面上的英倫口香糖廣告，十六歲的甄妮穿著超短迷你裙，邊舞邊唱著「我的愛，我的愛，英倫心心口香糖……」

她跑到村口，冬天有陽光的禮拜六午後，河口沙洲鳥群似的群聚著十幾二十名從兵役期年紀到國小一年級不等的男孩子，村口兩尊不明用途的大石柱之間，凌空橫扯出一條紅布幅，上書「本村全體支持×號候選人×××」，襯著藍色的天空迎風獵獵作響，好像每隔幾年總要張掛那麼幾天，她要到差不多二十年後，離她擁有公民投票權十幾年以後，才百感交集回想起那情景，並初次投下與那紅布條不同政黨的一票。

她盤桓在他們周圍，像一隻外來的陌生的鳥，試圖想加入他們，多想念與他們一起廝混扭打時的體溫汗臭，乃至中飯吃得太飽所發自肺腑打的嗝兒味，江西人的阿丁的嗝味其實比四川人的培培要辛辣得多，浙江人的汪家小孩總是臭哄哄的糟白魚、蒸臭豆腐味，廣東人的雅雅和她哥哥們總是粥的酸酵味，很奇怪他們都絕口不說「稀飯」而說粥，愛吃「廣柑」就是柳丁。更不要說張家莫家小孩山東人的臭蒜臭大葱和各種臭蘸醬的味道，孫家的北平媽媽會做各種麵食點心，他們家小孩在外遊蕩總人手一種吃食，那個麵香真引人發狂……

可是半年多來不知哪裡不對了，這些朝夕相處了十多年的伙伴，真的是朝夕相處，像弟弟，就常在她家玩得忘了回家，就跟她們家小孩一起排排睡。毛毛還是她目睹著出生的，那時她跟好多大人小孩擠在毛毛家臥室門口看毛媽慘叫，那次毛毛哥哥得意得什麼樣子，恣意的嚴密挑選與他一國的才准進去觀賞。還有大她一歲的阿三，她與他默默甜蜜的戀愛了快十年。還有大頭，沒有一次不與她大吵或大打出手收場的，不分敵友對她的態度變得說不上來的好奇怪。

她百思不得其解，自認做得無懈可擊，好比她確信經血是有氣味的，她便無時無刻不謹慎選擇站在下風處，以防氣味四散；好比她發現再無法阻止胸脯的日益隆起，痛哭之餘日日展開與它的搏鬥，偷過母親的絲巾把它緊緊綑綁住，或衣服裡多穿一件小學時的羊毛衫把它束得平平的，有一回廝打時被誰當胸撞了一記，當場迸出眼淚差點沒痛暈過去；她甚至偷父親的菸，跟他們一起抽，學他們邊抽邊藏菸的方法，以為因此取得了與他們共同犯罪的身分，她甚至不願意好好讀書，說不上來的以為功課破破的或許較利於他們的重新接納她。

當然，要到差不多十年之後，在她大學畢了業，工作了，考慮接受男友的婚約時，才能持平的看待當年那些男孩，不，或該說男人，怎麼可能當她的面談論、揣測她胸脯的尺寸，交換著因為不知道而無限膨脹神祕引人的性知識，業務機密似的口傳誰家當兵回來的老大刻在機場那邊的外省掛混，下次誰惹了麻煩或跟哪個村子結了樑子可以找他出面擺平；還有唯一在市區裡唸私立中學的大國說車過中山北路看到潘家二姊跟一個美國大兵黏著走路，騷得！隨即每個人把積壓老久的髒話、獸性大發的存貨出清，深喉嚨一樣的口上得到了快感；也有同樣姊姊光明正大結交了美軍男友並快論婚嫁的馬哥，用媽媽的百雀齡面霜抹成「岸上風雲」中馬龍白蘭度的髮型，教幾個年紀大些的男孩一種剛自未來姊夫處學來的新式舞步，可那舞步屢屢被村口唐家開得好大聲的「田邊俱樂部」電視節目中，觀眾所唱的難聽歌聲所擾亂；還有沿著廣場邊緣踱步，一手捲著數學代數課本一手不時在空中演算的丁家老二，每做完一題便又開始跟他們MIT個不完，丁老二的物理老師總愛像回教徒膜拜聖地麥加似的熱烈講述有關MIT的種種神話，聽熟了丁老二的二手傳播的她，要到七十年代初期，才知道MIT的當代意思，不是她熟如家珍的麻省理工學院，而是Made in Taiwan。

因此，不會有人像她一樣，為童年的逝去哀痛好幾年，乃至女校唸書時，幾個要好的同學夜宿某死黨家，同牀交換秘密的描摹各自未來白馬王子的圖像時，輪到她，她一反其他人的對學歷、血型、身高、星座、經濟狀況的嚴密規定，她說：「只要是眷村男孩就好。」

黑暗中，眼睛放著異光，夜行動物搜尋獵物似的。

那一年，她搬離眷村，遷入都市邊緣尋常有一點點外省、很多本省人、有各種職業的新興社區，河入大海似的頓時失卻了與原水族間各種形式的辨識與聯繫，仍然滯悶封閉的年代，她跟很多剛學吉他的學生一樣，從最基礎簡單的歌曲彈唱起，如Where have all the flowers gone，並不知道那是不過五、六年前外頭世界狂飆一場的反戰名歌，她只覺那句歌詞十分切她心意，真的，所有的男孩們都哪裡去了，所有的眷村男孩都哪裡去了？

她甚至認識了一大堆本省男孩子，深深迷惑於他們的篤定，大異於她的兄弟姊妹們，她所熟悉的兄弟姊妹們，基於各種奇怪難言的原因，沒有一人沒有過想離開這個地方的念頭，書唸得好的，家裡也願意借債支持的就出國深造，念不出的就用跑船的方式離開；大女孩子唸不來書的，拜越戰之賜，好多嫁了美軍得以出國。很多年以後，當她不耐煩老被等同於外來政權指責的「從未把這個島視為久居之地」時，曾認真回想並思索，的確為什麼他們沒有把這塊土地視為此生落腳處，起碼在那些年間——

她自認為尋找出的答案再簡單不過，原因無他，清明節的時候，他們並無墳可上。

他們居住的村口，有連綿數個山坡的大墳場，從青年節的連續春假假日開始，他們常在山林冶遊，邊玩邊偷窺人家掃墓，那些本省人奇怪的供品或祭拜的儀式、或悲傷肅穆的神情，很令他們暗自納罕。

那時候，山坡的梯田已經開始春耕，他們小心的避免踩到田裡，可是那田埂是個難走的，一踩一攤水，其實那時候到處都是水，連信手折下的野草野花也是莖葉滴著水，連空氣也是，潮濛濛的，頭髮一下就溼成條條貼在頰上。平常非必要敬而遠之的墳墓，忽然潮水退去似的露出來，他們仗著掃墓的人氣一一去造訪，比賽搶先唸著墓碑上奇怪拗口的刻字，故意表示膽大的就去搜取墳前的香支鮮花……

可是這一日總過得荒荒草草，天晚了回家等吃的，父母也變得好奇怪，有的在後院燒紙錢，但因為不確知家鄉親人的生死下落，只得語焉不詳的寫著是燒給×氏祖宗的，因此那表情也極度複雜，不敢悲傷，只滿佈著因益趨遠去而更加清楚的回憶。

原來，沒有親人死去的土地，是無法叫做家鄉的。

原來，那時讓她大為不解的空氣中無時不在浮動的焦躁、不安，並非出於青春期無法壓抑的騷動的氾濫，而僅僅只是連他們自己都不能解釋的無法落地生根的危機迫促之感吧。

他們的父母，在有電視之前而又缺乏娛樂的夜間家庭相聚時刻，他們總習於把逃難史以及故鄉生活的種種，編作故事以饗兒女。出於一種複雜的心情，以及經過十數年反覆說明的膨脹，每個父家母家都曾經是大地主或大財主（毛毛家祖上有的牧場甚至有五、六個台灣那麼大），都曾經擁有十來個老媽子一排勤務兵以及半打司機，逃難時沿路不得不丟棄的黃金條塊與日俱增，加起來遠超過俞鴻鈞為國民黨搬來台灣的……

曾經有過如此的經歷、眼界，怎麼甘願、怎麼可以就落腳在這小島上終老？

不知在多少歲之前，他們全都如此深信不疑著，而不知在多少年之後，例如她，漸與幾個住在山後的本省農家同學相熟，應她們的邀約去作功課，很吃驚她們日常生活水平與自己村子的差距：不愛點燈、採光甚差連白日也幽暗的堂屋、與豬圈隔牆的毛坑、有自來水卻不用都得到井邊打水。她們在曬穀場上以條凳為桌作功課，她暗自吃驚原來平日和她搶前三名的同學每天是這樣作功課、準備考試的。

作完功課，她們去屋後不大卻也有十來株柚子樹的果林玩辦家家，她看到同學的母親完全農婦打扮、口上發著哩哩聲在餵雞鴨，看著同學父親黃昏時在曬場上曬什麼奇怪藥草，她覺得惆悵難言。

後來每年她同學庄裡一年一度的大拜拜都會邀她去，她漸漸習慣那些豐盛卻奇怪的菜餚，也一起跟著農家小孩擠看野台戲，聽不懂戲詞但隨他們該笑的時候一起笑。從不解到恍惚明白他們為何總是如此的篤定怡然。

村裡的孩子，或早或遲跟她一樣都面臨、感覺到這個，約好了似的因此一致不再吹噓炫耀未曾見過的家鄉話題，只偶爾有不更事的小鬼誇耀他阿爺屋後的小山比阿里山要高好幾倍時，他們都變得很安靜，好合作的假裝沒聽見，也從來沒有一個人會跳出來揭穿。

便趕緊各自求生吧。

男孩子們通常都比較早得面臨這個問題，小學六年級，在國民義務教育還沒有延長成九年之前，他們好吃驚班上一些本省的同學竟然可以選擇不考試不升學（儘管他們暗自頗為羨慕），而回家幫家裡耕田，或做木工、水電工等學徒。而他們，眼前除了繼續升學，竟沒有他路可走，少數幾個好比陳家大哥寶哥，有一年一家電影公司在山上相思林拍武俠片時，他從圍觀看熱鬧的到自願以一個便當的代價拍一個挨男主角踢翻的鏡頭，到幫他們扛道具上卡車，到工作隊離開時他連換洗衣褲都沒帶的跟著走了。

這個不知為什麼顯得很駭人的例子傳誦村裡十數載，簡直以為他就這樣死了，要到差不多二十年後，他們之中有看影劇版習慣的人，便會在影劇版最不起眼的一個小角落發現他才四十出頭就肝癌英年早逝身後蕭條只遺一個幼稚園兒子的消息，才知道原來他這些年跟他們一樣一直存活著，一直在某電視台做戲劇節目的武術指導。

「噢，原來你在這裡……」她邊翻報紙喟嘆著。

彼時報紙的其他重要版面上，全是幾名外省第二代官宦子弟在爭奪權力的熱鬧新聞，她當然都仔細閱讀，卻未為所動，也不理會同樣在閱報的丈夫正因此大罵她所身屬的外省人（她竟然違背少女時代給自己的規定，嫁給了一個本省男人）。

其實這些年間，她曾經想起過寶哥，僅僅一次，在新婚那夜。

那時丈夫正把鬧完洞房的同事朋友給送出門，她沒力氣再撐起風度聽他們的笑謔，便獨自先返回臥室，不點燈，怕面對那陌生之感，也有些害怕即將要發生的事。這固然與她尚是處子之身有關，但大概是這幽黯陌生的新居臥室的緣故，她忽然遺失掉長期以來做個現代都會女性、性知識只會過份充足的身分，立時回到了另一間同樣昏暗的陌生臥室，寶哥家的臥室，她大概是小學二三年級，正和寶哥的妹妹、貝貝一干自組的黃梅調劇團在翻找毛巾被單扮古裝，她正在地上找髮夾時，隨手拾起一本沒有封皮的舊書，她好奇的湊在五燭光的燈泡下翻閱，那是一本用粗俗挑逗的筆調寫的性知識書，對她而言聞所未聞，因此看得十分專注，看到教導男子如何挑動處女，以及把處女弄破時要如何止血，好像曾聽到貝貝的警告：「那個是我哥的，他不准人家看噢。」

她看到教人由嘴唇、乳房、以及坐姿判斷處女與否時，她忽然才感覺到四周非常安靜，她抬頭，看到房門處有個高大的身影，也才發覺貝貝她們什麼時候全跑光了，但她立刻感覺出那個穿著父親軍汗衫的身影是寶哥，她棄了書，小聲的喊了一聲寶哥，寶哥也不答話，慢慢，又好像很快的走近她，呼吸聲好大，走到近燈處，她被他那雙像貓一樣發出燐光的眼睛嚇傻了。

然後其實什麼事也沒發生，她靈巧迅速的跑出那間臥室，跑出寶哥家，跑到日光下，那段記憶，便像底片見了光，一片空白，那些第一次對性事的固陋、村俗的印象，便牢牢給關在那間臥室，甚至日後在光天化日下看到寶哥也無啥殊異之感，因此竟然真的再沒起想過他，直到新婚夜。那時她想，寶哥作夢也不會想到吧，竟然有個女孩子在一生中重要的那一刻時光裡曾想到他，儘管是那樣一種奇怪的方式。

其實不只寶哥，還有很多很多的男人，令很多很多的女孩在她們的初夜想到他們。

他們大多叫做老張、或老劉、或老王（總之端看他們姓什麼而定）。通常一個村子只有這樣一名老×，因為他單身，又且遠過了婚齡大概再沒有成家的可能，又往往僅是士官退伍，無一技之長，便全村合力供養他似的允許他在村口的村自治會辦公室後頭搭一間小違建，貼補他一點錢，自治會的電話由他接，一些開會通知由他挨家挨戶送，路燈壞了也由他修，他村的半大男生結夥來本村挑釁時，他會適時出來干預，冬天在村外圍一堆小孩看他烤一隻流浪來的小黑狗，夏天在發出濃烈毒香的夾竹桃樹下剝蛇皮煮蛇湯的，就是老×。

他們通常大字不識一個，甚至不識自己的名字和手臂上刺青的「殺朱拔毛」「反共抗俄」，但他們是村裡諸多小孩的啓蒙師，他有講不完的剿匪戰役、三國水滸、或鄉野鬼怪故事，儘管他們的鄉音異常嚴重，可是小孩們不知怎麼都聽得懂；

儘管他們的住屋像個拾荒人家，可是小孩簡直覺得那是個寶窟，有很多用桐油擦得發亮的子彈頭（你若願意在停電的夜晚跑過可怕的公墓山邊、替他到大街上買一瓶酒回來的話，他大概會送你一顆），有不明名目的勳章，有各種處理過的蟲屍蛇皮，有用配給來的黃豆炒成的零嘴兒，還一定有撲克牌、殘缺不全的象棋或圍棋，而且他會教你下，替你算命。

然而，總要不了太久（端看那名老×的性欲和自制力而定），常出沒其間的小孩們就會起一種微妙的變化，當孩子們裡必然會有的那個比較好吃、或嬌滴滴愛撒嬌、或膽怯不敢違拗大人的……，我們叫她小玲吧，當小玲也來老×的破巢時，其他小孩便如同動物依本能的遠離一隻受傷病痛的同伴似的遠遠離開小玲，離開小屋……

大多數小孩並不知道空氣中的不安和危險是什麼，只有那幾個膽大些的小男生，終於有一天，會躲在窗外好奇偷窺，他們通常會看到老×與小玲做奇怪的事，不是他褪去衣褲，就是把小玲也褪去衣褲，這些老×通常因為自己的性能力以及謹慎怕事的緣故，不致把小玲弄流血或弄到晚上洗澡時會被母親發現的地步，但通常小男生們不及看到這裡就已經全跑掉了，基於一種好像闖了禍的心情，他們都不告訴其他同伴，甚至也不警告自己的姊姊妹妹，而且他們仍然出沒老×的小屋，有時聽故事或下棋的空檔，會剎那間失神，盯著老×的褲襠並回憶他的大鷄巴，沒有任何評價的只覺得哇操他真是一頭大獸王！

至於小玲，早晚有一天，會在與女伴交換秘密時講出老×對她做的事，她得到的反應通常有兩種，一是對方立時也眼淚汪汪、抓緊她的手，不管以後她們還有沒有再去老×處，但童年時光裡她們大概會是一對最要好的朋友。不過比較多的反應是，對方漸聽漸露出陌生警戒的目光，悄悄退去，遠離，不一定會洩漏出去這個秘密，但同伴們都動物一樣的迅速感受到這個訊息，一點不想探究的也離小玲遠遠的，任她自生自滅。

但是好奇怪的這些訊息永遠只能橫的傳開，都不會讓小她們幾歲的弟弟妹妹們知道，因此每一屆都無可避免的或多或少有幾名小玲。當唸中學的老小玲發現妹妹及其同伴有些神秘難言的行跡時，比較大膽的老小玲就會喝斥妹妹：「叫妳們不要去老×家玩！」「你小心讓媽知道了好看！」

罵完不禁奇怪為什麼自己從來沒想過告訴媽媽。每一個小玲差不多都如此，以致那些老×們都得以安然活到二十、三十年後，當這些小玲們陸陸續續結婚，或與心愛男友的第一次，都會想起那個遙遠年代遙遠村子遙遠小屋的老×，比較傳統保守的小玲們擔心自己的處女膜可還完好，健康開朗些的小玲們則流下衷心快樂的淚水，深深感激撫在自己身上的、不再是一雙遲疑卻又貪婪的蒼老的手，而是如此的年輕有力、清潔、有決心……

這些自然是老×們想都想不到的，因為在那一刻的同時，老×們正全心全意發愁手膀上的那些刺青可要如何去掉、以利於他們的返鄉探親。有大膽些的人便率先去整型外科處割掉那片刺青的皮膚，所以，假若你在八七—八八年間，在街上看過年近七十，單手膀上裹著白紗布绷帶的外省老男人，沒錯，他就是老×，……連你都無法想像吧，他們正是多少女孩在初夜會想起的男人，當然，至此我們已不用去追究她們是基於何種心情了。

看到這裡，你一定會問，那媽媽呢？媽媽們哪兒去了？都在幹什麼？不然怎麼會如此的疏於照顧保護子女？

媽媽們大概跟彼時普遍貧窮的其他媽媽們一樣忙於生計，成天絞盡腦汁在想如何以微薄的薪水餵飽一大家子。若是大陸來的媽媽，會在差不多來台灣的第十年，變賣盡最後一樣金飾後，在那一年的農曆新年一橫心，把箱底旗袍或襖子拿出來改給眾小孩當新衣，勿需丈夫們解說該年九月的雷震事件，或是進一步的洩露軍機，她們比什麼人都早的已與朝中主政者一樣自知回不去了。

媽媽們通常除了去菜場買菜是不出門的，收音機時代就在家聽「九三俱樂部」和「小說選播」，電視時代就看「群星會」和「溫暖人間」，要到誰怕誰的時代才較多人以麻將為戲，不再理會眷補證上印的可怕罰則（例如第一次抓到斷糧×個月，第二次抓到……），通常法太嚴則不行，若有誰家明目張膽傳出麻將聲，幾天後，該鄰官階最大的那位太太就會登門不經意的閑聊懇談一番，當然，若打麻將的那家就是該鄰或該村官階最高的，也就是住家坪數最大、最先拆掉竹籬笆改蓋紅磚圍牆、最先有電視的那家，此事大約就不了了之了。

但往往媽媽們的類型都因軍種而異。

空軍村的媽媽們最洋派、懂得化妝，傳說都會跳舞，都會說些英文。陸軍村的媽媽最保守老實，不知跟待遇最差是否有關。海軍村的打牌風最盛，也最多精神病媽媽，可能是丈夫們長年不在家的關係。憲兵村的媽媽幾乎全是本省籍，而且都很年輕甚至還沒小孩，去他們村子玩的小孩會因聽不懂閩南語、而莫名所以的認生不再去。

最奇怪的大概是情報村，情報村的爸爸們也是長年不在家，有些甚至村民們一輩子也沒見過。他們好多是廣東人，大人小孩日常生活總言必稱戴先生長戴先生短，彷彿戴笠仍健在且仍是他們的大家長。

情報村的媽媽們有的早以寡婦的心情過活，健婦把門戶的撐持一家老小，我們可依其小孩的年紀差距推斷出丈夫每次出勤的時日長短。另有些神經衰弱掉的媽媽們則任一窩小孩放野牛羊似的滿地亂跑，自生自滅。做小孩的都很怕學期開始時必須填的家庭調查表，有一個長年考第一名的女孩甚至快要受不了的伏桌痛哭起來，深怕別人發現她的與眾不同，因為父親工作要掩護身分的關係，一家都跟母親的姓，她覺得很難堪，乃至曾有一名小玲以老×的事與她交換最高機密時，她都違背約定的堅不吐實。

至於那些為數不少、嫁了本省男子、而又在生活中屢感不順遂——例如丈夫們怎麼不如記憶中的外省男孩肯做、必須分擔家事，因此斷定他們一定受日據時代大男人主義遺風影響所致：例如每逢選舉，她都必須無可奈何代替國民黨與丈夫爭辯到險險演成家庭糾紛——因而會偶覺寂寞的想念昔日那些眷村男孩都哪兒去了的女孩兒們，我在深感理解同情之餘，還是不得不提醒妳們，不要忘了妳曾經多麼想離開這個小村子，這塊土地，無論以哪一種方式。

記不記得妳在成長到足以想到未來的那個年紀，儘管妳還正在和村中的某個男孩戀愛，那些個乘涼或看「晶晶」連續劇、父母因此無暇顧及的夏日夜晚，滿山的情侶（之前或之後，妳會在田納西．威廉電影裡發現到幾乎一模一樣的情景，保守、炎熱、父權、壓抑的南方小鎮裡那些在夜間冶遊、無法說明自己的心靈和身體在飢渴些什麼的大男孩大女孩），你們在喧天的蟬聲裡一面發高燒似的熱烈探索彼此年輕的身體，一面在心裡暗暗告別，自然大多的告別是因為沒考上學校的男孩就要去服役或唸軍校了，但更多時候，是女孩們片面好忍心的決定。

記不記得？妳，錯過時機尚未走成的女孩——五十年代，嫁黑人嫁GI去美國的；六十年代，出國唸書或去當歌星影星，因為發現唯有此業是收穫耕耘可以大不成比例，宜於經濟起飛年代一無本錢而想一夜致富的人從事——，妳漸漸很不耐煩老在村口克難球場群聚終日的那些等待兵役期、抽菸打屁、除了打球無所事事的幼時玩伴（儘管他們曾經是妳太想一道溷跡終老的伙伴），並非因為妳行經那兒時，總會飄出幾句發自其中一名剛屆青春期的男生洩慾式的髒話，影射妳的身材尺寸或器官、或大喊一聲：「×××的蜜斯！」也並非有些男孩變得粗壯似野獸、並且也發出野獸一樣很讓妳覺得陌生不安的目光和嗓音……

妳只隱隱覺得，那些幼時常與你一道在荒山裡探險開路冶遊的伙伴，不再足以繼續做妳意欲探險外面世界的伙伴，妳甚至不願意承認妳快看不起他們、覺得他們對未來簡直有點不知死活。

於是，你會在離家唸大學或開始就業時，很自然的被那些比起妳的眷村愛人顯得土土的、保守沉默的本省男孩所吸引，儘管他們之中也多有家境比眷村生活還要窘困，或比眷村男孩的動輒放眼中國、放眼世界的四海之志要顯得胸無大志得多，但他們的安穩怡然以及諸多出乎妳意料的對事情的看法，都使得妳窒悶的生活得以開了一扇窗，透了口氣。儘管多年後妳細細回想，當初所感到的窒息鬱悶也許並非全然因為眷村生活的緣故。

離開眷村而又想念眷村的女孩兒們，我深深同情妳們在人群中乍聞一聲外省腔的「他媽的（音踏、馬的）」時所頓生的鄉愁，也不會嘲笑有人甚至想登尋人啓事尋找幼年的伙伴或甚至組個眷村黨，因為她不甘願承認只擁有那些老出現在社會版上、僅憑點滴資料但照眼就能認出的兄弟們（如×台生，山東人，籍設高雄左營、或岡山、或嘉義市、或楊梅埔心、或中和南勢角、或六張犁、南機場……那些個從南到北、自西徂東、有名的大眷村集結之地）。也不願意搭計程車時，聽到司機問：「妳要去ㄌㄚˇ裡？」以及一遇塞車就痛罵國民黨和民進黨的，妳望著他後腦勺的幾莖白髮，當下可斷定他是那批氣宇軒昂意氣洋洋、專修班出來還志願留營以盡忠報國，而後中年退伍不知如何轉業的×家×哥……，除此之外，眷村的兄弟們，你們到底都哪裡去了？

所以妳當然無法承受閱報的本省籍丈夫在痛罵如李慶華、宋楚瑜這些權貴之後奪權鬥爭的同時，所順帶對妳發的怨懟之氣，妳細細回想那些年間你們的生活，簡直沒有任何一點足以被稱做既得利益階級，只除了在推行國語禁制台語最烈的時代，你們因不可能觸犯這項禁忌而未曾遭到任何處罰、羞辱、歧視（這些在多年後妳丈夫講起來還會動怒的事），儘管要不了幾年後，你們很快就陸續得為這項政策償債，妳的那些大部分謀生不成功的兄弟們，在無法進入公家機關或不讀軍校之餘，總之必須去私人企業或小公司謀職時，他們有很多因為不能聽、講台語而遭到老板的拒絕。

大概非眷村，或六十年代後出生的本省外省人都無法理解，很多眷村小孩（尤其他們居住的若是個有菜市場、有小商店、飲食店及學校等的大眷區），在他們二十歲出外讀大學或當兵之前，是沒有「台灣人」經驗的，只除了少數母親是本省人，因此寒暑假有外婆家可回的，以及班上有本省小孩且你與他們成為朋友的。至於為數眾多的大陸籍媽媽們，十數年間的唯一台灣人經驗就是菜市場裡那幾名賣菜的「老百姓」，因此她們印象中的台灣人大致可分為兩種：會做生意的，和不會做生意的。

正如妳無法接受被稱做是既得利益階級一樣，妳也無法接受只因為妳父親是外省人，妳就等同於國民黨這樣的血統論，與其說妳們是喝國民黨稀薄奶水長大的（如妳丈夫常用來嘲笑妳的話），妳更覺得其實妳和這個黨的關係彷彿一對早該離婚的怨偶，妳往往恨起它來遠勝過妳丈夫對它的，因為其中還多了被辜負、被背棄之感，儘管終其一生妳並未入黨，但妳一聽到別人毫無負擔、淋漓痛快的抨擊它時，妳總克制不了的認真挑出對方言詞間的一些破綻為它辯護，而同時打心底好羨慕他們可以如此沒有包袱的罵個過癮。

然而其實妳並非沒有過這種機會，記不記得有幾次妳單獨攜小孩回娘家的時候，妳不也是如此在晚飯桌上邊看電視新聞邊如此大罵國民黨嗎？只因為從政治光譜上來看，此時沒有人（妳丈夫）站在妳的左邊，所以妳可以難得快樂的扮個無顧忌的反對者，只因為妳很放心這種時候妳的右邊總會有人（妳老爸）出來，為這個愛恨交加、早該分手的黨辯護。

妳大概不會知道，在那個深深的、老人們煩躁歎息睡不著的午夜，父親們不禁老實承認其實也好羨慕妳們，他多想哪一天也能夠跟妳一樣，大聲痛罵媽啦個B國民黨莫名其妙把他們騙到這個島上一騙四十年，得以返鄉探親的那一刻，才發現在僅存的親族眼中，原來自己是台胞、是台灣人，而回到活了四十年的島上，又動輒被指為「你們外省人」，因此有為小孩說故事習慣的人，遲早會在伊索寓言故事裡發現，自己正如那隻徘徊於鳥類獸類之間，無可歸屬的蝙蝠。

總而言之，你們這個族群正日益稀少中，妳必須承認，並做調適。

然而其實只要妳靜下心來，憑藉動物的本能，並不困難就可在汪洋人海裡覓得昔年失散、或遭妳遺棄的那些兄弟們的蹤跡：那個幹下一億元綁票案的主謀，妳在還來不及細看破案經過以及他的身分簡介時，只見他向記者們朗朗上口的詩句：「慷慨歌燕市，從容作楚囚，引刀成一快，不負少年頭。」妳不是脫口而出：「啊，原來你在這裡！」

初中那年，妳們不是曾經被一個新來的國文老師所迷惑，只因為那位五十來歲、一口湖北腔的單身男老師總喜歡講課本以外的東西，他就曾經含著眼淚，以平劇花臉的腔調誦完少年汪精衛這首刺攝政王失敗的「獄中口占」，妳不是還邊認真的把全詩抄在課本空白處，邊疑惑妳所學過民國史裡的大漢奸賣國賊、怎麼也有這種看似像個人的時候，那個國文老師大概正因為老是觸犯此類禁忌之故，學期結束就又他調。

多年後，妳猜他絕對不知道自己當年曾開啓多少熱血少年的心志，又或讓他們以為找到了使他們動機看似神聖正義的理由。

所以，原來當初那些盤據在村口、妳覺得他們只敢跟自己人或別眷村好勇鬥狠、卻沒膽出去闖盪世界的×哥×弟們，就在他們中間，就在妳要棄絕他們的同時，有人正在磨刀霍霍，結群結黨，暗暗在全島幹下無頭搶案數十起並殺人如麻，破案時，妳不須細看報上的說明他們這個強盜集團是新竹光復路某某眷村的子弟，妳僅憑他戴著手銬腳鐐的相貌就可呼出他的小名；乃至十數年後遠赴美國深信自己是為國鋤奸的×哥，妳絲毫不吃驚他僅僅不過想印證那句奉行半生的：「引刀成一快，不負少年頭！」

當然村口的那些兄弟們不盡都是如此之輩，一名溷跡其中、跟其他很多人一樣去跑船的沈家老大，二十年後，妳不難在報上的訪問他中，清楚嗅出他的眷村味兒，當大約舉國都不相信他要把那塊唐榮舊址變更為商業用地並非只為了賺取暴利，而是想蓋一幢他做海員時在其他美麗的國家看到的美麗建築時，大概只有妳相信他所說的是真話，並驚歎且同情這名身價百億的成功證券商，為何還可憐兮兮如妳們十數年前、對國家如此抽象卻又無法自拔的款款深情。

類似此的還有那個、有沒有？好像是第五鄰第一家，在家門口開個早餐攤，常幫媽媽洗洗弄弄找錢的王家煊哥，三十年後，妳每見他以財政部長的身分在報章、電視等媒體大力推銷他的政策時，妳以女性的直覺並不懷疑他的操守、用心、專業有何問題。只是他那股言談間瀰漫不去「以國家興亡為己任」的濃濃眷村味兒，讓你覺得因為太熟悉了而反倒心煩意亂，但畢竟也每足以讓你百感交集的喟歎「噢，原來你在這裡，眷村的兄弟。」

所以，那些兄弟們，好的、壞的（從法律觀點看）、成功的、失敗的（從經濟事功看）、存在的、不存在的、有記憶的、遺忘症的、記憶扭曲的……，請容我不分時代、不分畛域的把四九—七五（蔣介石消逝，神話信念崩潰的那一年）凝凍成剎那，也請權把我們的眼睛變做攝影機，我已經替你鋪好了一條軌道，在一個城鎮邊緣尋常的國民黨中下級軍官的眷村後巷，請你緩緩隨軌道而行——音樂？隨你喜好，不過我自己配的是一首老國語流行歌「今宵多珍重」，上過成功嶺的男生都該會記得吧，每天晚上入睡前營區放的：南風吻臉輕輕，飄過來花香濃；南風吻臉輕輕，星已稀月迷濛……

我們開始吧——

不要吃驚，第一家在後院認真練舉重的的確是，對，李立群……，除了喘氣聲，他並沒發出任何噪音，因此也沒吵到隔壁在燈下唸書的高希均和對門的陳長文、金惟純、趙少康……

我們悄聲而過，這幾家比較有趣得多，那名穿著阿哥哥裝在練英文歌的是歐陽菲菲，十六歲但身材已很好的她，對自己仍不滿意，希望個兒頭能跟隔壁的白嘉莉一樣。當然你不會吃驚看到第四家的白嘉莉正披裹著床單當禮服，手持一支仿麥克風物在反覆演練：「各位長官、各位來賓，今天我要為各位介紹的是……」

別看呆了！你。第五家湊在小燈泡下偷看小說的那個小女孩也很可愛，她好像是張曉風、或愛亞、或韓韓、或袁瓊瓊、或馮青、或蘇偉貞、或蔣曉雲、或朱天文（依年齡序），總之她太小了，我分不出。

當然不是只有女孩子才愛看閑書，我們跳過一家，你會發現也有個小兄弟在看書，什麼？你連蔡詩萍和苦苓都分不出！？都錯了，是張大春，所以我們頂好快步通過，免得遭他用山東粗話噌，是啊！他打從小就是這個樣兒……

隔壁剛作完功課、正專心玩辦家家的一對小男生小女生，看不出來吧，是蔡琴和李傳偉。當然也有可能是趙傳和伊能靜。

第九家，一名小玲默默在洗澡。

第十家，漆黑無人，因為在唸小學的正第、正杰兄弟倆陪母親去索討父親託人遺下的安家費，他們就是我們提起過的情報村的，打從他們一家遷居至此，村民們就從沒有看過他們的父親，直至差不多三十年後……

第十一家……

（我倆臨別依依，要再見在夢中。）

……

啊！想我眷村的兄弟們。

導讀

朱天心（一九五八—），祖籍山東，出生於高雄鳳山。臺灣大學歷史系畢業，專事寫作，曾主編《三三集刊》。著有《方舟上的日子》、《擊壤歌》、《時移事往》、《我記得……》、《想我眷村的兄弟們》、《古都》、《漫遊者》等，多次獲得《中國時報》及《聯合報》小說獎。朱天心的作品一向令人驚豔，自高中時期即享文名，一路寫來，從早慧的浪漫脫俗，到中年的辛辣練達，創作逾四十年。她藉小說暢談身世，議論時事，對族群、性別、政治的關注，比一般作家更激切，以不同流俗的方式寄託胸中梗概。朱天心作品風格多變，甚有實驗的雄心，常挑戰小說能以怎樣的面貌呈現，有時放棄動作和角色塑造；有時讓小說沒有對白，也不必然有結局；偶爾也運用議論性格強烈的散文筆調，並拋出大量的事典。

隨著臺灣八〇年代解嚴後政治力量的消長，以臺灣爲主體的政治觀出現，眷村面臨改建，往日的繁華不再。這個從南到北圍繞著城市，又與在地民衆疏離的特殊空間，幾十年蘊育出來的生活文化，即將煙消雲散。自幼生長其間的朱天心回顧眷村種種，道出離散之際的心情周折，以記史的方式，審視眷村中這群外省族群的身世。〈想我眷村的兄弟們〉（《中國時報．人間副刊》，一九九一年九月十至十二日）獲「時報文學獎」小說獎，和朱天心一九八一年獲「聯合報中篇小說獎」的《未了》，同樣書寫眷村，但相隔十年，文中對外省人的詮釋似已不同，大中國意識亦不復見。眷村文化對本土認同本就遲疑矛盾，封閉在圍牆內的世界裡，不認同臺灣人定位，又無法取得中國人身分正統，眷村人只好自我放逐，等到開放探親的時刻，又發現自己眞正無可歸屬。朱天心冷靜的點出：將眷村當做「家鄉」是弔詭的，戰後的三十年間，外省人從未把臺灣當成久居之地，這是一個沒有祖先、沒有祖墳的客鄉。小說以點名錄的方式，註明這群成長於眷村的外省第二代，有的成爲社會中堅，有的名揚演藝圈，有的隱藏社會黑暗角落成爲畸零族群。朱天心雖有「外省籍第二代作家」的標記，但她的超然批判讓自己無法被國民兩黨或統獨兩派收編，她的認同也在政黨主張之外。

臺灣的眷村書寫始於一九八〇年前後，從袁瓊瓊的《今生緣》，到蘇偉貞的《有緣千里》，大抵表現其溫情美好的一面。本篇則從宏觀的角度，探觸政治與社會的脈動，細數家國滄桑。小說裡敘述與議論反覆運用，呈現一部眷村生活史，不論空間、族群、生活百態等，一一都具有典型性，內容不無急切的呈現一九四九至七五年的眷村兄弟姐妹，意圖重塑記憶並驗證眞實。作者用報導的方式，直指眞象，作深情的一瞥。

眷村已經在臺灣地圖上漸次消失了，當它無跡可尋時，就可能產生認同錯亂，朱天心的詮釋觀點未嘗不是對歷史的拾遺補闕。〈想我眷村的兄弟們〉一改小說的線性結構，沒有明確的角色、情節與對話，而用旁徵博引，立論有據的方式，給讀者一整個立體時空，一個社會的剖面圖，目的是替外省族群立傳，爲眷村在社會轉型時期所受的衝擊留下見證。（余昭玟）

最後的獵人

田雅各

傍晚，比雅日在柴房蹲著劈木材，眼神露出老人樣的痴呆，軋斷的木頭沒有以往乾淨，鬚鬚地像老鼠啃過的生豬肉。有時劈歪了，斧頭砍入泥土裡，他愈做愈煩，於是雙手接著斧頭，蹲著發呆。

「比雅日，快點好不好，火要熄了。」

比雅日身旁打盹的獵狗突然跳起來，豎起兩個大耳板，前腿半蹲，後腿拉直，擺出攻擊的姿態。比雅日依然低頭看著劈木頭遺下的薄木屑。獵狗伸長背脊，抖了幾個冷顫，又懶懶地躺下。

帕蘇拉坐在小椅子上看到這幕景像，就要開口大笑，但看到自己的男人毫無反應，又氣又恨，她回到火爐旁取暖。

「比雅日，你想念誰啊？你是聾子嗎？如果你聽我的話到平地做臨時細工，買幾件毛衣，現在就不需為冷天劈木材，快快丟兩枝木頭過來。」說著並把小椅子丟到他腳前，右手插腰站了起來，咬緊牙齒，露出常被小孩調侃的大門牙。獵狗仍然懶懶地躺著。

「幹嘛發起脾氣？帕蘇拉，你把孩子的椅子摔在地上，上天將會懲罰我們，假使弄斷椅子的腳，可能會咒我們生下斷腳的孩子。」比雅日撿起椅子，順手丟三枝木頭給帕蘇拉。

去年夏天，她第一次懷胎，經過兩個月細心養護，有天夜晚不幸流產。比雅日同時也製好那張椅子，本來準備將來給孩子當禮物的，現在他看到椅子愈覺傷心，撫著椅子的四個腳，查看是否受到創傷。

「把椅子藏好，下次妳懷孕時再拿出來。」他將椅子藏在曬小米的台架上，穿上夾克，然後走近帕蘇拉旁，伸開十指就近火堆取暖。今年冬天他依然穿舊夾克，袖子原來是乳白色，現在已看不出當年它在櫥窗時令他喜愛的樣子，背後破了兩個大洞，是他打獵時滑倒被木頭戳破的，但他不曾有丟掉它的念頭，反而愈來愈喜歡它。

「如果不是你家流傳詛咒的血、附有魔鬼的身子，今晚我不必蹲在火旁取暖，她應該是個女兒，現在應該長這麼大了，抱著剛好在兩個乳房之間。獵人、獵人，都是你的祖先。」她的聲音顫抖地罵道。

「不要吵，請妳不要再講，過去就算了，相信我們一定會有孩子。」

比雅日話還沒說完就叫起獵狗，快速跑出去，差點踢到他丟進來的木頭，一瞬間就跑出火光可達到的地方。

「出去就出去，不要回來。」

自從那次帕蘇拉流產以來，他們無法找出流產的真正原因，於是開始敵人似的生活，互相冷言嘲諷，比雅日怪她的子宮沒有耐性，她怪他的種子適應能力差，加上她對比雅日的巫婆世家和祖先的咒語一直感到恐懼。半年以來她已習慣了比雅日的出走，半夜後比雅日會自己回來。

霧水開始籠罩整個部落，濕氣由牆縫緩緩噴進屋內，帕蘇拉縮著小肚與頸子，但無法與寒冷繼續抗衡下去，她反鎖房門，獨自回房鑽入被窩裡。

雲靄愈積愈厚，宛如雪崩那般猖狂地從山上滾下來，比雅日跟在獵狗後面，深怕走出小徑而跌入水溝裡，有次他跌進水溝，第三天才把鼻涕止住，他一直認為那是痛苦的故事。他從木窗探頭看看帕蘇拉是否已睡著，然後慢慢推開大門，見到房門已反鎖，就倒在長椅上，獵狗也爬上椅子與他相擁而睡。

比雅日無法入眠，想著雪崩、寒凍的空氣，那不就是野獸也下山來的時候嗎？於是他下定決心乾脆明天上山去打獵，家裡的氣氛簡直使他快窒息，壓得他失去了勇氣，他閉上眼睛把應帶的獵具想一遍，子彈藏在倉庫，鐵絲、袋子、火柴……，把這些在腦裡準備妥善之後，便安然睡著了。

凌晨，雲霧漸漸逃離山谷，向四周擴散，好像害怕人們知道是它們造成冰凍的夜晚似的，公雞叫聲此起彼落，男人劈柴的聲音與獵狗吠聲，也趁太陽未出來同時奏起，此時已有幾戶人家點起柴火，煙囪上吐著黑煙，在這裡從來沒有人想到黑煙會造成空氣污染，因為部落的人相信黑煙會隨著雲升上天空。帕蘇拉坐在火爐旁，以乾竹子與木炭生火，烤紫色皮的地瓜，她無意叫醒椅子上的比雅日，火燄愈燒愈烈，她正把快烤黑的地瓜翻身，飯鍋蓋被蒸氣噴到地上，發出尖銳的響聲，比雅日和獵狗同時被驚醒。

「伊凡，去廚房看看，是不是老鼠偷吃剩飯。」

「來來，伊凡，是我啦，連你也對我兇巴巴！」

「帕蘇拉，你已經起床了，今天我要上山，昨天晚上我做了一個夢，就如爸爸他們相信『巴哈玉』①，獵人的夢絕對不會撒謊，你幫忙準備米和鹽巴，可要在森林渡過兩個晚上。」比雅日起身跟在伊凡後面對差點嚇昏的帕蘇拉說道。

「算了，不要再提託夢的事。你的祖先就不會託夢給你生孩子。」

比雅日於是自己動手，收拾打獵必備的東西。帕蘇拉夾住已熟透的地瓜，用口吹吹，在手裡拍拍。

「拿去吃罷，希望你捉到活的山鹿，賣給山腳下那個客家老板，你家的牆壁應該填補了，如果春天以前不能整修房子，我真的會回到我爸爸那裡，到時你別後悔。」

他笑笑，臉上出現冷冷的表情，右手提起背囊，把伊凡抬到機車汽油桶上，然後開動車子離去。

十二月的清晨，氣候凍寒，樹葉枯黃，山坡多了幾種色彩，由山谷到山峰，顏色由漆黑漸漸棕黃而亮白，像一幅童畫，沒有整齊劃一的設計，看來雜亂，但卻令部落的人不得不稱讚它們美妙的組合。土地乾裂，部落的人一直渴望著下雨，不再管天氣是否寒冷，他們只想著雲層快點轉黑，以解除冷且乾的空氣。東方的天空由

① 巴哈玉：布農語，指在夢中的暗示。

粉紅漸漸泛白，比雅日在小路上穿梭，他個子高大，臉上長了一臉鬍子，像懶惰的農夫整理的草地，高低不平，眼窩深且寬、鼻樑兩側淺淺兩道溝痕，濃密的眉毛常隨著表情而變形，往往停在憂愁的形狀。他有七個姐妹，他是唯一的男丁，從他母親身上吸取最多的營養，胳臂堅強，現在家裡只有他們夫婦。他身穿著寬大天藍色的長袖毛衣，墨綠色長褲，黃色的長雨鞋，褲子上半部到處是縫縫補補的痕跡，他繼續加快車速，毫不在意冷風吹襲。

比雅日擴展他寬大的胸板，用力吸一口濕濕的空氣，越過吊橋之後就離開了部落的視界。他愉快地再加快車速，車子在碎石路上碰碰跳跳，他故意駛過凹凸地，前輪跳離地面時把屁股抬高，伊凡很不安地趴在油桶上，他卻十分舒爽。

經過一家雜貨店前，那沾滿灰土的櫃子裡沒有幾樣貨品，但一年四季從不缺酒類與檳榔，老板是一對客家夫婦。

「嘿，俺要兩瓶米酒，三包青檳榔。」他停下車，以客家話向老板叫道。

「你要買什麼？關上引擎再告訴我好嗎？」老板把頭伸出門外，露出滿是皺紋的頸子，像烏龜般害怕地問比雅日。

「兩瓶米酒、三包檳榔，聽到沒有？」

「知道啦，怎麼不買高粱呢？我有賣金門的高粱酒，我自己也喜歡喝，米酒太淡了。」

「不要。烈酒是給快死的人喝的，留著吧，賣給那些悲傷的人，酒精可以洗去他們的痛苦，我只要清淡的老米酒，這是三十元。」比雅日摸摸口袋，幸好只有這三十元。

動身之前，他再檢查袋子裡的東西，鹽、火柴、米酒、檳榔，然後點點頭讚美自己的謹慎，且滿足於擁有這些可養活他在森林裡的糧食，他感到活潑、強壯且快樂，他重新發動引擎。

下霜季節來臨，田裡的稻桿收回倉庫，年輕人都下山尋找臨時工作，補貼寒冬的取暖物品。多年以來，比雅日一直固執著他父親傳襲的念頭，不是農夫就是獵人，他知道他父親就因為固守這個原則，因此他小時候不曾有過愉快的冬天，皮膚皸裂的情形他永遠記得，看到同年齡的玩伴穿著布鞋在草地石堆上玩耍，更加憎恨他父親。秋末，他要勤奮地撿木柴，一到冬天，全家人圍著發煙的火爐，閉眼取暖，即使天天有山豬、飛鼠可吃，也轉不過他望著窗外的頭。他曾經埋著可怕的想法，父親年老無助時，他要報復，冬天時只管去打獵，不去理會柴房是否堆滿乾柴，但他已經沒有機會。

前年冬天帕蘇拉要他籌些錢，預備買些冬天降臨的嬰孩所需物品，他興趣十足地找工作，找到搬運貨物的臨時綑工，做了五天，老板因缺錢要辭掉一個人，偏偏選上強壯、勤快的比雅日，他氣憤地離開，忘了帶回一件長褲和工資八百元。從此他不再打消他父親的遺囑，農夫，獵人是他永不滅的印記。

太陽已升高到四十五度，在二千多公尺海拔高的森林裡，緯度已不是決定溫度的主要因素，路過陽光射不進的樹蔭時，他總夾緊兩腿加速越過樹林的影子。

「伊凡，你冷不冷？在森林裡你將不會寂寞，那裡的一聲一響都會激起你的野性。嗚呼！比雅日，你不會後悔吧！讓那混帳女人一個人寂寞地待在家裡，可憐的帕蘇拉，哈！」他對著山谷大喊大叫，他喜歡幹這種勾當，或唱自編的罵人歌，甚至對著山下小便或放個屁，他的仇敵都在這裡被他凌辱，然後他的恨意便完全解除。

一路上，人煙無跡，除了站得直直的扁柏，他覺得很好，現在他看到人就感到厭惡，尤其是女人。他在一個破破的工寮前停車，工寮危悚地座落在路旁，白鐵皮鋪成的屋頂已變成鏽紅色，扁柏堆成的牆看來還能撐住屋頂，防止雨水的滲透，但不能抵擋寒氣。獵狗跳下車查看屋內的情況，也許屋裡有山豬正在避寒；工寮旁有不間斷的水聲，發出緩慢且低沈的音響，水道粗如比雅日的小腿，泉水流過雪地，冰涼中還帶點甜味，比雅日摘下一片山芋葉摺成漏斗，撈泉水喝，然後坐到路中央曬太陽。

太陽正直射整片森林，比雅日靜靜地坐著，伸手往袋子裡摸索，他摸到裝有液體的瓶子，有一股強烈的熱氣在他的胸膛中翻騰，從袋子拿出米酒，用前臼齒拔開瓶蓋，蓋子還沒落地，酒已流到他的喉嚨。

「不行，不能喝太多，它不會醉倒我，但喝多了肚子會餓。」比雅日對著伊凡說道。

他又倒一口，來回在口中漱著，酒精在口裡四處擴散，然後讓酒慢慢流進食道，再喝一嘴，鎖上瓶蓋，一絲不止的熱氣把他弄得興奮起來，耳朵漸漸變紅，尤其是眼睛，頸子以上映出喝酒的訊號，難怪他一直無法瞞過他的女人。

「汪汪……」伊凡突然跳起來跑向前。

比雅日臉上浮現出獵人本能的警戒，那並不是人類感到生命受威脅時的緊張害怕，而是他恐怕自己沒有完成攻擊的準備。他靈巧地躍出沈重的第一步，跟著伊凡的影子追去，伊凡停在路邊面向雜林吼叫，原來是一隻紅鳩。

「算了，伊凡，射殺紅鳩會破壞獵人的運氣，中午以前我們要越過這山頭，才能在日落前到達山洞。」

他喚回獵狗，然後踮步走回來，身體變得輕快起來，他對自己的敏捷和伊凡的機警感到滿足，認為獵人當中只有他擁有這份聰慧，部落裡已經沒有這般好的獵人。

他跳過一灘泥水，右腳踏到一片潮濕的綠色苔蘚，他的左手恰巧頂著地，否則就會像小孩子翻筋斗，然後在水中打滾，他趕緊伸直腰，轉頭看看四周，拍一下左手掌的泥土，好像害怕別人看到這種窘像。他悄悄地回到車上，他害怕著打獵的禁忌，如果滑倒，就不須繼續上山打獵，即使在森林周旋幾天也不會有收穫。

走過坡度很陡的彎路，空氣愈來愈冰，地面已凍得堅硬，天空像撒下冰粉，迎面來的水氣打得比雅日的兩頰紅痛，陣陣輕微的顫慄從腳底傳到頸子來，比雅日拉上衣襟。兩點鐘方向一座山頭覆著白雪，雲水製造了更多的飄雪，過了二十五個大彎路，陽光已透不進這地區，比雅日打開車燈慢慢行駛，路旁可以清晰看見昨晚醞釀成的殘雪，路面被融化的雪水弄濕了，行車更加不穩定，他的手一直顫抖著。

他躍過海拔三千多公尺高的產業道路，轉到面向西北的山路繼續行駛，太陽已經在西邊等著，他開始走下坡，比上坡時更費力，但車速快，經過檢查哨，看到小屋附近無人影，他大膽地溜過去。這哨站是為了監視盜林的不肖之徒而設的，禁獵的法令頒布之後，它不再是獵人休息的中途站，警察的態度也變了，不再和路過的獵人親切地招手，害得獵人猜不著那警察的為人。比雅日把機車停靠路邊，那兒已有兩台機車停靠那裡。

比雅日開始點數袋子裡的東西，這段下坡路一直要到山谷，所以到這裡他尤其特別小心。走進一條獵路，放眼一望無際的箭竹林、草叢及黑壓壓像電線桿立著的松樹幹，十幾年前一場大火災，把森林燒成沙漠，現在已成為一片草原，只有從仍站立的炭木才看得出這裡原是一片森林。獵人常對年輕獵人說，當林務局砍走貴重的原木，就放把火重新種植新樹苗，年輕人未必會相信林務局如此愚笨，但相信一定不是獵人造成的災禍，他們曉得森林裡的生命佔了大地生命的一半，其中大部份與獵人息息相關，比雅日確信他爸爸不會做出這種傻事。

他一面跑一面吹口哨，偶爾即興唱山歌，步伐輕快且有規律，他停在一塊大石頭下，草原中這是唯一的陰涼處，他由石縫中拿出一瓶米酒瓶子，裡頭有將近一半的水，草原上沒有泉水，但有滴不完的露水，瓶子裡的水就是每夜積成的露水。

喝了兩口，瓶底有些蠕動的幼蟲，但他裝做沒看見，這兩口水可以幫助他走過這片草原，他坐下來吹著山風，抱住伊凡的兩腳，躺下避開太陽。

「人類最糟糕了，而女人又是最混蛋，比起你伊凡，女人沒有你的忠心和馴服，當然我不會與你結婚，我願意與你常在一起。」他摸著獵狗的頭說道。

「但是我對女人還是有興趣，我比較喜歡多愁善感的女人，厭惡樂觀的女人，帕蘇拉不曾為我的出門擔心，有一次我吞下橄欖核，她翻起白眼對我說，明天早上它會掉在大便坑裡。如果女人像森林多好，幽靜而壯麗，從森林內，從森林外，尤其從高處俯瞰森林的美麗是綠色和諧的組合，像牧師講道詞中伊甸園的世界，帕蘇拉，妳算什麼？妳只像秋天發紅的楓葉，冬天過後就失去魅力。」比雅日心裡想著。

然後低著頭自言自語：「我那女人如果有一天變得令人討厭，我還有這森林。」

伊凡突然似被什麼東西驚醒，疾速翻身拔腿往下衝，比雅日也跟著跳起來。伊凡最怕蛇，比雅日以為附近有蛇出現，他尚未搞清楚發生什麼狀況，向前望，原來有一個人跨大步走上來。

看那人走得步伐太不尋常，走路的姿態過於誇張，他後面是不是有女人？他看來多可愛啊！多肉的胸膛看起來很曖昧，他一定很溫柔，縮小腿的樣子看來很年輕，只可惜神色憔悴像養路的老兵，比雅日看著他一面想著。

「嘿！平安，原來是大獵人——比雅日。」伊凡跟那人走上來。

「平安！路卡，你的呼吸停了嗎？怎麼沒聽到你大聲喘氣，森林酋長，我的伊凡還喘著呃，你的背囊中一定裝滿肉塊？」比雅日兩眼轉個圈，斜看路卡看來空空的背囊。

「帕蘇拉的脾氣又發作了嗎？可憐的比雅日，你圓大的胸肌竟然無法讓她變乖？你不應娶她。」

「路卡！不要故意談你背囊以外的事，難道你要試探祖先的詛咒嗎？走向上坡的獵人應該分塊肉給下坡的獵人，你應知道我祖母的故事，五個獵人親自送大塊肉上門來，才解除他們身上的詛咒。」

「背囊裡只有一隻松鼠，可能只有一歲，小得不能剖開，分給你的不夠你餵狗，算了吧！」

「來森林前你做些什麼夢，有沒有什麼『巴哈玉』，我來解說使你難堪的打獵。」

「那晚我夢見家裡有喜事，族人大吃大喝，吃城市那種放在漂亮瓷碗的菜，喝彩色的酒，那真是個好夢，我以為可以抓幾隻山鹿回家。」

「森林酋長，大家不該這樣稱呼你，你腦殼裡的東西不屬於酋長，摸摸你的耳朵，形狀是不是不一樣？像長在枯木的木耳，軟軟的且沒有力氣。」比雅日吞口水繼續說道，「你既然大吃大喝，而且在大城市，怎麼可能用精緻的盤子盛野肉呢？那當然是不敬的。」

「最近我的運氣不好，也許……」

「動作快的獵人是不受運氣影響的！」

「你這趟打獵，也許像我一樣，背囊空空，只帶一身的疲勞回家，森林已經沒有什麼東西了。」路卡被比雅日鄙視的青臉氣昏，並暗暗地詛咒他。

「你的詛咒沒有用，它嚇不倒我，從小就跟著我爸爸的獵槍四處打獵，沒有一次背囊是空的，更何況野獸不可能因家庭計劃而被迫結紮，所以你那樣咒我是不對的。不然我只看看你的松鼠的樣子就好。」

路卡知道比雅日不會放過他，無法逃離他的糾纏，把背囊卸下，打開讓他瞧。

「路卡，這麼小一隻你還要帶回家嗎？如果是我早就在森林裡自己吃掉，免得回部落讓別人譏笑，就說到森林玩玩而已。」

「我只是想給孩子們吃，不需要太大。」

「牠比你剛才用手比的更小一點，算了，我應得的部份不要了。」

路卡氣得快哭出來了，他知道比雅日是部落裡有名的獵人，因此不再與他計較。

「比雅日，我要趕路，不能跟你再抬槓，等著瞧吧。」路卡迅速拿起背囊，悻悻地離去。

比雅日撫摸兩腮看著路卡搖擺的臀部想著：我的臉不怎麼燙，我沒有生氣吧！獵人最忌諱被人知道沒捕到獵物，我不是故意的，早上到現在他是我唯一遇上的好人，怒氣不該弄痛他的心，也許我們可以坐下來，喝半瓶酒，唱唱森林的故事，可以談談山底下討厭的人，罵一罵那些棕色皮膚的公務員，他們的脊椎真變化多端。

「喂，路卡，告訴我女人，我會背大塊肉回部落。」比雅日大聲喊，要路卡把話帶回，但路卡再也沒有回頭。

比雅日站在原地許久，路卡漸漸消失在草叢裡，於是比雅日收拾東西繼續趕路，速度變得緩慢。

一路上從草叢走過柳杉林、楓樹林，比雅日不再注意火紅的楓葉，也不再注意腳下沙沙作響的落葉，更不曾回過頭，比雅日到達山洞時黃昏已過去。他卸下背囊，坐在石頭上喘著。

「自己原諒自己吧，今夜可以玩得痛快，哈哈。」他用雙手拉開兩邊的嘴角大笑，恨不得有面鏡子，對著鏡子把臉整理成笑臉。此時夜已降臨整個森林，他站起來，把背囊裡的東西掏出來檢查，檢查發現無誤之後，把預藏的槍拿出來擦亮，以粗鐵通槍管，將槍管裡過冬的螞蟻趕出來，獵槍的例行檢查完畢，套上槍藥帶子，起身沿著山谷在兩岸峭壁搜索。

晚上正是皮膜動物活動的時間，山谷是他們滑行的園地。在山谷穿梭約一小時光景，比雅日聽到遠處鬼嗥的山豬，距這山谷至少二公里以上，飛鼠低飛時也發出鳴叫聲，似乎牠們體力過剩，嚷著不曾停住，比雅日一直沒有機會放槍。

比雅日疲倦極了，四肢愈來愈沈重，他開始放慢腳步，腿酸、心神不定，頭腦脹得很痛，差點往後栽倒，腸胃不停地抽動，胃酸欲吐出，但又不自主地吞回去，嘴唇乾裂，舌尖不斷地伸出嘴外，濕潤發黑的嘴唇，一股冷風掠過他的胸膛，肚子縮得更小，緊緊握住槍托，他恨恨地想，只要一隻飛鼠，他就滿足了。

在一處寬二平方公尺的平台上比雅日坐下來休息，他注意搖晃的杉樹枝，眼睛出現帕蘇拉烤地瓜的景象。於是放下朝天的獵槍，想著，早知道厚著臉皮向帕蘇拉討地瓜，現在就可以撿些木頭，再烤熱，好好吃一頓，不必受這種痛苦。

「伊凡，我們不要想帕蘇拉手中滾燙的地瓜，我絕對不會對自己說，留在家該多好。」他咬緊牙關對著伊凡說道。

比雅日起身繼續往樹林裡搜索，一面喃喃自語，喪失警戒心，他已餓得失去了控制，破口大罵道：「混帳，我的天啊！飛鼠快點出來，不要躲在洞裡，獵人餓死在森林是森林的恥辱……。」

不知不覺地走到河床來。他跨大步伐跑到水邊，倒下來把嘴伸到水裡喝水，河水冰冷，弄疼他蛀了蟲的大門牙。他利用月光的照明，找到一個河水的支流，撿一些樹枝、樹葉與細土，把另一個水道的水擋住，好讓水道的水流乾，不到五分鐘，光滑的石頭一個個冒出來，留下幾處水坑，比雅日很輕鬆地抓了十幾條手掌大的魚，看不清抓到什麼魚，幸好森林沒有不可吃的魚。

比雅日不再感到寒冷，就在不遠的地方，有一處溫泉水窟，獵人喜歡談論的公共澡堂。走到水邊來，他搭起木頭來，點燃木頭烤魚，月亮漸漸移向天空的正中央，比雅日已吃飽，而且不見魚骨頭。

一陣陣尖叫，高呼、卡車喇叭聲似的嘶吼，唱撒布爾伊斯昂②的鳥也不停地叫著，牠們開始由樹頂往這山谷活動，在月光不再照明山谷之前，牠們陸陸續續鑽入樹幹裡的洞穴及山洞，牠們喜歡居住在洞穴裡，和人類一樣沒有安全感。

硫磺形成的煙幕使得他的鼻子感到不舒適，煙火加重對眼睛的刺激，眼球抹上一層淚水，比雅日熄了炭火，靜靜等候下來喝水的山鹿。突然一個黑影滑過他頭

② 撒布爾伊斯昂：布農語，一種鳥名，每天在晚間出現，不曾有人在白天看過牠。

上，那黑影就要伏在他頭上，他往上看，零零亂亂的星星點綴著天空，原來是一片烏雲遮住了月光。他縮回下巴，努力想著昨晚到底有沒有夢的暗示，今天忙了一天，連一點值得懷疑的兆頭都沒有，他深信沒有夢的寄託，就如盲人在森林走路，他放下槍，鎖上保險，套上蓋子，以防露水沾濕火藥。

溫泉蒸發的水氣漸漸聚集成薄霧，冉冉驅散在樹林間，被晚風吹動在半空中形成漩渦，月亮在漩渦裡翻轉，使得森林越來越模糊。比雅日脫掉長雨鞋，把大衣及褲子用小石子壓在地上，然後撈一手掌的水，往前胸和額頭潑水，拍拍鏽紅色的胸肌，引起全身一陣子的顫抖，但他仍得意於身體的結實，然後迅速躲入溫泉裡。

「來，伊凡，下來泡水，消毒今天的倒楣運，今天累了一天，疲勞會跟著汗珠一起排泄出去。」比雅日叫獵狗也下水，但伊凡吃飽就躺著睡著了。

比雅日走到水深之處，恰巧水淹到第六個頸椎骨，他把手洗洗，洗去魚腥味，用力搓頸子和胸大肌，全身用手磨了一遍，就找一個椅子大的石頭，坐著看月亮標示的時分。

十二月是比雅日出生的月份，布農族的曆法裡，十二月份是打耳祭的季節，男人帶未成年的男孩操練弓箭，在月光下射樹上吊著的山豬耳朵。突然間他想到他父親曾在這裡說過一個故事。

從前部落裡有個男人叫拓拔斯．搭斯卡比那日，有一次出外工作時將嬰兒留在樹蔭下，工作做完回來，孩子變得像曬乾的野葡萄，全身紫黑色而且乾澀，那時天上有兩個太陽，他對著太陽破口大罵，誓死要報復。出發尋仇之前，他在屋前種植一棵橘子樹，留下他年輕的女人，帶著弓箭前往最接近太陽的山頭，經過若干個冬天，族人不知他的下落，然而他的女人不曾變節。有一天的早晨，天空顯得比以往柔和，原來另一個太陽已被拓拔斯射中了，成為現在的月亮。拓拔斯離開之前，月亮對他說：人類從今以後要以月亮為生活的時間標準。當拓拔斯回到部落，那棵橘子樹正好結果子，他成為族人嚮往的勇士，他的女人也成為族人所稱讚的婦人。

「哇！好威風的名字。」比雅日想著，如果帕蘇拉沒有流產，不論是男或女，一定取名拓拔斯。

月亮已開始走下坡，比雅日緊縮頸子，不敢再想那故事，此時野獸都玩夠了，就將回巢洞裡休息。比雅日趕緊跳出來，穿上衣服走回山洞，且重新架起火堆取暖，今晚，他特別早睡。

早晨，比雅日醒來，拍下頭髮上未被陽光蒸散的露滴，他撿起一些枯葉和乾樹枝，堆在昨夜至今未熄的餘燼上生火，他還有三條魚，他一面烤一面想著，帕蘇拉一個人在棉被裡會不會冷，她是否也想到我昨晚睡不好。他下定決心，今天一定要獵到山豬、山羌。帶回家討好帕蘇拉。

有一片枯葉飄到火堆裡，他尚未確定是何種樹葉，樹葉也燒了大半，剩餘的已看不出它的原形，他抬頭往上望，一隻母猴正好走過去，他的肌肉卻毫無反應，好像手中就要烤熟的魚減低他對母猴的慾望，他繼續烤魚。

他吃掉兩條烤魚，將魚骨頭丟給伊凡吃，然後清理背囊，發現紙裡的鹽被汗水溶掉了一大半，他走回山洞，抓一把儲備用的鹽，裝妥之後，提起獵槍開始在森林裡搜索。

冬天的雨量少，而且山頭下著冰雪，河面上露出零零散散的石頭，比雅日不必費心脫去長褲，輕易地跳石過河，伊凡則游泳上岸來。他和伊凡又穿過一片草叢、山谷，開始走入原始森林，這裡已屬於比雅日的獵場，他擁有三個山頭，和一處水源及共用的溫泉，獵人們有這種槍下的規令，誰也不能擅入別人的獵場，事實上獵人不敢不遵守，因獵場裡有各式各樣的陷阱，闖入他人獵場，也就等於一隻動物一樣，也有被獵捕的可能。

伊凡重新追著深且新鮮的足跡。比雅日蹲下查看，他確定是隻獨自散步的山羌，五公斤多重，昨晚路過這裡。他緊跟著足跡，不到五公尺，大部份的足跡被山豬踏壞了，而又躲入柳樹林裡，比雅日也跑進去，這一帶鋪滿了石子與石片，再進去有一處寬闊的黑泥土空地，這裡有更多的足痕，到處是山羊、山豬的糞便，有一處像似窩巢的凹地，除了留下糞便，還有一撮黃棕色的毛，比雅日撿起來聞一聞。

「伊凡，快上來，這裡昨晚有野鹿住過，看住牠的腳。」

零亂的足印使得伊凡原地打轉，無法突穿，只好離開柳樹林。

他口渴且兩腿酸痛，他跨過一棵巨大倒下的樹幹，枝葉已腐爛得看不出叫什麼樹，長滿黃褐色片狀的靈芝，比雅日找一片當椅子坐，正當他擱下獵槍時，伊凡在草叢裡大叫。

就在二十公尺處，比雅日架起射擊姿態，但草堆裡毫無動靜，全身戒備的情況下，每條神經變得敏銳起來，他聞到一種怪味，不是腐木散發的味道，他跑進草堆裡，發現一隻閉口的狐狸，看來死前不曾發出聲，看來牠寧可死在陷阱裡，而不願被老鷹啄死。

他早已料到狐狸肚子長了蛆，他熟練地剖開腹膜，他盡量不看，把腹腔裡的東西割掉，往草堆丟掉，他把清理好的狐狸裝入背囊裡，此時已日正當中。

再走過去是一片人造林，他叫住伊凡不要前進，他知道那裡不會有任何奇蹟，於是他決定往另一山頭繼續找獵物。

天氣漸漸轉熱，陽光像筆直的杉樹幹直直插入大地，此時比雅日已看不到頭的影子，他在一棵櫸木樹蔭下卸下背囊休息，他沒有預備中餐，也沒有食慾，就拿兩個小石子在手掌心玩著。

一大早到現在不見走動的野獸，他歸罪於森林的日日縮減，他想到再過幾年森林到處是人聲、車聲，動物會因森林的浩劫而滅跡，從此獵人將在部落裡消失。森林是最後能使他得到安慰的地方，比雅日愈想愈孤獨，但他也為森林感到不平，應該把發福的公務員帶來山上，深探森林的秘密，也許他們真的是因森林的奧妙而恐懼，就像主管深怕每個部屬健壯、聰穎地成長，應該讓他們獨自在林中聽鳥、風、野獸和落葉的聲音，再走進山谷，瞻望雄偉的峭壁，脫下鞋子，腳踏純淨的泉水，欣賞未「享受」人類廢物的魚優美地游水，牠們單純得一點都不怕人，他們會理悟這謎般的森林，然後像獄裡將判刑的犯人一樣，懊悔當初為何不把眼光放亮一點。如果那些人看重的不單單是原木的粗細⋯⋯。

不久，他漸漸進入恍惚的境地，像喝過一瓶米酒後的忘我狀態，神經放得更鬆，此刻如有隻狗熊來襲，將他吃進食道之後，他才發現自己的難堪。他努力睜開眼睛，但森林的寧靜、暖和的陽光和令人倦怠的樹蔭，接連不斷地包圍他，他終於被森林的魔法催眠了。

太陽很快地越過大樹，從他的腳底緩緩輾到他臉上，他被強光驚醒，以為是螞蟻爬上眼睫毛。起身之後，他顯得慵懶無力，突然想到治療疲勞、憂愁、各種疑難雜症的特效藥，於是喝下昨天剩餘的米酒。

他覺得體內的精力正慢慢恢復，血液在心臟火辣辣地奔竄，眼睛愈來愈敏銳，暗自得意於酒後的年輕，他感到很滿足。

午後，山谷變得淒清幽涼，山風彈動樹枝，落葉和折斷的樹枝發出沙沙聲，擾亂比雅日的聽覺。他放輕腳步，盡量不再增加聲音的干擾，最後他還是失望，山風愈吹愈烈，他走過一處山稜，一處台狀草坪，依然沒有一點動靜。

他鑽入藏青色模糊的樹林裡，因為光線太暗，比雅日慢慢地走，他邊走邊想著他的帕蘇拉，想到她熟睡時的美態，她的豐滿影姿重新在比雅日腦中浮現，變得動人美麗，且每夜親切地歡迎他回來，把他壓得幾乎粉碎……。

比雅日腦海裡不斷地浮現帕蘇拉的影子，眼看太陽就要下山。突然一隻山羊由林裡竄出，停在離比雅日前三十公尺處，瞪著他。

發癡的比雅日被突然出現的龐然物所驚嚇，伊凡也嚇呆似的停頓了一下，山羊趁這段時間跑進草堆而消失。

「伊凡，怎麼不追呢？」

比雅日搖搖頭，自言自語說道：「真可惜，帕蘇拉喜歡吃山羊的小腸，黃昏之前一定要打到獵物，不然回家得不到帕蘇拉的歡心，那路卡也許會在路上等我，想調弄我。」

他又折回去，格外注意四周的動靜，他一心一意想抓隻山羊回家，因此更加小心搜索。

山風在山谷流竄，把熱氣帶走，他感覺到黃昏就要來臨了，心裡越發著急，他走到山谷，沿著河床逆水而上，突然他望見五十公尺遠處的石頭後方，有個黑黃色細長形狀的東西，擺動的方向、頻率與附近的草不同，直覺上那是野獸的尾巴。他倒下匍匐前進，槍已開好保險，伊凡也看見了，就要衝去，被比雅日制止。

「噓，不要急，這次不能再讓牠跑掉。」他盡量小聲地叫住伊凡。

他爬了約二十公尺遠。牠正要走向山崖，比雅日不待牠露出全身，扣下板機，子彈落在牠的頭胸，牠以右腿蹬地，似乎想要逃走，但是伊凡在牠倒地前就咬住牠的脖子，四肢不停地抽動，眼睛仍張開著，心跳愈來愈微弱，不久牠不再掙扎，那是一隻公的山羌。

比雅日傲然抬頭，撫著槍洋洋得意地想，大獵人是不靠運氣的。他把山羌由伊凡口中奪取，兩手稱稱重量，他非常滿意牠的肥大，裝入背囊，口中歡呼歌唱獵得山羌的歌，連跑帶跳地走向山洞。

回到山洞之後，他將獵槍用布袋包好，拿一個小紙團塞住槍口，埋在土裡，避免猴子來搗亂他的獵槍，清算背囊裡的東西，然後輕鬆愉快地回家。

晚上。他留在一棵老松樹下紮營，兩隻小腿已走瘦，但心情一樣激昂，他想到羌肉可以給帕蘇拉補身體，流產之後，她的豐滿也隨併被沖走，而且她沒有再吃到山上的佳肴，羌肉足夠使她再肥起來，他砍下松樹的樹枝，在月光下可看清滴下的油脂，他點上火，蜷曲身子睡著了。

昨夜他睡得很平靜，宛如死亡那麼安詳，他起來之後，才發現他已在海拔二千多公尺高的山上。

他收拾背囊，向火堆灑一泡尿，不留一點星火，然後快步走到產業道路，路上鋪了一層薄冰，他愈走愈緩慢，感覺到胸部難以擴展，氧氣似乎輸送不到大腦，頭感到昏眩，他兩邊的太陽穴汗水不斷流出來，內衣及長褲也濕了，最後的三百公尺，他花費了二十分鐘才到達摩托車停靠的地方。

比雅日高興地把機車由草堆裡拉出來，前天那兩輛機車已不見，他踩了好幾次發動桿，拍下油門上的霜，始終不能開動，他開始懷疑前天不高興的路卡，再踏三次後引擎發動了，然後把伊凡拉起放在油桶上。

快接近檢查哨時，一位衣冠筆挺的警察匆忙跑出來，趕緊放下柵欄。

比雅日心驚膽跳看著那矮小的警察，他到底要幹嘛？他尚未想妥如何擺脫他各種盤問，機車已駛到那警察前。

警察先生約六十來歲，白髮已在耳邊蔓延，眼睛瘦小，看來不很慈祥，左眼是鳳眼，眉毛細短，比雅日更驚訝的是他圓形狀的鼻翼，呼氣時像尋找食物的山豬，比雅日愈看愈覺得好玩，他發現警察的皮膚細白，可以猜出他不是台灣人，鼻梁好像斷崖突然陷落，令人悚然。

「喂，番仔，看什麼鬼東西？你是幹什麼的咧？是打獵還是放火的？」

「我是人倫部落的人。」比雅日提高嗓子壓抑心裡的害怕，兩掌緊握著。

「你說什麼？你的國語太差了。」

「我來山上採蘭花，順便到森林玩玩，打開柵欄好嗎？請相信我。」

「這位大膽的獵人，進來，我要你登記，我不會放過說謊的人。」

警察的胖臉逐漸佈滿鄙視的氣色，故意把胸章貼近比雅日的眼前，他是一條一星的大人，黑色制服很新，而且燙得直挺，看來像似巡佐以上的官人，他順手拔走機車的鑰匙，走進矮小漆黑的屋子。

比雅日眼看無逃走的機會，搖搖頭無奈地下車，跟著進屋子裡，頭差點碰上門。

屋裡沒有電燈，但有一具舊式黑色電話筒，看來警察剛吃過早餐，書架上擺了幾本簿子和漫畫，四周牆上沒有什麼裝飾，只有一面擺著香火的肖像，再進去是他的臥床，廚房還冒著煙火。

「看什麼？進來，你叫什麼名字？」

「比雅日。」

「警告你，不要開玩笑，我要的是國語名字。」

「哦，全國勝，住在人倫部落。」

警察一一記錄在本子上。

「禁獵的法令早已頒訂，你一定知道，『媽裡卡比』，你膽大包天來違反法律，來破壞森林。」警察邊罵邊走近電話筒。

「你如果不承認，不講清楚，一通電話，你就可以直接住進監牢裡，那裡會自理安排。」

「是的，我是去打獵，但是用陷阱捕獵，我沒有獵槍。」比雅日的熱汗未乾，現在又冷汗浹背。

「操媽裡卡比，你讀過書嗎？真不知廉恥，老實說，你的獵槍射中什麼東西。」他看到比雅日的背囊染了血污，更提高他的嗓子。

「你怎麼知道我有獵槍？你有聽到槍聲嗎？」

「當然有，不但如此，還聽得出那支是無照私槍，不是嗎？」

比雅日嚇得魂不附體，最近從村長口中聽說又有槍砲管制的法令。他無意間看到盤子裡的肉，看來像是路卡獵到的松鼠，他懷疑路卡告他的狀，他又想到路卡也許和自己一樣，然後以松鼠賄賂，才得以解脫。比雅日出現可怕的遐想，如果真的是路卡搞的鬼，一定要斬斷他的腿。

「喂，你們殘忍成性的山地人，本性難移，政府讓你們無憂無慮，免於外患，你們反而好吃懶做，骯髒不守法，你不懂法律嗎？應該把你們獵人都關進牢裡，好好教育一番。」

比雅日認了，他是獵人，獵人不能說一句假話，所以他一直不答話，他只是急著要回家。

「我這個人很仁慈，因為我不忍心動物被你們濫殺，所以不得不逮捕你，不管你有沒有獵槍，你盜取森林的產物，可說是小偷，法律不容許小偷存在。」

雲氣漸漸透進屋內，路上的雪逐漸加厚。警察看他不答腔，全身仔細打量一番，比雅日身材高大，至少高他一個頭，留著長長鬆散的黑頭髮，腰繫一支彎刀，警察看了心寒，口氣急遽緩和下來。

「你來森林打獵是什麼動機？你一定有苦衷，山下應當不缺肉，我則每天等柴車上來，才有新鮮的魚肉。」他指著外面吊著一小塊的乾豬肉。

「不是我貪吃，我跟太太吵架，她看不起我，笑我找不到工作，所以突然對森林熱衷起來。」

「好了，說說看你背囊有什麼東西？」

「一隻狐狸，一隻山羌，和其他小東西，山羌是給剛流產的女人補身體的。」比雅日看警察不再刁難，一五一十地告訴他。

「其實要你坐牢，我於心不忍，不然這樣好啦，你把獵物留下，這樣我好交差，你就可以平安無事。」

比雅日聽到警察不再追究，他為了想快回家與帕蘇拉重聚，他害怕帕蘇拉真的回她娘家，但他更害怕監獄的安靜，於是忍痛把山羌拿給警察，自己獲准擁有那隻狐狸。

「拿去，督揮③。」比雅日用布農話咒他，暗想即使沒有獵槍他還會再來，然後接住車鎖，快快離開。

「喂！老兄，慢走，改個名重新做人吧，不要再叫獵人……。」

導讀

田雅各（一九六〇—），族名拓拔斯．塔瑪匹瑪，布農族人，出生於南投縣信義鄉人和部落。高雄醫學院醫學系畢業，以臺灣原住民醫療為職志，曾於臺東蘭嶼鄉及長濱鄉、高雄三民鄉及桃源鄉行醫。田雅各是八〇年代最早以小說聞名的原住民作家，曾獲吳濁流文學獎、賴和醫療文學獎。著有《最後的獵人》、《情人與妓女》、《蘭嶼行醫記》等書。

〈最後的獵人〉（第十七屆「吳濁流文學獎」小說獎，一九八六年）一發表就獲文壇推崇，田雅各作品表現強烈的原住民文化特色，是之前的漢人作家作品裡不曾見到的。本篇小說全面呈現八〇年代原住民面對的困境，從山林管制、貨幣經濟、生態環境、獵人文化等，一一加以檢討。主角比雅日在家裡被太太瞧不起，只好進入山林打獵以證明自己的價值。森林對他而言，自成一個圓滿的世界，他也如願獵到一隻山羌，那是他能力的表徵。但下山經過檢查哨時，警察辱罵他，又奪走山羌，粉碎了比雅日與妻子和好的契機，也讓他引以自豪的狩獵技巧毫無用武之地，山林生活的意義頓時變得空洞虛無。捕食野獸是布農族重要的飲食文化，狩獵是他們的第二生命，也是經濟生活的主要活動。成為獵人是布農族對於男人價值判斷的標準，警察最後的話預言了布農族獵人的

③督揮：布農語，指土匪。

結局，獵人將消失在這樣的政府體制下。打獵艱難，獵物又被沒收，比雅日以後要怎麼生活？當獵人是罪惡而不合時宜的，生存的命脈在山林管制下斷絕，「最後的獵人」，一語道破傳統文化的幻滅。小說這幕結尾極富戲劇性，平地警察象徵公權力，比雅日在他面前，從強悍的獵人變成膽小的罪犯，形象繁複多面。

小說情節暗示著：森林一直是原住民賴以維生的天然資源，從中可以取得食衣住行之所需，並以代代相傳的經驗來維持生態平衡，而政府卻常以法令限制原住民對森林的利用。哨站有警察負責監視，漢人公務員由保母變成監視者，原住民獵人成為小偷。政令使原住民無法安居山林生活，只好到都市工作。可是比雅日曾到都市當過搬運貨物的臨時綑工，只做五天就被辭退，本篇小說寫出了原住民進退兩難的窘境。

〈最後的獵人〉以獵人文化為主題，對狩獵過程有詳細描述，布農族的日常生活習慣、習俗、信仰、傳說、禁忌等，都隱藏在情節裡，作者信手拈來，毫無痕跡的融入文中。短短的篇章，就探討了經濟困境、生存權利、身分認同等重大議題。此外，田雅各對山林的描寫，從炊煙、雲霧到動植物，都充滿具體的美感，吳錦發在《最後的獵人》一書的序文中，稱讚田雅各的文章處處充滿了音律、顏色之美，抒情而緩慢的調子直沁人心，使人讀罷仍沉浸在那種既神祕又淒美的氣氛之中。

在沒有原住民族文學可供參考的情況下，田雅各以一位醫師精準的科學角度，冷靜解析布農族獵人文化的來龍去脈，很平實的塑造人物，用簡潔的對話，簡單的情節，讓族群處境自然浮現上來。田雅各是原住民文學承先啓後的關鍵，他帶動了原民創作，使臺灣文學更豐富多元。不論從原住民文學或純文學來看，田雅各作品都是不容忽視的。（余昭玟）

獸金體

曹志漣

冬日陽光透過長方窗格在地上框出了一個陡斜的菱形影。

爬在鐵窗上的枯槁藤蔓，投射到拼花地板上，竟成了完美的黑色行草。隨著緩慢移動的菱形框，行草一寸寸改變內容。

砰砰砰！砰砰砰！

是部天書，道家的符．．．又不是了，是懷素的狂草，嗯，又不像了。

門鎖震得嘎嘎響，七八隻鑰匙插進去又拔出來。門外的人益發心急，猛搖著門把像是扯著一隻友誼的手，亟望得到一絲同情。門內的人終於動了。他朝著床腳蠕蠕挨蹭，一心期待西移的陽光，暖暖地浸著他蒼白的臉，直到血液重新流動，知覺逐一回復。

原來行草不過是藤蔓的影子；枯槁的生命也不過是冬季自然的現象，有什麼不能解的？一切都和昨日一樣，昨日又和無數的昨日無別。一躍而起。擂門聲由急切落到持穩，一、二、三、一、二、三．．．無應的把手突然自內發出響動，一陣旋風，門開了。

唉

「你非找人打打不可。手謄的稿子永遠給人一種未成熟的感覺，誰看了都想批評；可是打出來的就不一樣了。木已成舟了嘛，別人自然就敬三分。」

他看著掛在牆上的一把紅柄牙刷，回想前日聽來的話。「你別笑，是有道理的。」他對牙刷說。四排刷毛從中向左右翻捲，像是一張難看的嘴，無辜地啊啊張著。他刷著牙想著：去哪兒打呢？記憶深處湧出一家小店。在大學附近，以前每天都會經過。「好像還蠻親切的。」他自言自語地說。回神過來時，又看到壁上的牙刷，這會兒又像是兩排參差的睫毛，圍著失了眼珠子的突兀怪異。我刷過了嗎？他瞪著它。為了保險，他搶下牙刷，在中空的眼心，滿滿濟上牙膏又刷了起來。

一揚首，看到鏡中搭滿水珠的臉，還是垮著那張失意表情；又埋下頭，抹上更多肥皂，激上更多水花，心想總能把它洗去。

他把所有的襯衫都攤在床上，決定不了穿哪件。拿起這件看看，領口髒得不像話；抓起那件嗅嗅，一股濃重的香煙味，是上次聚會的殘跡。他不禁悲嘆，總收集不到浪漫的印痕：口紅印，香水味，永遠和自己擦肩而過。撿起一件快不合穿的罩在身上，他終於穿戴整齊，拎起紅白塑膠袋，著鞋出門。

嗄

她坐在車上，手插在大衣口袋裡，滿意地握著自製名片，心裡則想起學期末亂哄哄的那一陣。

事情得從文字學期末考說起。在回答「中國早期文字的演變」時，長長的申論空間她只寫了兩段文字：

先是一個胖怪物，張著七，八隻手腳不分的足滿滿地撐在空間裡。意思是叫人害怕的，可是吃力的威武卻給人隱隱有種可笑的感覺；久了，就真成笑話了。

一個方形塊狀物就看它不順眼。它舞起足朝怪物狠狠點了點，原本只是想滅滅它威風的，不料怪物頓時失了重心，前後擺了兩下，隨即仰天一倒，一睡不起。方塊物見機不可失，當下霸進了空間，也學著長長伸起手足撐著四邊；就這樣，篆怪物的天下輕易地被方塊物給篡下了，而且改稱隸字王朝。

教授異常憤怒，不但把她當了，而且還想用「譏刺師道」的罪名治她。一般人也都十分驚訝。沒想到瘦小白皙沈默的她，想像力竟比平時就常創作的同學還豐富；勇氣也比一向諷刺老師的抗議學子更驚人。

她的朋友突然多了起來。他們總跟她提這件事。因為她不說話，只是淡淡地笑著，所以造成了一種奇特的景像，彷彿他們在「告訴」她這麼一件事，一件與她無關的事。

後來她煩了，就想印張名片，把這段說爛的故事精簡成幾個字，作為自己的頭銜。她先擬了一個稿，也給同學看過：

獸金體
姚嬉嬉
電話：問我　地址：問我

不料大家並不覺得好笑，反而奇怪地看著她，好像她是那個怪物，撐在天地之間，作弄著思想心靈。新交的朋友又這麼都散了。

唉，誰要你們不問我原因呢？一切並不是那麼莫名奇妙的。她癡癡地看著窗外想著。

北風捲著滿天塵埃朝車窗撲來，像是那舞著足的怪物，嚇得她直覺往後一靠，撞上了身旁的乘客。

張口正想道歉，卻被這個人的樣子打住了口。一張泛青的臉皮緊緊繃在長方臉上，眉心，眼角，面頰，人中，無處不是乾得脫皮，整張臉彷彿霎時間就要裂開了。她暗暗瞅他，見他一手緊抓著一個紅白塑膠袋，裡邊透著一個厚厚的黃皮信封，另一手緊束著衣領，半身前傾，眼睛直視前方，精神顯然已經出遊了。所以她省了歉意，悄悄地把身子向窗子緊挨，又把大衣往身上拉蓋，生怕驚擾到他。

車子又動了。老舊引擎令人心安地狂震著，鬆動的車窗也隨著卡卡噪響。「嘎啦嘎啦，啪！」，她聯想到一個熟悉的聲音，「嘎啦嘎啦，啪！」一個熟悉的影像：青藍的日光燈下，三、四個瘦弱女子，戴著黑色袖套，眼睛眨也不眨地盯著面前的稿子，一手把著字盤左右移動，另一手用力按下打字鍵，「嘎啦嘎啦，啪！」，又一個鉛字翻上了紙面。

「啪！」他手上的塑膠袋落到了地上。她溜下眼偷偷看，感覺他緩緩伸直了身子，自溫暖的丹田長長吁出一口氣，然後低下頭以超齡的遲緩，摸索著袋子，可是一手勾上來時，竟又是不成比例的迅速，控制得不好，「啪！」的一聲打到她的小腿。

他側頭看她，她轉臉吃驚地瞪他。緊繃的乾臉像裂帛般撕出一句話：「算是還妳。」四個字個個混身裹著濃濃的薄荷味向她撲來。她簡直不敢相信自己的耳朵，這個人是吞了一管牙膏所以那麼衝，還是心理有問題？

顧不得證實，她當下起身往車門擠去，恰巧到站了，她趕快下了車。整整大衣，撫著受驚的胸口，她正想目送公車離去，不料才起步的車，突然剎住了。劇烈的一起一停，把車中塞得滿滿的乘客斜向前拋後扯，大家臉上寫的都是消了音的抱怨。姚嬉嬉意識到不祥，立刻向騎樓跑去。果然，車門「刷」地打開，混著一串叫罵，滾出一名男子，人先出來了，塑膠袋還卡在人堆中，一陣拉扯，袋子方才跟著下了車。

沒想到這個人如此記恨。姚嬉嬉害怕地想著。趁他還在東張西望之際，她迅速拐入了小巷中。

咦

一切都改變了。他失了方向。

他左右徘徊一陣，決定過馬路以學校門口為原點，按記憶的路線摸索。

哼

「才學了一期電腦就想來應徵？」老闆娘擺著一張國字臉冷然問她。

「看好了！」她手指朝後一點，一排三名年輕女子各自坐在電腦前輕快地敲擊著。

「左邊穿橘的，每分鐘可輸入一百二十一字，這是昨天的記錄；中間穿紫的，是我店中第一快手，每分鐘一百三十七字，而且速度每星期都在增加；右邊穿紅的才來，可是已經是一分鐘九十字了。全部正統倉頡。」

國字臉緩下每分鐘三百字的宣讀速度，一字一捶地問她：「妳呢？」

我呢？姚嬉嬉絕望地看著遠方橘衣染成大紅色的蔥白指尖以一百二十一字的速度虎虎追趕著紫衣一百三十九點九九的旋風吹得九十字紅衣左搖右晃．．．哦，或許是她隨身聽的節奏．．．風速雖異，紅紫橘的臉上卻是同一的傲然——輸入，輸入，再輸入！讓更多的手跡轉換成印刷體，讓更多的印刷體裝訂成讀物，更多的出版，更多更豐富的文字文化！

好一群文字聖母！嬉嬉發癡地想。千年的謄抄行業，沒想到在現代科技的點金下，地位驟然變得神聖而高貴。

而我呢？她收回目光，低頭凝視著自己的鞋尖。

「大學生還是當當家教好了。」國字臉悲憫地說。嬉嬉抬起頭，在對方光可鑑人的目光中，清楚意識到自己無色的樣貌，無特點的技能。

瘦弱的腰枝頹唐一垮，身子直落入一旁的沙發中。國字臉以居高臨下的心理姿態看著她，感覺上那「戈」字赤熱閃動。那「口」字一張一合：「這就是妳了！既無能力創造文字，也無技巧輸入文字！」她彷彿聽到一個神聖至尊的聲音自打字店四週響起。

我就不信！細小的鼻孔自衛式地哼了一聲。

「不信啥？不信妳無能？不信妳對這文化毫無貢獻？」迫人的問話像利刃般颼颼威脅著嬉嬉渺小的存在。她感到一陣難忍的寒意打自心生，正想收緊大衣，那寒意卻化成一股寒風，把她的頭髮颳得飛舞起來。一手護住髮，探頭尋找風源，只看到夾著街上的飛沙走石，乾臉男子正站進店內。

真是一波未平，一波又起。

她呆住了，信手扯起一本雜誌遮住自己的臉，只求他轉身離去。可是他偏偏大步走向前來，一步步擂得她的心直狂震。

他並不是衝著她來的，她突然發現。事實上，他只是要走到櫃台，很正常地自紅白塑膠袋取出黃色信封，又從信封中取出一疊厚厚稿紙，交給了老板娘。看都沒看她一眼。

「一星期可以好嗎？」濃濃的薄荷味又散了出來。

老闆娘用中指夾大姆指，捻著脆薄的稿紙角翻了兩頁，又拿手掌掂掂整落稿紙．．．「不可能。」她說，「我們不怕字多，就怕字草；你的字不算草，可是特別怪，我們小姐怕要花上三倍的時間來認你的字．．．」

「到底要多久？」低緩的聲音急了。

「八天。」

「八天和七天有什麼不同？」

「比七天多一天，就這不同」

「妳是存心找喳！」他爆紅了脖子，自肺腑深處吼了起來。

「我要是字好看，還找妳們打？幹這行還挑字，這成了什麼世界？」吼聲擊碎了他乾薄如紙的臉，五官一時間裂成了一個駭人的「怒」字。

姚嬉嬉雖覺得他的憤慨有譜，可是如此疾心吼叫，不只是她聽得吃不消，連遠處紫橘紅都犧牲了速度，卸下尊嚴，回過頭來澀縮地看著他。

只有國字臉還是一筆不減的肅穆。她的身軀還逐漸漲大，像是那個怪物，霸道地擋著手跡轉世成印刷體的陰陽關口。

嘿

姚嬉嬉倚著一棵枯樹，半張臉縮在衣領中，只留雙眼睛觀察著。

他坐在候車椅的中間，傾身專心瞧著前方。放在一側的紅白塑膠袋，被風吹得啪啪響。忽然間他往左挪了挪身，把塑膠袋兜入懷中，在冷風中抽吸了一口冷氣，夾著一股白霧，向眼前廣大的世界呼出二字：「不坐？」

誰做？落葉？行車？我？

就當他的邀請是對所有眼界的可能

就任他的邀請隨白霧送入風中

姚嬉嬉決定還是守著兩足所立的天地。

襯著冬日混亂的盲流，他佝僂孤獨的背影，恰巧像一滴濃黑的墨苔狠狠落到一幅五彩現代畫上。對畫而言，是全被破壞了；若為墨苔著想，是滿心的落寞蒼涼。

就怕這種感覺。

如風飄帶的捺筆，如利劍行天戛然休止的頓筆，通篇入木的清峻。

是什麼樣的勁道，才寫得出瘦金的骨；什麼樣的心境，才寫得出瘦金的寂涼美？

她癡癡地看著一個瘦金的「風」字，起筆時不自然的頓，折，再細筆撇下。寫的是詩，詩卻是字，字竟是畫。三種美也掩不住那股蒼涼。

就是這感覺。眼前的人形墨苔，不正是那「風」字起筆時的頓折？姚嬉嬉覺得自胸腔上心口遍週身，泛起了一股暖流。又是那要命的惜才溫度，自作多情地把她混身燒得滾燙。

哇

上次發燒是文字學教授找她抄稿的時候。

從小她的手就特別靈。別人的字還只能稱做「痕跡」的時候，她就有了規矩字形；別人尚在描紅，她早開始「唐故左街僧錄供奉」。倒不是她獨鍾柳體，只是她恰巧挑上了這字帖的頭八字來寄託她的自由體。經過十數年上下學期，寒暑假的演練，她的「唐故左」已臻化境，由非柳到真姚，一撇一捺都成了精。

教授就看上了她那筆字。

師言如父命，她懷著強烈的文化使命感，白天黑夜地抄著「中國文字演變史」。面對一張張黑鴉鴉的稿紙，一個個纏結不清的字，她抽絲剝繭般，一筆一劃打理清楚，直到十數萬姚氏唐故左體如印刷般刻在指尖大小的方格中。她來回欣賞，合頁時，自覺成就了一件藝術品。

老師只是微笑收了謄稿，沒酬她一分，沒褒她一句。她不在乎錢，可是師尊對藝術品的無感覺，令她深深失望。

更可悲的是，數月之後，教授把她叫到辦公室，自架上取下一本燙金硬皮厚書，打開第一頁寫了幾個熟悉的草字——嬉嬉同學惠存——遞給她。

是一本「中國文字演變史」。她不明白這本書和自己的謄稿有何關係。我的字雖是抄自他物，沒靈魂，可是個個是血肉之軀，是我的心血，是藝術，是為搭配內容特別經營出的規矩。結果呢，根本是個跳板，早就注定是短命的，過渡的，無意義的！胡亂翻了翻，白天黑夜的精力現在全被深深淺淺輕重不一的打字印刷，一．筆．勾．消！氣憤之中，姚嬉嬉突然悟出了文字世界的森嚴階級：美比幼稚強，草比美有智慧，而印刷體又在一切上。管妳顏柳歐陽，難看好看，永遠比不上印刷體算數。

印出來的就是權威！

她也同時悟出憑什麼教授可以無視她的存在打起電話來：因為我字好看，規矩，所以我沒個性，好說話，好打發，好欺負！她覺得滿腔文化參與的熱情直線冷卻，落到肚腸已凝結成冰。

她冷肅的眼光終於讓教授不自在地放下電話，當回事地問她怎麼了。她把書鄭重地放在桌上：「我不稀罕！」她說。然後以平生頭一次的俐落轉身而去。

嗨

至今她還後悔沒把書扔過去；尤其是他還把她給當了。可是，上次的經驗還沒平復，她現在又燒得不像話了。我真的就這麼賤？對文字創造者就這麼奴性？

他坐在她的前面兩排。大冷的天，他卻把車窗滿滿推開，讓大塊大塊嗆人耳鼻喉的北風趁隙翻滾而入，在車廂內竄來竄去，一會兒把甲惹得打個噴嚏，乙咳了幾聲嗽，丙又擤了兩聲。只有他頭倚著窗框，任風作弄他的頭髮，吹得很得意。

情況是不一樣的。她安慰自己。我已不再是次等的謄抄者了，我可以打，我可以打！最後一句竟漏了出去，嘶嘶微波，傳進有心人的耳中。他的頭在四十五度角處卡了兩下，終於順利轉了過來。雖是第一次正面接觸，姚嘻嘻覺得早就跟他腦後的眼睛對眼對熟了。所以當他很自然地問她：「妳說什麼？」她也居然很大方地倚著前排椅背，提高了聲回道：「我可以幫你打。」

「打什麼呢？何必浪費時間打這玩意呢？把它扔了做再生紙都來得有用些。」他做勢把塑膠袋朝窗外一舞，手還沒伸出窗外，就捨不得地把袋子收了回來。「唉，就算他們不笑我的字，也會笑我的小說的，何必花工夫打？」背影的蒼涼爬上了臉。

「我真是跟自己卯上了。上次投稿，主辦單位以字跡難以辨認回絕了我，連角逐的資格都沒有。我這一輩子就吃虧在這筆字上，先見到我字的人都一口咬定說我怪；年輕時作文分數總比人低，成年後寫文章總被退稿．．．字怪又偏要搞這一行．．．」他頓了頓，看著自己的右手：「我的手是我的心的絆腳石。」說完他自嘲地哈哈笑了起來，聽得嬉嬉又燒上了幾度。

下車時，紅白塑膠袋已拎到嬉嬉手中。目送他手中揚著她自製的名片，興奮地和她揮舞告別的影像漸行漸遠，她由衷升起無限恐懼。以自己目前三天才印出一張名片的速度，她真不知一星期如何交得了差。

噗

一個短髮齊耳的乾瘦老婦端坐椅上，面前紅綠籌碼落如山高。嬉嬉進門時，她正將塑膠紅尺一掀，十三張牌如孟姜哭長城應聲而倒：「清一色！」老婦喜孜孜地宣布。

另三家彼此互看一眼，不情願地交出最後幾片籌碼。「老太太，不能玩了。錢都上繳給妳了。」一個說。另一個回頭對嬉嬉說：「看妳婆手氣好的，電腦我可要收回來了。」老婦聽了心有點虛，趕緊推出一落籌碼，平分三家，口中卻技巧地把眾人的注意力導向嬉嬉：「咱們嬉嬉野心可大了，妳們家的舊電腦已經夠好了，她還宣稱要去打工，添個雷射什麼機，說什麼字印出來的才像真的。」大家果然笑起來：「嬉嬉，印出來的還假得了？」

門關慢了一步，還是讓最後那句話溜了進來。

姚嬉嬉洗淨了手，在桌前坐下，自黃信封中取出那疊稿紙。才攤開，她就怔住了。

滿紙的字，卻無處可著眼。

不能怪，真的不能怪。那些分數給少了的國文老師，退他稿的編輯，拒絕他的老板娘。通篇正常的行草，可是每到一橫一豎勾的時候，就見如斧劈冰裂的橫一道，密密接著垂直縱割一道，落到極處又猛斜一提，完成那一勾。

譬如「的」字的左半是圓厚的一筆行書，到右邊的「勺」字，就變成那鯁人的垂直勾。字的本身就如精神分裂成兩極；累積起來，整張紙是分裂者的精神畫像。她刺眼得難受，把紙反過，可是那垂直勾還是左一處右一處隱隱浮凸出紙背。

這是什麼寫字癖？她可以想見他溜溜寫了幾個字後，突然像架了一把無形尺一般開始一筆一槓描起他那鋒利的垂直勾。嬉嬉心頭數種字類性情，沒一種可以安得下他的怪格。是存心跟人過不去？他看來人還蠻和氣的；受了什麼刺激？除了老被退稿。

她笑了起來，什麼時候我也開始藉字判人了？

字就是字。怪字也有存在的價值。她民主地決定。再把稿紙翻過來，她開始重讀第一段。垂直勾仍動不動就來一下，把閱讀的興趣割裂得斷斷續續。跌跌爬爬間，她終於看完了。大意是一個人在醒與不醒之間的掙扎，外邊又有人在敲門。誰敲門呢？她開始往後翻想看門內人開門之後見到了誰，可是情節卻轉向別處發展，一連幾頁都沒交待。

她歇手停下。鯁人的字，鯁人的情節，要命的差事。拼了吧，就這星期。

噢

「竹大戈戈，『冬』！」她唸道。電腦噪了一聲，無此字，它說。她嘆了口氣，換碼再試。「竹水戈戈，『冬』！」她提高了聲，可是方臉照舊尖聲叫一聲，又映出那無此字。她火了。什麼叫『無此字』？字就在筆尖那兒，一撇一捺信手就寫出了，為什麼非照你的碼？她交手對著電腦生氣，空空的螢幕，數分鐘了，一個字都打不出。雙手又擱上鍵盤，一陣風般十指舞動，連串地敲擊，口中喃喃唸咒，一聲比一聲大，那電腦也如警鈴大作，嗶聲不斷。最後，一個「冬」字終於莫名奇妙地出現在螢幕上。她停下手，難以置信地瞧著。竹・水・卜，就這簡單三碼？在竹子出水的時候占卜就是「冬」。嗯，有意思。那我是什麼呢？她摸索鍵盤打出女・中・一・人，「姚」。唉，真像我，女人中的一個，除了性別外，我還有什麼特點可言呢？

她正思考著倉頡的新字意，門外窸窣響起了一陣敲門聲：「嬉嬉，妳在搞什麼啊？叫得我牌都打錯了。嬉嬉，開門啊。」

她把稿子收好，起身開門。老婦立在門框中，像幅壽星圖。「嬉嬉，我求妳，不要這麼大聲嚷嚷好嗎？別家媽媽們都以為妳瘋了。」嬉嬉低頭不語。「妳這個人怎麼這麼彆扭呢？見人的時候不說話，關起門來說個不停，難道妳房裡有鬼？」老婦做勢朝屋裡看去，可是嬉嬉偏堵著門。

婆嘆了口氣，轉身正要走，又想到了什麼便回頭說：「剛才有個男的打電話來找什麼獸金體，我當時就把電話摔了。沒想到電話才掛了就響，又是他，這會兒居然說找妳。我看他神經有問題，就告訴他無此人，嬉嬉啊，交朋友要小心．．．」話還在口中，嬉嬉早已拔腿跑向客廳，速度之快把老婦如風標般打得轉了七八轉。

喂

他緩緩放下話筒，遲遲不敢相信自己的遭遇。

又是那喑啞蒼老不耐的聲音。無此人！不文不白的。若不是他確知自己沒打錯，他真以為差了一個號，直撥到了遠古。

她拐走了我的稿子！他想清楚了。我早該猜到這獸金體，姚嬉嬉根本都是捏造出來的牽強名字。那個女人，一派斯文，一臉無辜，五官平凡，最典型的普通人。即使她現在立在我面前我也認不出她來。怎麼辦？他想到過去數月的心血就這麼三言兩語被人誆走。萬一得了獎成名了他人，他這口冤情向誰告去？

他扯著頭髮幻想自己站在報社門口，看著一個無臉女子捧著巨型獎座光榮而出，憤恨之際，姚嬉嬉的電話來了。

三兩句，他又信她了。「姚嬉嬉，妳要知道，文學是我的生命。」鄭重的提醒勾起了嬉嬉傷心的往事。她捧著話筒像是對著一雙聆聽的耳朵絮絮訴了起來——媽媽帶著她逛書店，指著東一本西一本：「這是我打的，那也是。」又自架上拿下那些著作，耐心撢盡灰塵，翻開封皮，指著作者照片對女兒說：「這張太年輕了，本人沒這麼精神。」

「文字是我媽的寄託……」她琢磨了一下字眼，決定說得輕鬆一點兒，「也是我的愛好。」說到這兒，婆進來了，她眼一掃孫女，又走出去了。

耳朵說起話來：「妳一家都這麼珍惜文字？那我就放心了……哦，我是想問我的字還可以看吧？」

從字她聯想到內容就說：「字我看得懂，可是第一節裡敲門的是誰啊？怎麼老沒交待？」

這話聽得作者很不悅。

請妳打字可沒請妳讀，他心想。談興一減他就掛上了電話。

真是說中了，連打字的都想批評！這年頭有靈性的讀者都到哪兒去了？他越想越氣。有人敲門就得有人應門，有人說話就得安排人對話；有對話就得談政治，談政治就得來暴力，還得加上愛情、激情、喘息、動作、喊叫……誰的性生活是這樣激烈的？

號稱寫實的都是假的，不寫實讀者又混身不自在、不安心，非要你一筆一劃照規矩來，「否則人要跟你吵呢！」他在斗室中喊了起來。

回音歇止後，他決定把自己的精神創作要回來，從一雙平凡眼睛的審讀之下把它救回來。

呸

婆抱出那疊稿紙在走道上等著嬉嬉。

「這是什麼？」婆憤怒地揮著稿紙。

嬉嬉伸手去搶，沒料婆一向龍鍾的身子忽然敏捷起來，祖孫二人在陰黑的走道中撲閃，那白花花的稿紙像餌一樣，逗得嬉嬉上下跳著。著實惱了，嬉嬉一頓足叫道：「婆，別荒唐了，快還我稿來。」

婆大氣不喘，一手把稿攄在懷裡，一手指著她：「忘了妳媽的遭遇？妳忘了妳是怎麼被那教授氣的？」

「婆，這次情況不一樣，人家是可憐人。」

「哪個研究生不可憐？可是看他們是怎麼待妳媽的，要打字的時候天天甜言蜜語，事成之後，連隻破鞋都不如。告訴妳多少次，知識分子可惡，搞文字的都是吃人的動物，妳為什麼不聽？」

「婆，他真的不同，他文章寫得好……」

「好個屁！妳當妳婆不識字！根本不通！妳別以為妳唸上文學就唬得住妳婆？不准妳打，就不准！」老婦兩手把著稿紙，使了蠻勁撕扯，對折的三十頁稿紙不是一撕就能成功的，她左右開攻，把稿紙像絞衣服一樣擰，搞得紙縐成一團。嬉嬉一步搶上去，把婆的手指一根根扳開，十指一鬆，稿紙嘩嘩落下散了一地。嬉嬉趕快俯下撿，心又防著婆來搶，幸好老太太終於累了，倚著牆捂著心哭喪地叨叨說著嬉嬉的媽是如何被人催稿催得心力交瘁一頭栽向字盤，從此不起。當別人把她的臉自字盤上扶起時，上面還印著藍花花的鉛字印——「死了都不饒她！」婆掩面說道。嬉嬉聽都不要聽，撿完了紙就抱起衝回房去，用力關上門，上起鎖。

遠方電話響了。

婆在門外揚言：「若是那小子，我一定要他好看！」

哦

這門一鎖，就難開了。

老婦面對沈默的門板，擂過、打過、踢過、搖過；哪怕是汗溼了門把，銅臭了掌心，門內還是那一陣快似一陣的鍵盤敲擊，一聲大似一聲的口訣誦讀。老婦拔起貼在門板的耳朵，氣餒地溜溜滑坐到地上，開始咽咽哭腔：「嬉嬉，看在婆每天工作八小時養這個家的份上，開開門吧。」「什麼工作？牌癮罷了。」門裡的人回話了。婆一喜，收乾老淚，人也爬了起來：「嬉嬉，開門好說話。」「不開！別再煩我了。」這句之後，連同口訣聲，門內的人語消失了。任老婦高喊低求，永無回應。

嘩嘩的打字雨下得越來越急。

老婦自鎖孔看進去，只見孫女端坐電腦前，四週雷電交加，風捲雲湧，熱鬧非凡。

她是真橫了心了。跟她媽一樣。「天生的文字奴婢！」老婦對著鎖孔狠狠罵了一句。她站直了身子，扯平衣裳，決定轉移陣地改去對付吵了一天的電話。

往後兩天，老婦暫歇牌局，專心守在家裡。她坐在客廳沙發正中，等著嬉嬉出現：沒問題，妳打吧，到時候妳一出來，我就把稿子搶了，用剪子一剪，讓所有人都斷念！為了方便行動，她自抽屜中翻出剪刀，放在手邊，關上抽屜時，瞥見找尋已久的雕花小篦，也順手拿出，坐回椅上，開始梳著她齊耳的白頭。順著順著，她又有了新想法：我若毀了她的稿，她可能再也不跟我說話了。老婦念頭一轉，決心以維護嬉嬉權益為己任，做她當年該為自己女兒做的——看好那男的，要他對得起嬉嬉。

老婦收起剪刀，一手搖著小篦，在另一手上拍著，潛意識中是在為嬉嬉打字計算拍子。三日來，那嘩嘩聲響已成家中不可缺的一員；她也只能藉著它確定嬉嬉的存在。拍著打著，嬉嬉的節奏越來越快，老婦也跟得越發吃力。正擊到高峰，沒想到聲響驟停，害得她一連落空數下。她正以為嬉嬉結束了，還沒來得及高興，就聽到屋內傳出轟然巨響，不名物體砸到了地面。

老婦忙跑到門口，自鎖孔看去，電腦是一片黑，電腦前人影不見。她自各角度朝裡望，終於在左下角彷彿看到一團黑物。急電招來鎖匠，門一開，果見嬉嬉臥在地上。老婦扔了小篚，哇得一聲撲向嬉嬉，發現她尚有微氣，立即與鎖匠協力把嬉嬉扶上床。薑湯一灌，嬉嬉喉間咕嚕一響，噎的一口氣翻了上來，眼睛也開了一半。嬉嬉口一張，吐出的盡是：「完了，完了，一切都完了……」渙散的眼神，無理的言語，老婦確信孫女已瘋。

她坐在床沿思想對策。忽然彈到桌邊，在混亂字稿中搜索，終於在字堆之下找到了一張名條：趙佶。

喲

趙佶焦急地在斗室內來回踱步。

我只有一個請求，他立定，指著電話說：「給我地址，我立刻來取。」

可是那老太婆根本不給他機會，總是哇啦哇啦說些什麼知識分子吃人怪獸。

「我把稿子拿回來總可以吧？」每次當他回辯時，對方早已掛絕了電話。

這家人是怎麼了？小的信誓旦旦地說：「我會給你的字一個重生的機會。」老的又拼命似地恨。我的生活雖然失意，但是單純，現在被這家人攪的，數月來的心血都要不回來。他在床上坐下，看著斗室內的光影一日復一日地自東面窗，轉到南面窗，寫了一地爛草，又自西面窗溜下地平線。

年少時形成的那筆字是青春留給三十出頭的他唯一的紀念品。現在人老了，形變了，個性磨平了，青春的一切都消失了，就剩這紀念品：「真夠我受的了！」他突然想過過一些平靜規律的日子，改改什麼習慣，戒戒什癮頭，像個正常人，有些正常的遭遇。

可是一切都只有等到稿子拿回來後再說。想到這兒，他又嘆了口氣。門響了三聲。他恍惚地看著門，心想這門怎麼會自己發聲呢，門又喿了起來。有人敲門！他明白了。

「誰？」

「我！」是那個蒼老喑啞不耐的聲音！她居然從話筒的一端轉到門後了。「快開門！」聲音急燥地擂門，他可以想像她弱小的拳頭擊向木門，那決心是可以把門擂倒的。他趕緊著整理頭髮，來到門後，開了一條縫，看到一乾槁老婦背光立在走道中，活像一尊佛。他正預備闔上門好撤下鍊子，一把黑色雨傘猛地戳了進來，卡在門縫中。老婦說：「避不見面？不見我沒關係，可是你稿子在我那兒，要稿子就得跟我來！」

啊

他隨老婦來到她家。她示意他走入一個房間。

他推開房門，先看到一張零亂的桌子上散滿了文稿，混亂之中，一台老舊電腦矗立其上。再往左看去，一張床上躺著一名女子，黑著眼眶，虛弱地喘息著。

「姚嬉嬉？妳病了？」

新淚順著舊淚痕流下了疲憊的眼眶。姚嬉嬉嗚嗚然陳述起三日間發生的心境變化。

「在第二日我已超過一百二十字朝一百三十字前進。一切都如前一日般順利——我眼觀稿，心中默誦口訣，手指立即反應，一字字就這麼上了螢幕。可是過了一百三十字之後，心裡默誦的聲音漸漸消失，一個一個字都變成了無聲的圖象。我當時就該減速回一百二十的，可是又一心想破紫衣的紀錄，所以拼了下去。今天，我終於過了一百四十，更到達一百五十字。可是就在過四十和五十的臨界點時，世界全變了：原來是理解——分析——打，現在理解的過程消失了，眼睛看一字分裂一字，我的手完全失去了控制，只知像機器一樣瘋狂地移動著．．．」

她抹了一下淚又說：「我再也不識『字』了，我認識的就只剩那二十六個倉頡碼，一切字的最基本單元。所有字累積起來的意義也不見了；全都變成了倉頡碼組成的抽象文意，就像新詩般完全不合理。完了，我已經和整個文字文化脫節，學文學卻看不了文字，我該怎麼辦？」

婆和趙佶看著哭泣的嬉嬉，心中各自想著事情的嚴重性。

對婆而言，嬉嬉對字的痴狂本無意義，從小迷柳體前八字，長大後迷瘦金體，更屬病態。現在彷佛是一種解脫，她求還來不及，才懶得為嬉嬉悲哭。至於趙佶，聽說可從千年老字中看出新意，更覺得這可能是徹底擺脫傳統的機會。他拿出小本子，颼颼寫下「神經病」三字測驗嬉嬉的病情。

嬉嬉一看，立刻掩目說出一連串的怪話：「戈火中田中女火一女一大一人月；干戈之火在中央的田裡燃起，女人也生起火，一個女的一大，一個人就像善變的月。」趙佶眼前浮起一片荒原，熊熊烈火旺旺燒著，一群女子圍著一柴火，天上一輪慘黃滿月。如果「神經病」能給人這樣強烈的意像，我也寧願染上這文字分裂症。他興奮地想著。

嬉嬉見眼前兩人表情一是無所謂，一是滿臉欣喜，心中也開始懷疑自己是不是小題大做了。就在此時，一股無名妖風突然把門轟然關起，門外自遠而近傳來行軍般隆隆腳步聲，俱在門口停止。三人驚異地看著門，一陣微弱的抓門聲首先響起；繼而什麼硬物撞了上門，如木樁搗地，聲聲奪人心志。門內三人不禁害怕起來，祖孫抱成一團獨留趙佶立在房中。一聲巨響，門倒了，一個巨大的「風」字霸在門框上。嬉嬉一看叫道：「竹弓竹中戈！」那風字立刻裂成那五碼小鬼朝三人襲來。婆叫趙佶：「你打啊！」趙拿起桌上的書就砸，可是部部落空。婆不耐，起身拿起雨傘，左右戳著，小鬼一一倒地消失無蹤。又上來一「狂」字，嬉嬉一看又叫：「大竹一土」四小鬼又落下攻擊三人，也同樣被婆制服。第三字又上陣了，嬉嬉正要反應，趙佶對她吼了起來：「姚嬉嬉，妳到底站在哪一邊啊？」這一叫竟把她從分裂之境給喚了回來。隨著嬉嬉漸漸清醒的速度，那霸著門框的字也漸漸縮小，最後悄然消失。

兩位戰士精疲力竭，一個癱在床上，一個倒在地上。倒是嬉嬉精神好了。她拿起桌上的稿子，試著大聲唸道：

「冬日陽光透過長方窗格．．．」

「夠了！」床上的和地上的同時厭煩地叫了起來。嬉嬉住了口，可是人卻嘻嘻笑開了。她抱著印出的稿子默唸著，一字一字結實永恆如鑽，她的夢魘結束了。

哈

其實，趙佶並不喜歡他轉成印刷體的小說。原來苦心經營的瘋狂氣氛，隨著字體的規範化都被馴服了。不過他還是由衷謝了姚嬉嬉，因為他終於明白他的字是配他的心的。

導讀

曹志漣（一九六〇—），籍貫湖南益陽，出生於臺北。美國柏克萊加州大學歷史博士。專事寫作、翻譯，曾於一九九六年獲教育部文藝創作獎。出版短篇小說集《唐初的花瓣》，其中〈獸金體〉（原載《聯合文學》第一一三期，一九九四年三月），曾獲選爲一九九四年小說選。

臺灣一九九〇年代的小說創作，充斥著對語言的仿擬、重覆、去主體的戲局，符號自身提供了無窮的意指，〈獸金體〉即是代表作之一。許琇禎在《臺灣當代小說縱論：解嚴前後（一九七七—一九九七）》分析這篇小說的創作意識，見解精闢，她說：「一方面通過女主角姚嬉嬉的以手抄寫到電腦輸入，思考了風格的消失與文字解體的密切關連，另一方面則通過趙佶在文與字上的風格密切聯繫，重建了字如其人的主體價值。作者以被電腦倉頡碼所分解的文字對人的攻擊，嘲諷了機器傳播對人的操控，暗示了對文字結構的終極依賴。」小說從字與人的關係出發，建立在「字如其人」風格認知的基點上，描述主體消解與重構的過程。

對文字著迷的姚嬉嬉，自小練就「唐故左街僧錄供奉」，獨創一格的「姚體」，深獲教授欣賞，用心協助謄寫《中國文字演變史》，其所表現的漢字藝術之美，絕非印刷字體可以比擬。而當姚嬉嬉苦練倉頡輸入法時，觸目所及都只是機械性的、被拆解的破碎字體，不見文字的意義，這種和整個文字文化脫節的恐慌與焦慮，使她瀕臨精神分裂的邊緣。小說藉此隱喻倉頡輸入法雖然成爲文學傳播的方便法門，然而卻也可能失去文字背後意涵的解讀與欣賞，甚至是漢字書法之美。

曹志漣小說擅長融入歷史文化的元素，篇名〈獸金體〉，乃發想自宋徽宗趙佶的書法「瘦金體」，「獸」與「瘦」產生同音異義的諧擬效果。「瘦金體」吸收褚遂良、薛曜、薛稷、黃庭堅等人的書法風格，筆道瘦細峭硬，至瘦而不失其肉；氣韻脫俗，灑脫明快，自成一家。這種字體以形象論，本應爲「瘦筋體」，以「金」易「筋」，是對御書的尊重。小說特意將男主角命名爲趙佶，而其寫出一手的怪字，正好呼應篇名中「獸」的狂亂形象，進而引發姚嬉嬉對其字體的騁馳想像，以及開啓手寫與打字之間的辯證。本篇小說透過戲謔手法呈現漢字的萬千魔幻世界，隱約流露歷史文化的鄉愁，同時反映機械複製時代的隱憂。（林秀蓉）

王爺

郭漢辰

凌晨時分的王爺廟孤單寂寥，白天香客絡繹不絕，廟裡囂鬧繁華。一入夜大殿空空盪盪，連吹進的冷風都蕭條清瘦，被信徒香火燻得滿臉通黑的王爺神像，端坐在神殿中間，冷冷看著百年輝煌時光，輕煙般溜走。

「王爺，你要保佑我們！這次兩百年的廟慶，一定要順順利利。」六十多歲廟宇管理人柯順天，緩緩走到大殿，雙腳突然痠軟跪了下來，皺紋雕滿他年歲已高的臉龐，雙手緊捏隨時會熄滅的香燭。

柯順天對著神明說話的聲音小了下來，彷彿只有他與神明聽到這句祕密約定，「這次董事會主委，拜託王爺了。」

他右手撐在地上，吃力拱起老邁身軀，緩步走到神案前，將整把香插入燻得深黑的香爐，接著從供桌拿起一對神筊，一臉虔誠，雙手一攤，把神筊往地上擲去。

神筊丟擲在地上的聲音，深夜聽來刺耳囂叫，柯順天只在意神筊在地上擺出的「聖筊」樣貌，他心中取得了王爺的承諾，雙手把神筊頂在頭頂上方，將神筊歸還在案桌上，柯順天滿意的微笑，浮現在兩邊的皺紋波浪。

柯順天如冷風悄悄走離大殿，廟裡再度回到沉寂。

長夜漫漫，神明無事，王爺在天地裡打起盹來。

。。。

這天大殿香客洶湧，辦公室內的柯順天恍若不知，坐在他最喜歡的那張沙發躺椅上，氣喘吁吁數著桌上一堆灰黃顏色的土豆，「一、二、三……」他心裡默默靜數，那群支持他的阿慶仔、黑臉、柯仔等數個董事，如豆子般乖巧，任他盤算。但最難估算的就是姓陳那家人了，四年前他揭穿上任廟宇管理人陳雲飛，向漁會借了一缸子鈔票的案，讓從來不知失敗的阿飛，重重摔了一跤，從此跌出王爺廟的地盤角，阿飛五十多歲的身體，長年累月躺在病床，再也無法近距離與王爺說悄悄話。

陳家人不可能對王爺廟死心，陳雲飛的兒子陳志成，這時走進辦公室，阿成如一根針直直刺入柯順天的雙眼，心想「父子怎麼看都刺目啦」，他還是對著陳志成伸過來的手，笑開了一張老臉。

「阿伯，這次選舉準備好了嗎？我是少年阿成啦，要和老大人對衝啊！」

阿成說著搖擺的話，臉上露著小孩般純潔笑意，沒有人看得出阿成的歹意，還以為他是古意年輕人。阿成的手這時不自覺拿起桌上阿順伯的土豆，俐落剝開，一顆豆仁直爽爽吞了下去，好像這些豆子原本就是他的。

「我知你也要出來選主委，想當初阿飛少年時，是怎況的英雄，捉大魚、扛大船去燒，你阿爸都是第一人，你阿成要打拚，麥輸給你阿爸。」

柯順天心裡湧現怒氣，想年輕時和阿飛拚生意、拚選舉、拚女人樣樣都輸，阿飛那次大病後，他假惺惺前往探望，阿飛的魂魄早飛到山水天界，只剩空殼身體在病床。

柯順天想，阿成除了年輕，什麼都比不上自己，但他最比不過時間，不知何時要和阿飛做伴。最氣的是，他那個被人笑稱為小丑的兒子阿猴，阿猴要拿什麼和少年阿成比呢？

「你阿猴又在大街上跳戲，要來王爺公廟了，阿天伯你要注意，不要讓阿猴嚇壞前來拜拜的香客！」

阿成嘻皮笑臉說著話，俏皮的手又快速伸出，碰觸放在柯順天桌上王爺神像的頭頂，柯順天拿起木杖，迅捷一棍敲了阿成的手。

阿成不喊痛，卻氣得重重用雙手捶擊柯順天的桌子，阿成嘴上嘀咕一句「開戰」，與等在辦公室外的兄弟揚著怒氣走了。

柯順天想追出去罵，衝到廟前大埕，迎面竟是他的兒阿猴。

不知誰幫阿猴穿上八家將服裝，手裡持著雙叉棍，有模有樣舞弄著，旁邊香客不知這是阿猴每天必演的戲碼，還慶幸自己看到一場民俗表演，看到阿猴耍著棍棒好看時，更拍手鼓紅雙掌。

早先幾年，他看到這場景，一把捉下阿猴的雙叉棍，反手捶打兒子，沒料，阿猴心魂從此被鬼界搶走，三不五時起，街頭成了阿猴的野戲台，他氣極把阿猴雙手用鐵環緊緊扣緊，紅著眼求王爺公讓兒子不再瘋癲，但再結實的環扣也鎖不住阿猴的三魂七魄。

夢中，他看到阿猴化成猙獰的牛鬼蛇神，把自己的魂魄，捉到阿修羅地獄拷問一番。

柯順天不只看到阿猴，更看到少年的自己與阿飛，兩人在遊街時把械具舞弄得虎虎生風，人們大聲囂叫，人群中有個少女，她晶晶瑩瑩的雙眼，穿透流流漫漫的四十年，迄今還盯著兩人……

。。。

海邊吹來鹹濕黏稠的海風，吹進阿成年輕的胸膛。

阿成站在一條悠長河流的岸邊，清楚望見雄赳昂揚的王爺廟，如一個男人直聳挺立在城鎮中央，其他低矮平房，柔順依偎王爺廟而生。

阿成對王爺公很陌生又很熟悉，從小就聽過王爺奇聞傳說，說王爺一生氣會帶走很多人的生命，把好人壞人掃得一乾二淨。他沒看過王爺，但他認定王爺公在人世的代理人，一定是非阿爸不可。

阿爸原本是港區勇猛討海人，在海上的日子，遇到大樓般高的凶狂風浪，阿爸的船照樣衝過。下船後，阿爸與好友阿天伯，兩人扛著三百斤的大魚急走，還擰著晃頭猛喝，大魚放下後，阿爸隨即亮出亮眼長尖刀，俐落飛快，將大魚整整齊齊切落。

阿爸年輕時，一定沒想到和阿天伯有天會結下怨仇，牽扯到生生世世。

他們兩人從小住在廟前同一條窄矮的小巷，長大後一同沉浮在滂沱海浪討生活，兩人發下重誓要服侍王爺到老到死。

有次大船遊街，鞭炮硝煙肆無忌憚散步在眼前，拉著大船繩索方向那人，突然雙手一鬆，大船如凶猛動物往旁撲去，阿爸與阿天伯飛出年輕身體，伸手搶拉那根失去力量的繩，四隻手猛力拉出血，才止住大船撞向惶驚的信徒。

那事傳開後，阿爸和阿天伯在廟裡的地位，老一輩的人笑開著臉說，兩人就是王爺公在人世的左右護法，要替王爺公辦大事，解勞憂。

夜霧此時將王爺廟包圍，阿成想起，他也看過王爺公生氣發怒。有一年，盛傳王爺對辦祭典的老董事不滿意，要收掉老董事身魂，晚間最熱鬧的鎮區，竟聽到鬼將們碰撞鐵環，鈴鈴噹噹響遍大街，如催魂鈴讓人難以入眠。

隔天一早，老董事的身體沒了氣息。人走得乾脆俐落，有人悄聲傳話，說那一定是王爺公派鬼將收的魂。那時阿成讀高中，阿爸帶他到老董事家祭拜，阿成記得那陣吹起白幡的冷風，吹冷大人臉上的愁苦。

那天阿爸第一次帶阿成走進王爺公廟。阿爸一入廟就跪了下來，沒有任何雜念膜拜，阿爸也拉著他跪，他低頭看地板鋪上好幾層的塵灰，有小蟲爬過絲絲跡痕，阿成認真盯看阿爸很久，望出阿爸的力量來自何處。

阿成仰頭看端坐在正殿的王爺像，數百年燭香燻得王爺臉面黝黝黑黑、不清不楚，王爺原本是凡人升天，卻因更多凡人信他，握住龐大生命權柄。但王爺公不過是一尊木雕神像，權柄又回落到信奉者手中，阿成緊緊記住，那天阿爸對王爺公膜拜的莊嚴面容。

阿爸後來名正言順做了王爺公代言人，身體不時顫抖抽搐緩緩打開，請王爺公降駕，喃喃說著只有神明了解的話語。如今阿成長大入社會，咀嚼阿爸的一切，領悟在胸。

朧朦霧色，阿成望了那座宏大的王爺廟一眼。

「王爺公你交代我，我就怎麼做。」

阿成練習和王爺對話，這是制勝第一步，他心裡想著，他還看到王爺霧中散步，從對岸悄悄光腳輕盈渡河……

。。。

從病房窗外窺望出去的天色，有些灰暗有點明亮，這時正是以往燒大船的時間，火焰會燃亮整個黑暗，盛大愉悅的火浪，會順著風勢，一口口吞掉所有人間的邪惡與不快。

柯順天拄著枴杖，靜靜寧寧呆坐在他一手毀掉的陳雲飛病床旁，一坐就是兩個小時，誰也不知阿天在選主委前一刻，偷偷跑來看阿飛，連阿成都在醫院外面跑攤忙選舉，誰曉得，阿天最後一著狠棋，竟是來看阿飛？

阿飛腦中的血塊成群結隊在血管中塞車，雙手雙腳再也無法踢動，只有臉皮的顏面神經輕輕抽搐，彷彿看到好朋友阿天來了，情緒波湧。

柯順天想，阿飛啊！阿飛！你又何必這麼輕易動怒，誰也無法與飛快的時間相抗衡，如果你不是中風，有天也會和我一樣老邁到無法動彈，看著自己被流金歲月，奪走一世人的力氣，只能動動腦筋，想法子成全事情，或毀壞一個人。

誰叫王爺公第一個選上的是你──阿飛！

阿天拍打著疼了好幾十年的心肝，陳年往事在腦中倒帶，那年廟裡要在兩人之間，選出王爺公在人世間的代表，兩人連擲十多次，阿飛雙手拋出去的神筊，一出手就是「聖筊」，神明似永遠眷戀阿飛。阿天可沒那麼好運氣，每次擲筊都是令人哭喪心神的「哭筊」。

阿天心裡鑽入一個壞念頭，王爺公竟然選的是別人，我就不要老天順心順意，阿爸替我取「順天」，我就偏要「逆天」。

不要說神明偏愛阿飛，連人世的女人都先愛上阿飛，那個在街頭碰上的女子叫「阿蘭」，讓人引動身體燃燒的慾望，這個不知來自何處的阿蘭，那晚和兩人喝晃頭、配大魚蒸煮的好湯，酒精在三人體內急竄流動，流成一條漫漫長河……

阿飛先被雨水澆醒，阿天直起身子看看四周，發現三人睡躺在王爺廟後方的窗隱空地，阿蘭依稀記得，她喝得爛醉，不只和兩個人身體親暱，還有一個陌生、滿腮亂鬍的男人，與他們交纏。

阿蘭先跟阿飛一陣，替他生了個兒子，後來阿蘭又與阿天貼黏一起，也有小孩，阿蘭離開時無蹤無影，如從來沒有這女人存在，時間久了，連阿天都記不清阿蘭樣貌，倒是狹小鎮區，留下一個酸溜笑語，說阿天、阿飛兩人不但是王爺公跟前好兄弟，還是同一個女人的好客兄。

柯順天看著阿飛流失表情的臉孔，他想：阿飛啊，你和阿蘭的小孩，竟然要和我拚選王爺公的代言人，當年你和我拚鬥，最後還不是讓我扳倒，阿成這個臭酸小子，拿什麼和我比？

神明卻對我阿天，一生一世不公平，我和阿蘭的小孩肖肖，阿成竟是有頭有臉還會奸人步數，他們同一個母親，卻各有天地不同命緣，王爺公，我哪裡對不起你，讓我嘗盡運命的甘苦？

足足在病房坐了兩個小時，柯順天撐起枴杖，抱著千斤萬斤重的心事，整個人直立立站了起來，心想：阿飛你好好睡吧！我會替你好好教訓兒子，快飛到王爺公的懷抱……

。。。

「外面誰在演五子哭墓？」廟內正待召開會議，卻聽聞外頭熱騰囂鬧，柯順天胸口捧著老衰心臟，等著連任王爺廟主委，其他董事還沒來全，他想一定又是阿成在搞鬼，就看那個人還有什麼步數？

廣場白幡翻飛，阿成穿著黑暗暗喪服，他雙手撒出冥間用的紙錢，在人間天空凌亂吹散，阿成這下可豁出去，連他阿爸的棺木全都扛來王爺廟前。阿成想，要演就來演全套，他不會對阿天伯客氣。

阿成前晚接到醫院通知說阿爸忽然沒有氣息，他不相信阿爸這時會離棄他，一定有人作怪，他懷疑那個人正在廟裡，還有臉對著王爺公辦法會。

上午阿成與土公師，幫阿爸穿上最喜歡的那套衣服，阿爸的臉還是無色無憂，他想阿爸一世人幫王爺公做事，如今走離人間，來看王爺最後一眼，讓他知曉阿爸怎麼辛苦走這段人生路。

「我阿爸中風幾年，從來沒有病況歹惡，竟在王爺公生日前幾天，忽然過去，我不相信王爺公會來收阿爸的身魂，一定有人在作歹，不讓陳家有機會服侍王爺公。」阿成來場哭調表演，大聲哭嗆，吸來香客圍聚。

阿猴不能在這樣的場合缺席，他求老師傅幫他畫個大花臉，是鬼將裡最凶狠的夜叉神，他壓根沒想到他阿爸正與阿成鬥法，阿猴恍惚記得，每次都有個長滿落腮鬍、穿著古裝的男人，跑到他的眼前，向他大聲叫：「王爺公需要你出來護駕了。」這次也不例外，那男人又蹦跳到他眼前，阿猴笑笑說：「王爺公，你不要擔心，我出來保護你。」

阿猴連滾帶翻跳入廣場，把所有人的雙眼帶到半空中，阿成也停了競選演說，單看阿猴一人獨挑梁柱，在王爺公的眼前搬演一齣大戲。阿成看了阿猴的瘋樣，心想真是作孽啊，他也聽阿爸說過阿蘭大媽的事，知道他有這麼一個親血緣又無緣的兄弟，在街道看他好幾次樣況，嘴巴上是胡亂譏刺，心裡也有些不捨，但誰叫阿猴的阿爸，是那個自以為可以代王爺公行事的阿天伯，兩家的恩怨要怎樣才算計清楚。

阿慶仔、黑臉、柯仔幾個董事來到廟前，擠入人群看鬧熱一陣，有董事搖頭晃腦，看廟的代誌翻出給外人看，削王爺金光的面子，有人心底擊掌叫好，「給阿天這個老瘋狗好看。」準備站在高處，看兩派人衝戰。

「阿成，你蒜什？帶你阿爸的棺木來廟，要讓王爺公萬分難看！你這叫什麼是王爺公的好子弟？」支持阿天的黑臉看不下去，大聲囂叫。

「是你阿天伯做的好代誌，讓王爺公惱了，才叫阿成主持公道，阿成替他阿爸申冤有何不對？」阿成的好兄弟陳長腳，站出來嗆聲。

在眾人面前，黑臉跨出大步，一拳往陳長腳擊打下去，阿成趕緊要拉開黏打在一起的身體，阿猴拿著雙叉棍加入混戰，警察哨聲由遠而近湊熱鬧而來，香客們不知要看下去，還是去膜拜王爺公？

柯順天聽到急切嘈雜聲、哨子聲，起身要到廟前，剛踏出門檻，眼前閃現的竟是年輕阿飛，他雙眼明亮，拿著一把切大魚的長尖刀，往他頭上劈砍去，阿天伯一臉倉皇舉手相擋……

。。。

廟裡的人說那幾天，真是王爺公廟兩百年來最多事的日子，一陣人在大埕相打，阿天伯要出來相勸，心臟跳得像火車在跑，阿天伯的心最後停下來不走了，他的身魂回老家，與阿飛伯在地府陪王爺公吃菸。

那天下午最歡喜的就是阿成，但也只歡喜半天，他原本是董事，阿天伯走了，他不用選，大家公推他接下主委的棒子，燒大船照樣風光要辦。那晚以為都沒事了，大家心平靜氣，隔幾天就要辦大事，把大船扛到海邊，用大火燒化成飛灰，把接入的王爺，用火浪送走。

但沒有人會想到，那晚發生更大條的代誌，只有王爺公會搬演這樣的結局。阿猴是後來被關進拘留所時，悄聲對一樣被關進來的黑臉伯，說出他辦大事的緣由：「王爺公這次生氣可發狠了，要把他的廟帶到天涯海角，讓所有人都拜不到，他叫阿猴用大火燒大廟。」

大家都以為，那晚阿猴藏入廟內，是哭他剛死去的阿爸，阿猴卻做了驚天神嚇鬼魂的事。

那晚阿猴在廟裡，一直看到那個長滿落腮鬍的男人，在他旁邊一直說：「謝謝！」阿猴笑著說不客氣，手持火把站在王爺公神像前，火光照亮他的鬼魅臉面。

阿猴這世人，第一次不威不懼向王爺公說：「是你叫我燒大廟的！」

龐大凶狠的火浪，先是吞噬沾滿灰塵的布幔、雕滿文字的木柱，火勢隨著梁柱，燒燙整座廟宇的雙頰、全身……

導讀

郭漢辰（一九六五—），屏東市人。世界新聞專科學校編輯採訪科畢業，成功大學臺灣文學研究所碩士。曾任《臺灣時報》及《民生報》記者、阿緱文學會理事長，現自由寫作。曾獲臺北文學獎、高雄打狗文學獎、寶島文學獎、宗教文學獎等，創作文類包含小說、新詩、報導文學、論述等。著有《封城之日》、《記憶之都》、《誰在綠洲唱歌》、《回家》、《剝離人》、《南方之城十二女子》等小說。

創作是郭漢辰的生命信仰，他說：「創作是我的信仰，僅餘的人生大夢，如果沒有幾年的生命好活，我會選擇將剩餘的一分一秒，都用來寫作，文學成了我的信仰及十字架，讓我勇敢前進。」小說創作深受臺灣文壇耆老葉石濤的影響，綜觀其題材來源大多來自時事見聞、地方人文，騁馳豐富的想像力，穿梭於寫實與虛構的國度。主題面向多元，從人性糾葛的剖析、生老病死的反思、自然生態的關注，到性別議題的探討等，掌握社會脈動，反映時代面貌，充分體現人道主義的現實關懷。

臺灣宗教信仰文化活絡，然而以宗教入題的小說，較爲少見。如葉石濤〈天上聖母的祭典〉、〈三月的媽祖〉，凝視在日本殖民、戰後國民政府的高壓統治下，救苦救難的「媽祖」成爲臺灣底層民衆最大的精神慰藉。至於郭漢辰的〈王爺〉（獲第五屆「寶島文學獎」首獎，二〇〇四年），則以屏東縣東港鎭的東隆宮爲主要場景，透過「王爺」之眼看盡神壇下的權利爭奪與情感糾葛。〈王爺〉與〈天上聖母的祭典〉、〈三月的媽祖〉，雖然各有不同的時空背景與主題意涵，卻都是以宗教入題的代表作。

平路曾評論〈王爺〉說：「文字新穎靈動，人物面貌栩栩如生。」作者透過這些鮮活的人物，審視人性的貪慾，省思人神的關係。小說敘述上一代的柯順天與陳雲飛競逐廟宇主委，爭奪同一個女人；然而，柯順天屢屢戰敗，又兒子阿猴瘋癲，因此怨天尤人，認爲神明似乎永遠眷戀勁敵，讓他嘗盡命運的痛苦。爲了贏取勝利，柯順天決定「逆天」，如火如荼地舉發勁敵向漁會借款的醜案，導致勁敵中風而長年臥床。權利與生命之間的拉扯，廟宇聖潔與人性醜陋的對比，形成小說最大的張力，由此反映權利薰心，泯滅人性。而上一代兩位敵手終因病喪命，也透露著無止盡的貪慾，終究要俯首於生命的有限性，誰也無法與飛快的時間、日益老邁的身軀相抗衡。

小說運用虛實穿梭的手法，將王爺人性化，從霧中散步、輕盈渡河、在天地裡打盹，到扮演人性的大法官，進而授命於阿猴燒燬那一座有如毒蕈的廟宇，以止熄黑暗醜陋的貪婪戰爭。阿猴正是虛實情境穿針引線的關鍵人物，就外人而言看似瘋癲，卻是王爺眞正的代言人。小說在實境的競逐戰場中，帶引出人神之間操控關係的反思，最耐人尋味，文中說：「王爺原本是凡人升天，卻因更多凡人信他，握住龐大生命權柄。但王爺公不過是一尊木雕神像，權柄又回落到信奉者手中。」到底是神操控人，抑或人操控神，結尾這一場王爺屬意的大火即眞相大白：王爺畢竟不是一尊無動於衷的木雕神像，祂也憂心忡忡，試圖以燒燬廟宇的方式，痛斥信仰已淪爲人性貪婪的工具。（林秀蓉）

洗

郝譽翔

A1

我的第一次給了高中時代的一位詩人。

在一個燠熱九月的星期五傍晚，我和詩人在校門口相遇，那是我們第二次比肩站在一起。第一次是在作文比賽頒獎的朝會上，詩人用單手接過校長手中的獎狀，連腰也不彎一下，我垂頭只見到他一隻蒼白的手掛在褲管口袋，淡青色的血管凸出來。當我們第二次站在一起的時候，他就邀我一同上陽明山去。我們擠在公車黑壓壓的人群之中，草綠書包內的便當發出悶臭，湯匙在盒中鏗鏘搖蕩，四周的人都陷入缺氧的昏睡狀態，而詩人呼出了一口憂鬱的長長嘆息，一股溫熱從我的頭頂降臨在耳朵上面，全車的人惟獨我是因為不斷發顫而極度清醒的。

你必定不能理解留西瓜皮頭髮的我陷入何種瘋狂情緒，其實他不過是在校刊上寫寫詩的學長罷了，然而那個年紀教科書上沾污了一圈一圈經年累月的油漬，似乎嘴巴掛著紀德卡繆卡夫卡，就可以讓人高舉雙手，把青春的生命都頃刻奉獻出去也絲毫不覺得可惜。於是當我們登上山巔的時候，暮色已然四落，我們坐在草地上，直到眼前變成一片漆黑，也沒有半點恐懼，碩大的螞蟻爬進我的軍訓裙裡，詩人遂俯身壓了過來。

當他進入我的體內時黑夜墜下一縷縷的細雨，我仰頭，望見遙遙不可攀的天空，雨開始越落越大，沿著我高舉的腳踝直流到我的腹部，宇宙覆蓋我上仰的身軀如同一床溫暖的被褥，而此刻我們正位在天與地交合的一點，奮力運轉不息。

過了一年半以後，詩人剛考完大學聯考，頭髮已經蓋過耳朵，準備在未來四年留到及腰的長度，他一手撈起額前的髮，一手摸著下巴，皺著眉深思許久說要離開我，理由是「妳很美，但是妳沒有想像力」。

B1

現在我過的是一種最不需要想像力的生活。自從大學畢業後義無反顧地嫁給丈夫，一個可以送到第四台購物頻道大力推銷的零缺點老實正直的大好人，我已經預先見到未來安穩的生活，清楚地平鋪在面前，早上起床作早點，送丈夫出門上班，然後去市場買菜，中午煮飯給公婆吃，下午洗衣，整理家務，晚上繼續煮飯給全家吃，洗碗，看連續劇，接著熄燈上床，盡一個作妻子的義務，若是出現保險套破洞之類的意外還得準備傳宗接代，生活變成日復一日重複舉行的儀式，準時執行，細節不得有誤，否則一家的生活規律都要因此而停擺。和我那些踩著高跟鞋在敦化北路辦公大廈殺進殺出的死黨們相比，我似乎只喜歡待在這四面牆內，被灰撲撲古舊的米黃印花壁紙所包圍，然後對著窗外移動的雲朵發呆，成為一個該被女性主義者丟到火爐中燒成灰燼的無知婦女。

我懶惰到一頭鑽進婚姻的磚塔中就算了事，只要保證磚塔不會被震垮或是風化。年過三十，大學的室友A還找不著塔，天天坐在床頭誦佛以慰寂寥，順便祈求上蒼保佑快些覓得如意郎君，所以我必須感謝丈夫及時出現，讓我免去四處求神問卜的焦慮，而能無所事事地待在四面牆內觀看世界，厭倦時只消拿著遙控器按下按鈕，眼前紛亂的影像就會消滅。於是同住在屋簷下的我漸漸變得像公公婆婆一樣，不愛開口說話，我們三人坐在四面牆內一整天，可以做到彼此走路不會擦撞，視線不會相交，甚至交談不用言語的默契。

因而生活唯一的樂趣就是玩觀察四周的遊戲。我的眼睛是一架走動的攝影機，腦袋藏著沒有盡頭的膠捲，隨時吱吱地轉著。晚上看連續劇時我浮升起來坐在客廳天花板的水晶燈上，俯瞰底下包括我在內的一家四口，髮色有黑有白有禿的四顆頭顱，各自盤踞一張沙發相互對峙，有志一同地瞪著電視機齜牙咧嘴，而我的腦袋在不斷嘖嘖吞嚥著黑色膠捲。窗外鄰居陽台飛過來一件綴著蕾絲邊的內衣，勾在生繡的鐵欄杆上散發出寂寞的艷麗，不知哪戶人家的音響在播放廣東勁歌，推著臭豆腐攤的外省老兵，臉上有戰爭的肅殺，孤單一人夾雜在馬路上的摩托車陣中緩緩向前走著。

A2

詩人越過馬路上的摩托車陣，來到我的面前。行人倉卒而粗魯地踩著紅磚道，輪番磨過我的肩膀，詩人繡著金色學號的藍布夾克占據我視線的一角，然而卻像冰冷的針一樣刺痛我乾燥的雙眼，我開口問：「什麼才是想像力？」

詩人歪著頭痛苦地想了一會，表情好像是在寫詩，等到街口的紅綠燈變換了三次之久後，他才說：「想像力，呃，就是，就是能夠看到在吃飯睡覺穿衣這些平常生活之外的抽象事物吧。」我轉頭看到他的嘴還在繼續一張一閉地運動著，時時露出下排泛黃的牙齒，我忽然想起他清晨醒來，與我接吻時口腔所湧起的一股體內燥熱氣味，流入我的嘴巴，彷彿他的舌頭還在我的齒間蠢蠢翻攪。

沙特說大胸脯的女人只有小腦袋。我痛苦地走在紅磚道上，看到了被警察追著跑的攤販，看到了一條生了皮膚病又瘸了隻腿的灰狗，看到摩托車撞倒一位闖紅燈的歐巴桑，這都不算是平常的事物吧？可是詩人所謂的想像力不是這些，那是無形無聲無味無臭的，全憑感覺。我難過得想嘔吐，蹲在路旁，空氣中飄送著各色氣味，食物煎烤汽車黑煙動物的鼻息，世界總是以一種沒有理性的方式混生著，像一首失去和諧的現代樂章，把人的神經撐裂。

其實詩人真的說對了一件事，我確實沒有想像力，一直等到一年多以後我才體會到這個事實。那是剛領到大學聯考成績單的下午，高中死黨B告訴我，當我和詩人分手的那天晚上，詩人悄悄地潛進她家，和她躲在床上的棉被中，全身赤裸，半夜她的母親進房來蓋棉被時，詩人就縮在她的懷中如同蜷曲的胎兒，一邊還仰頭吸吮著她的胸部。

「在那一刻我真的覺得幸福得快要騰空飛起。」B說，她薄薄的淡玫瑰色嘴唇發著抖，因為詩人的親吻而發著抖。但是缺乏想像力的我卻從來不能設想這種畫面。B坐在我那繪著一朵艷黃向日葵的床單之上，我們對著手中剛出爐的成績單，B失常得厲害，頂多只能吊上私立大學的車尾，她流著淚說是因為詩人的緣故。於是我默默把滿臉淚痕的B牽進浴室，我們互相卸下了對方的衣服，在溫暖水柱的沖刷下緊緊擁抱，「詩人現在可能在另外一個女孩子的床上吧。」我們幾乎同時說。

我低下頭親吻B瘦弱的胸部，我的唇貼在她的肋骨上，感覺到她心跳的力量，噗通噗通，如擲石入一口深井，於是我在她胸脯上留下一個發紫瘀黑的吻痕，似乎把她的血液都吸入到我的口中，唾液裡流動著濃重的血腥的慾望的氣味。「好了，現在妳有我了。」蓋下這個印記，從此我們決定相濡以沫，維繫著彼此的生命。

而這是一個有金色陽光的下午，嘩啦啦的水是唯一的聲音。當鏡子布滿水氣的時候，我抬頭，卻什麼也見不著，但我的指下有B活潑潑顫動的軀體，耳邊聽到鄰居抽油煙機的聲音乍然轟地響起。

B2

我關掉轟隆吼叫的抽油煙機，放下手中的鍋鏟，走出廚房，時鐘正指著五點整。婆婆裹著兩層暗紅色的棉襖，深陷在客廳的沙發中打著盹，忽然警醒過來，探出頭嚴厲地瞪視著，然而我好像著了魔般，逕自踏入浴室，闔上木板門，卸下衣服，從上衣、長褲、胸罩、內褲，鄭重其事地像是在進行一場膜拜祭禮。

我一手撐在浮出黃褐黴斑的洗手台上，另一隻手沿著腿褪去緊繃的內褲，從巨大的鏡中斜視如此誘人的姿勢，感到有點眼熟，想起原來是常常在一些酒店的宣傳單上見到的，我遂對自己嫵媚地微笑了一下，抬抬下巴，撩撩半年沒燙的髮，焦黃的髮梢摧枯拉朽地橫生開來，早已走了型，只怕用力一梳就要灰飛煙滅。

我習慣性地撫摸頸上的皺紋，捏捏頸右側一粒小小的贅疣，一股刺痛傳入心肺，到底自己還是活著的，我從微笑的臉孔下揪出一個自虐的魔鬼。接下來我伸出兩掌，托了托兩邊無精打彩呈現下垂趨勢的胸脯，在那一刻，我忽然想像有一張溫暖的嘴正在上面貪婪地吮著，來回搓膩，咻咻噴著熱氣，像用千萬枝針扎在飽漲的氣球上面，微微麻癢的快樂由血液中穿破肌膚，然後自毛細孔滋滋地僨張溢出，肌膚逐漸滾燙起來，我拿起蓮蓬頭，扭開水，潔白的水柱唰地一時打向身體，沖成一片水壁。水沿著黑褐色的乳頭分成兩股流下，就像深山裡兩條蠢蠢扭動的小瀑布，不安地嘩嘩竄奔，然後繼續沖向藏著一層肥厚肉脂的小腹丘，匯流，然後再滑入腹部底下那隱秘的叢林深處。我閉上了眼，兩手輪流上下撫摸自己的軀體，讓水流溫暖地包裹住每一寸肌膚，像是在作愛高潮過後般深深地緩慢地吐著氣。

A3

我和B在浴室冒起的白茫茫霧氣中相互摸索對方的軀體，像是小時候在玩捉迷藏一樣，蒙著眼，覺得整個世界都消褪了，只有自己格外巨大起來，我想到安哲羅浦洛斯的電影老是出現一片凝厚的白霧，而人們在霧中緩緩行走，沒有目的，快要窒息。

洗完澡後躺在床上，B在我的臂彎中因為疲倦而睡著，她的肌膚散發出我慣用的肥皂的香味，而我眼前卻出現電影中滿臉鬍鬚的尤里西斯，他用低沉沙啞的嗓音說當我從遠方回來的時候，和妳並肩躺在黑夜裡溫暖的床上，我就會對妳訴說起那一段又一段遙遠的古老故事。但我總想著是不會有那麼一天了，到那時我會帶著我的故事在墳墓中靜靜地躺著，腦中的膠捲將不斷放映出陳舊的畫面，黑暗的墓地裡燈光閃爍起滅。

我起身打開窗戶，讓夏夜悶熱的風溫吞徘徊進入臥房，蚊子在我腳邊騷擾，我打開電視，九點半連續劇尖叫聒噪的聲音陪伴著我，然後我從衣櫥中抽出一綑白色毛線，開始席地而坐打一條圍巾，鉤針在毛線中穿梭、摩擦，速度越來越快。

半小時之後，電視劇中女主角發現未婚夫的父親竟然是母親年輕時的戀人，一夥人氣急敗壞地追查血緣關係，B才被電視聲吵起，揉揉眼睛，坐在床上看著我打毛線，看了半晌，她吐出一句：「我餓了。」於是她溜下床來，和我坐在地上分食一條巷口便利商店買來的蘇打餅乾。

B3

我們總是坐在一起分食，不過現在的我是食物的製造者，從採買、洗淨、烹煮，由生變熟，不可食變可食，我用我生命的精力供養著屋簷底下的人。從早上公公婆婆起來坐在餐桌旁邊，哇哇敲著碗，中午，到晚上再加上丈夫，老是哇哇敲著碗的兩個老人，除了吃飯之外就是陷在沙發中沉沉昏睡，醒了之後再坐到餐桌前。

魚是餐桌上不可缺少的一項食物，每天我從市場提一條魚回來，公公馬上抬起頭，涎著臉像嘴饞的貓般跟在我的身後，走進廚房，迫不及待地倒出尚還活生生的魚來。魚奮力拍打著尾巴，公公粗黑長繭的指倏地緊掐住那一尾光亮的魚身，另一隻手反覆在魚的身軀上按捏著，一邊還叨叨地自言自語，紅燒或是清蒸或是，哎，公公口中發出吸歙的怪聲，這魚一兩多少錢，記得用薑片抹一抹去腥吧。

剛剛放下鍋去油煎的那尾魚，買回來的時候還活蹦亂跳的，我硬是舉起菜刀把它擊昏過去，然後沿著肚緣俐落地劃開一長刀，挖出一團不知是腸還是胃的紅黑內臟。記得第一次殺魚時，我噁心得在飯桌上看到魚都不禁掩面棄箸，盤中偌大一雙死白的魚眼在做無聲的控訴。但是沒辦法，公公特別指定要吃這攤的魚，理由是比較新鮮，不過更重要的是非常便宜。因為生意特佳，魚販不肯幫忙殺魚，要顧客提著活生生的魚回家，好作為新鮮的證據。餐桌上公公婆婆唏哩呼嚕啃著魚身，我注視從他們嘴裡不斷吐出來的魚刺，嘖嘖，連骨刺上的肉都能夠吮得一乾二淨。我嫁過來已經將近五年了，五年下來殺了一千條以上活生生的魚，就只為了填塞住兩張在嚼動的嘴，一千條以上的魚在我的面前嗶嗶拍打魚尾以示抗議。

我曾經嘗試偷換買別攤的魚，但是公公異於常人的靈敏嗅覺，馬上辨別出來，他也不說什麼，多年來的婚姻生活把他訓練成一個日漸寡言的順從老人，他只是放下筷子，然後起身，沉默地披上襯衫出門。我追到陽台上去，看到公公從騎樓下推出那輛幾十年歷史的腳踏車，吃力地抬腿跨上車座，踩動嘎吱作響的鐵輪，向菜市場的方向一晃一蕩地搖去。過沒多久，他手中提著一條鮮魚回來，那魚在紅色的塑膠袋中奮力地來回擺著尾，發出拍拍鼓譟的聲響，袋中布滿了魚掙扎時所吐出的白色泡沫。我接過魚，把牠從塑膠袋中釋放出來，那魚驚惶地躺在水槽中注視著天花板，無辜的澄澈的晶瑩圓眼，我拿起菜刀，大力擊下去。

刮過魚鱗，魚已經順從地斷氣了。我的手指撫摸過魚光溜溜的身軀，忽然有一種微妙的熟悉感覺自指端傳來。

A4

我的手指撫摸著B光溜溜的身軀，她說我不能想像妳和詩人在一起的樣子，我說我也是，然後我們相視而笑。B開始說起第一次讓詩人觀看她的裸體，怎樣也忘不了的緊張，好像靈魂都被擠壓得脫離了身體，就只剩下滾燙的血液還在神經的末梢瘋狂竄流。我說冬天的晚上，我和詩人放學後穿著制服，緊擁著從後門潛入學校，躲到廁所之中，淡薄而青冷的月光透過白瓷磚牆上的氣窗投射進來，我們快速地卸下身上所有的衣物，也不怕冷，恨不得能夠彼此溶化交流。但是如今我和B都記不得詩人的長相了，他的聲音、他的嗜好、他身上特殊的生物氣味，甚至他寫的詩，我們都想不起來。我只記得每當我們從廁所中出來，習慣性地一側頭，見到空無一人的教室長廊，一直延伸到無盡的黑夜中去，陰冷而寂靜的空氣，耗盡精力之後沒有來由的空虛掩面罩來，我和詩人在一起的一年多記憶好像破了一個深黑的巨大窟窿。

B舉起手，捧著我的臉說，那你就好好地看看我吧，不要把我也忘了。我說不會，當我撫摸著我自己的時候，我就能清晰地想起妳的每一部分，我在窺視自己，也在窺視著妳。於是我們緊緊擁抱，彷彿B已進入我體內的最深處，子宮底部不斷急促顫抖，溫暖的搔癢讓我有想哭的衝動。

B4

我總想著天底下大約沒有人會比我更酷愛窺視自己了，只要在有鏡子的地方，馬上就能牢牢吸引住我的視線，尤其在洗澡的時刻，我可以從頭至尾從容仔細地審視自己。然而現在我站在浴室，面對鏡子，我知道除了我之外，還多了一雙專注的眼睛。

這一個月來，我每天五點準時進入浴室，站在洗手台前。全身抹上乳白的肥皂泡，隨後抬起頭，往正前方那一小扇氣窗望去，就會如我預期地見到一個人影。

我屏住氣，縮緊小腹，雙手掩在胸前，這一個月來天天都是相同的人影，遠遠望似蒼白的臉，穿著深藍色高中生夾克，短短的青髮，鼻梁上的眼鏡反照著微弱天光，他居高臨下一動也不動地正注視著這裡。錯不了，絕對錯不了，窗外這蓄意的偷窺者，一個月來不曾間斷過。我的手指繼續在身上滑動著，漸漸緩慢，然後正對著他，敞開自己的胸，赤裸裸地。

晚上上床熄燈後丈夫愈見肥胖的身軀向我移動過來，好像一隻巨大的鯨魚，不安分的手探進我的睡衣裡，在乳間和大腿之間游走，「五分鐘就好，拜託。」丈夫小聲地在耳邊咕嚕著。我閉上眼，丈夫嗡嗡地懇求，一個沒有來由的小小的抗拒聲音在我的體內浮起，「明天吧。我累了。」「妳累什麼？光待在家裡，會有什麼事？我整天在外面東奔西走的。」丈夫握著我乳房的手忽然充滿了力量。體內抗拒的聲音越來越擴大，但我嘆了口氣，閉著眼，把內褲卸下，丈夫沒花幾秒就迅速爬上了我的身體，蠕動著中年男人肥軟的腰。

我平躺著忽然想到高中時代書包上各式各樣徽章，冰涼堅硬的，刻著字，我和B走在紅磚道上，輪流舔一支香草冰淇淋，到嘴中化成一股濃郁奶香，白色的皮鞋踢著紅磚道上褐黃的落葉，胡亂說話，對往後的日子有各種夢想的權利。我又想到水塔上那個天天準時偷窺的高中生，深藍色的夾克，擠在公車中的高中男孩貼著我的臉，制服底下躍出強烈的油膩氣味，在我的眼前招搖晃動，我彷彿又看見偷窺者那雙專注的眼。

在上方的丈夫停止動作，呼地哈出一口大氣，我偏過臉去，丈夫翻身落在一旁，攤著腿，一手貼在肚子上。我摸索腳邊的內褲，起身套上，又縮回到棉被之中，背對著丈夫，不知道該不該慶幸丈夫竟然對我還沒有失去興趣？不過誰能確定他在外面沒有別的女人？

我忽然想起已經很久沒有正視過丈夫的臉，他就在我身邊，可是我懶得轉過頭去。其實除了自己之外，我確實懷疑眼睛所能見到的一切事物。

A5

「我是從來沒有懷疑過妳的，因為我知道妳。」當我送B出國的那一天，我追著她到海關說，並且以為她也被我感動了。她紅著眼睛，把我買給她的蘇打餅乾放在肩上的背包裡，角落擠著我鉤的白色圍巾。而我沒有流淚，因為這是一件好事，再一兩年我也要出國看一看的。這個世界的事物除非你親眼見過，否則怎麼樣也想像不到，我想B是代替我的一雙眼睛，預先翱翔到陌生的國度中去捕捉奇妙的光影。

然而我的想像力並沒有長上一對翅膀，可以橫過海洋，飛到紐約，於是不到一年，在一個雨雪的冬夜，B竟然出乎我意外地死了，選擇劃破動脈的勇敢方式。為什麼呢？我問自己幾千遍。她似乎總是那麼頑固的一個女子，頑固到不肯放棄生命。我一邊收拾她寄來的信件，記起過去她在夜中一面駕著車，一面和我敘述她熱愛的電影，眼睛發著光，說得忘記轉彎，迷了路，伏在駕駛盤上開心地笑，「真蠢。」她說，削瘦的肩胛骨在薄棉衫底下一聳一聳的。

她的家人飛到紐約，帶回一箱衣物，我坐在她的靈前圍起那條逐漸泛黃的白色圍巾，展讀她的日記，發覺我根本不認識這個人，她對我的愛，對我的恨，對我的猜忌，以及對其他人的，無數的陌生名字出現。那種感覺彷彿是發現自己的四肢竟然背叛了自己，不說一聲就甘願悄悄斷離而去，或是發現那根本不是自己的四肢。從來也不屬於我，然而我卻以為我知道。

B在深夜對著她米黃色的日記本說，我害怕這個世界的種種，我痛恨因為逃避不義欺騙而必須忍受的孤獨。而我徹夜關在浴室中讓滾熱的水一直沖灌下來，直到我的肌膚紅腫發疼，我渴望在這個隱密的時刻有一雙眼睛來注視著我，了解我。太多太多的語言塞在我的腦子裡，我把詩人美麗的語言燒去，把書架的書拿下來一本本撕毀，我不要任何語言來干擾眼睛的注視。

了解本來就是不可能的。B笑盈盈地說，妄想罷了，每個人對於訊號的接收與發射能力都不同，所以妳見到聽到的不見得就是我見到聽到的模樣，妳所使用語言的指涉也非我所使用語言的範疇，所以我們都在一廂情願的信仰著我們的自以為是。

然後她遞了一片蘇打餅乾給我，我們分食，天真地以為如此就可以一起分享同一個生命。

B5

大學時代的室友A坐在床頭喃喃念佛的聲音，打破寢室的沉默。「無罣礙故，無有恐怖，遠離顛倒夢想，究竟涅槃。」A喃喃說，然後起身梳妝，準備另一次相親。A總是堅信，結婚是人生必經的過程，即使可以預知到某些挫敗，但千瘡百孔本來就是人生真實的面目，她篤定的神情彷彿是在宣道。而我只是躺在床上，看著她閉目誦佛，結果卻是我因為疲倦的緣故，以閃電的速度完成了終生大事，而A如今尚且單身，並且不斷持續相親當中。

但有個信仰總是好的，A很有自信地說。她手上掛著一串晶瑩琥珀色的佛珠，皮夾中擺上她新近拜的那位師父的沙龍照片，師父穿著袈裟，微笑的唇上塗著一抹胭脂。她說她已經不會恐懼，因為有師父的庇佑。

如果事情可以這麼簡單多好，然而我卻總是難以相信，連話語都懶得開口詢問，我和公公婆婆沉默地坐在家中，注視著電視機，這是唯一還願意喋喋不休的東西了，沒有電視，家中就恍若一座無人的死城。公公戴著老花眼鏡，嘴角依然牽著一絲勉強的抱歉的微笑，像是再老實不過的人了，但我依稀知道他年輕時曾在外面染了一身病回來，還帶累了婆婆，被她視為畢生奇恥大辱。所以從嫁過來的第一天開始，婆婆就警告我不可以穿裙子，夏天不可以袒胸露背，尤其不可以和公公獨處一室，甚至公公有專用的茶杯、餐具、廁所，久而久之，那些東西都像沾染了病毒一樣，連和公公說話時呼吸都要特別小心。他們兩人平日各自分別坐在固定的椅子上打盹，看電視，吃飯。只有在捏住魚身的那一剎那，公公的昔日才又暴露出來，眼睛放射出光采。

我問丈夫關於公婆的事，但丈夫只對著電視上的NBA球賽，連頭也不轉一下，我一連追問三次，他才說：「妳別老信我媽媽，她有嚴重的神經質和幻想狂。」緊接著他突然歡呼起來，指著電視，說喬丹飛身起來背轉灌籃，簡直不是人所能完成的動作。我瞪視螢光幕上相同長相的黑人跑來跑去，眼花撩亂，時代變遷的腳步確實已經超越我所能理解的範疇，所以我不再說話，只是用眼睛記錄一樁又一樁快速上演的荒謬事件，直到我躺在冰冷泥土中的那一天，無所事事，就可以拿出來輪番咀嚼考證。

其實這種感覺很好，丈夫和公婆無論如何也不會知道，每天下午五點我準時在浴室進行一場無言的秘密約會。現在那個高中生還站在水塔的頂端窺視著，隨著時日的推移，我似乎可以嗅到他身上的味道，越來越強烈，想像他額頭因為火熱的青春而冒出一排紅腫的痘子，蓮蓬頭衝出的水從我的胸部傾流開來，就如同是塔頂的那個高中生正一躍而下，用結實的雙臂抱住我一般，藍色夾克散發的油膩溫暖地裹住我肌膚上的每個毛細孔，滲入到血液之中。

這樣的秘密進行的幻想在我神經中澱積下來，愈強愈廣，就像在胸口烙了一塊印記，隨著時日而加深色澤，於是對丈夫爬上我身軀的舉止越來越感到難以忍耐。終於在某一日晚上，丈夫一如往常掀掉棉被，臃腫的手掌探過來拉開我胸前的內衣，一股被侵犯的強烈反感忽然從我體內爆湧上來，我大力將他一把推開，而他錯愣地望著我，沒兩秒，當他又再度俯身過來時，我緊拉住衣服僵持在床的角落，蜷縮成圓球狀，一種躲在子宮內的姿勢。

「發什麼神經？」他吼起來，一把硬將我拽了過去，虎地撐開我的雙腳。一頭野獸。我哀哀想念起那個高中生專注的眼神，閉上眼，無數隻沉默的溫柔的眼睛在傾聽。我忍不住開始哭泣，因為覺得自己背叛了水塔頂上的高中生。

第二下午五點，我準時進入浴室，扭開水龍頭，但卻沒有將衣服脫下。當我見到那高中生又如往常一般準時出現時，我立刻衝出家門，向對面那棟公寓大樓跑去，公公婆婆奇怪地抬頭看了一眼，又繼續低下頭去打盹。我的拖鞋劈哩啪啦打著樓梯間的磨石地面，怦怦的心跳聲音在狹小的空間之中格外迫人，連思考的時間都沒有，我一口氣衝到五樓樓頂，使勁拉開厚重的鐵門，巨大的呻吟聲鋸開了空氣，一霎時，逼近黃昏的天色瀰漫在我的眼前，我深吸一口氣，帶著殉道者的心情，向水塔走去。然後見到了他。

我一愣，竟然是丈夫。他蒼白著臉，鼻梁上的眼鏡反映著微弱的天光，一身藍色的休閒夾克。

「你怎麼在這兒？」我問。

「呃，樓下的人拜託我上來看看水塔。」丈夫吞吐地說。

「我記得你不是這麼早下班的。」

「我本來就是五點到家的。」他反駁，「只是那個時候妳都還在洗澡，一洗就洗很久，所以這兩個月以來，我才決定晚一點下班的。」

我看著丈夫，發現他的頭髮不知什麼時候剪短了，泛著青黑的顏色（我一直以為是一個高中生。我從來都不知道丈夫有一件酷似高中夾克的藍色休閒外套）。我們沉默下來，而他躊躇半晌，自行下樓去了。頂樓就只剩下我一個人，天開始急速黯淡下來，我仰頭，想到與詩人在陽明山的那一夜，滿天的雨點朝我墜落下來，然而現在的天空卻只有塵土，飛揚的沙石刮著我的臉。我走到低矮的圍牆旁邊，忽然想起許久以前，丈夫說過他國中的時候曾經偷窺過鄰居的太太洗澡，每天不斷持續了好長一段時間。「那女人的乳頭又黑又大，所以我一直以為女人都是這樣的。」丈夫並且如此感慨過。（啓蒙的經驗啊，我對女人的一切經驗都是經由偷窺而來。）

我低下頭，看見對面公寓裡我的浴室還亮著燈，蓮蓬頭的水尚且嘩啦啦地流著，但是地上卻躺著一尾巨大的魚，牠擱淺在瓷磚上面，奮力拍打著尾巴，鮮紅的鰓大開，薄薄的鱗片掉落了一地。而水正嘩啦啦地打在牠光滑的身軀上面。

導讀

郝譽翔（一九六九—），祖籍山東平度，出生於高雄。臺灣大學中文研究所博士，現任教於臺北教育大學語文與創作學系。自一九九四年以〈布娃娃之夢〉獲《中央日報》文學獎佳作後，郝譽翔即成爲文學獎的常勝軍，曾獲《聯合文學》小說新人獎、《中國時報》文學獎、臺北文學獎等。著有《洗》、《逆旅》、《初戀安妮》、《那年夏天，最寧靜的海》、《幽冥物語》等。

郝譽翔自陳創作小說是「為人生尋求解釋」，題材大多以家庭為重要的軸心，其中不乏自我與家族、歷史之間的對話，進而尋求自我定位與身心安頓，個人色彩相當濃厚。在女性議題的闡發上，郝譽翔異於閨秀型的前輩女作家，除了表達潛藏的女性意識外，更深入到變異的女性潛意識，王德威在〈一扇自己的窗子——讀郝譽翔的《洗》〉中即說：「她適於發揮誼屬女性的怪誕想像；藉一切倫理、政治、時空、性／別關係錯位後的可能，拼湊出我們不願正視的生命變體與異形。」郝譽翔改寫女性在兩性中的話語詮釋，尤其對於女體與情慾的關係更有大膽犀利的探索。

〈洗〉（獲第十屆「聯合文學新人小說獎」首獎，一九九六年），即是郝譽翔小說中演繹女性生命變異的代表作，反映千篇一律的婚姻生活對女性主體的宰制。在情節結構上，巧設A、B場景，一邊敘寫婚前少女身體與情慾的解放，另一邊則描述婚後婦女身體與情慾的壓抑；兩邊場景採取交錯方式，顯影女性婚前與婚後的情慾流動與存在處境。探察A場景的感情世界，可知女主人翁在詩人學長眼中，乃扮演男性情慾投射下的「客體」；直到與高中死黨B進行一場同性之戀，其身體顯然已翻轉為慾望「主體」的傾向。再觀B場景，當已婚婦女進入一個以家庭為閨閣中心的位置時，女體便從此失去自我主體的自由。

另一方面，小說也藉由家庭空間的對照：「廚房」「臥房」／現實空間、「浴室」／想像空間，揭示女性幽微潛藏的婚姻心聲。當女體進入「廚房」，得日日烹殺活魚以饗公公時，其中「魚」與「女體」，正隱喻著任人宰割的意象。而「臥房」性事則得聽命於丈夫的支配，缺乏魚水之歡的女體內壓抑著騷動的慾望，企圖尋找另一扇生命的出口。因此，唯有通過「浴室」的淨身空間，方能滿足自我的幻想，盡情與青春男性進行身體的交流；在此可以清洗內囿焦慮，充分享有自主權與隱私權，呈現女性主體意識開展的可能性。至於浴室中的「鏡子」，也別有隱喻。鏡子中的影像，彷彿是面具後的自己，坦誠而赤裸。鏡子成爲自身和自身相互凝視的媒介，顯示女主人翁二種不同的樣貌：一面忙碌於符合社會期待，一面耽溺於身體情慾想像，呈現內心的衝突與矛盾。本篇小說在情節結構、空間敘事、物品意象上，皆有獨具匠心的表現。（林秀蓉）

縫

張耀升

如果要我拋棄與裁縫相關的比喻，我會說奶奶是一塊漢堡的肉餡，上下夾擠著她的是陰暗、角落、發霉這些形而上的生菜與麵包，難以下嚥又丟不掉，於是只好擺在一旁任其酸臭。

白天的時候，奶奶喜歡坐在我們這家老字號西服店的櫃臺後面，客人挑選衣料時，她就在父親的背後提出很多建議。

「要不要考慮雙排扣？」或是「麻料雖然輕，但是容易皺喔。」

父親的身體捆在保守強硬的西服線條框架下，以挺立的姿態、和善的表情拉回客人的注意力，大部分的客人會跟著父親以不回應將奶奶的建議變成喃喃自語，把她變成地震過後牆上留下的裂縫，一個視而不見比較令人安心的缺陷。

有時候我會以為奶奶是隔壁的鄰居，家裡總是沒人理她，吃過晚飯她就順著二樓的木梯爬回閣樓，隱身於天花板之上。

那個臭老人，父親這麼稱呼她，在奶奶爬回閣樓後。

唯一面對面是吃飯的時候，奶奶會開啓許多話題，例如：「上次那件喀什米爾羊毛西裝的版型打得很漂亮。」或：「阿孫該讀小學了吧？」

每當奶奶一張口，父親就用力扒了一口飯到嘴裡，讓舌頭與牙齒間沒有運轉的空間。

雖然沈默，父親的眼睛像老虎一樣閃著光，手抓魚，嘴啃肉，而兩眼緊緊咬著奶奶。

而後，有一天，父親說閣樓的木梯卡榫鬆脫需要拆下修理，一拆便沒再裝回去，換來的是一天出現三次的工作梯，讓母親把三餐裝在盤子裡送上閣樓，母親像是在餵食野獸，天花板一掀急忙塞入飯菜與換洗衣物，隨即虎躍下梯，雙手一拍撤梯離去，閣樓上的小廁所偶爾傳來沖馬桶與洗澡的水聲，除此之外，家裡不再有奶奶存在的痕跡，發臭的漢堡與破舊的家具被歸為同一類，丟進閣樓裡了。

父親並不知道，要上閣樓並不需要工作梯，只要爬上衣櫃，再用衣架頂開天花板，往前一躍向上攀，縮小腹單腳勾著閣樓地板，就可以翻身而上，站在衣櫃上往前一跳是一個可以讓自己瞬間消失的神奇魔術，天花板的洞，通往異次元的縫隙，快過觔斗雲與風火輪。

看著爬上來的我，奶奶笑嘻嘻地摸著我的頭，像是選豬肉似的把我整個人拉高，要我轉圈給她看，說我長大了，拍拍我的臉與肩，閣樓西邊開了一扇大窗，夕陽紅通通地漲滿整個閣樓，曝曬在陽光下的奶奶，坐在飄舞的灰塵中，似乎沒有父親以為的那麼臭。

她檢視我全身的衣著，看到磨破的卡其褲，便興奮地挪動遲緩的身體，坐到腳踏式的老式裁縫機前，穿針引線，要我脫下褲子讓她縫補上面的破洞，陽光被嘎嘎作響的裁縫機的轉輪切割成一片片的剪影，奶奶笑得瞇起來的眼角泛著淚光。

為了讓奶奶笑，我盡可能磨破衣褲，然後回到家，爬上衣櫃，往前一躍，來到奶奶居住的古堡般的世界，讓她樂不可支地責備我的頑皮。

那一天我磨破卡其褲後回到家，只見門口停著一輛救護車，奶奶四肢如麻花般捲在一起，軀幹癱軟如泥躺在擔架上，據說是執意要下樓跌了個空摔落二樓樓梯再滾到一樓店面。父親母親、叔叔伯伯都圍繞在身邊，他們一個比一個哭得還激動，尤其是父親，他聲淚俱下地說：「媽！你走了我們怎麼辦啊？」

從殯儀館乘著棺材回到家的奶奶身穿壽衣，父親看著奶奶脖子上的傷疤與骨碎筋裂後向外翻轉的四肢，激動地對著親朋好友說：「我不能讓媽就這樣走，幫我把媽扶起來，我要幫她量尺寸，讓媽穿得體面，我要用最高級的野駝羊毛作一件西服外套。」

母親與大伯掩不住驚駭的神情，伸出顫抖的手扶起奶奶的屍體，奶奶的頭軟軟地垂落在旁邊，像是不屑地別過頭去，量完尺寸後，父親以堅定的步伐移到裁縫機旁打版剪裁，而母親與大伯急忙奔到廁所，像是吃壞了肚子，淚流滿面地嘔吐。長輩排隊輪番哭過，一個個離開後，我走近祖母身邊，看見她閉起的眼睛似乎張開了一點點，嘴角微微拉開，像是一個笑容。

那天晚上，守靈的夜裡，每一個人都聽見了閣樓的腳踏式裁縫機傳來嘎嘎的聲響，先是隱約地埋在天花板中，再慢慢地傳導到每面牆裡，最後隨著火光破牆而出，刮過每個人的耳膜。

燒金紙的母親停止動作，父親也噤聲不哭，工作梯靜靜地斜倚在牆角，為了預防我擅自爬上閣樓，工作梯的兩隻腳被母親用鎖鏈鎖起，偌大的鎖鏈在金紙的火光中時隱時現。火光搖曳，金紙即將燒完了，室內逐漸陷入黑暗，母親急忙拆了一疊丟入火爐，突然竄起的火光把我們的影子妖大地浮貼在牆上，跟著縫紉機的轉動聲晃動搖擺，而我們卻被定格在客廳裡，奶奶睡在客廳的棺材中，化過妝的臉勉強蓋著一層肉色，既蒼白又紅潤，像退冰的肉塊，我們的眼神由奶奶的臉移到天花板，卻沒人敢上樓去看，裁縫機的聲響持續了一整晚，甚至在出殯後，閣樓裡的裁縫機仍舊像是探測著風吹草動，把一家人由淺眠的夢裡驚醒。

一家人都去看了心理醫生，也服了藥，每一個人又回到安穩無夢的睡眠裡，一切經歷被當作幻覺而遺忘了，只有我例外，偶爾會在半夜醒來，緊閉著眼，聽著一整晚的輪盤運轉聲，想像奶奶一個人在上面，空轉著裁縫機，針線不停地穿過空無一物的面版。

終於，我鼓起勇氣爬上衣櫃，在深夜中小心翼翼地拿著衣架頂開天花板，深呼吸後往前一躍。

沒有月亮的夜裡，閣樓內沒有光，我循著聲，摸著牆，避開廢棄的家具走到裁縫機旁，突然，我感覺到一雙冰冷而爬滿皺紋的手摸上我的臉頰。

「奶奶？」我問。

看不見的手撫著我的臉頰，順著手往上延伸，我勾勒出一個無形的臉在黑暗中點頭笑著。

在漆黑的室內，伴隨著微弱的啜泣聲，我看見一雙比黑暗還黑的手從我赤裸的肩上取下一件半透明蒙著微弱的光的衣服，那雙手捧著那件衣服在裁縫機上任由針頭來回穿線補洞，最後再取下衣服套回我身上。

然後，我的眼前就不再是一片漆黑了。我清楚看見奶奶的身影，她穿著父親替她縫製的深藍色西服外套，簡單而硬直的線條撐出了她整個人的精神，她摸著我的頭，不停地哭。

「以後沒有人會幫你補衣服了，你要小心，別頑皮，這件衣服破了就很難補了。」

「奶奶，你怎麼了？」

她搖著頭，沒有回答我。

「奶奶，你還活著嗎？爸爸他們都說你死了。」

她繼續搖著頭，只是每搖一次頭身影就越模糊，最後完全消失在黑暗裡。

此後，奶奶不再出現了，每次我爬上衣櫃翻上閣樓，都會發現裁縫機比上一次積了更厚的灰塵，家人遺忘了奶奶的死亡過著更幸福的生活，只有我變得不一樣，我看見父親身上除了西裝與襯衫外，還有一件在黑暗中蒙著光的半透明衣服，上面像是蟲蛀過，滿是坑洞。

出殯的前一晚，我在家人都睡著後偷偷爬進棺材裡，靠著奶奶的胸膛小睡了一下，奶奶的臉上浮著一層古龍水的香味，父親親手縫製的西服外套拉高了領子遮住了脖子上的傷疤，看起來非常體面。

昂貴的外套撐起了奶奶身上的線條，略駝的背不見了，斜而下垂的肩膀挺起來，小腹上方收起了腰身，手貼褲縫，腳跟收攏，野駝羊毛纖維細密，多層次的色澤浮游其上，我拉開衣領，發現父親將縫線藏在內裡，連著奶奶的皮膚縫在一起，將四肢與身體收緊靠齊，像把人偶身上的線拉緊，拉扯出一個挺立的睡姿，父親縫製的是一件軟滑豔麗的腸衣外套。

在接到第二十件深藍色西服外套的訂單後，父親開始情緒不穩，任何一點小挫折都歸咎於奶奶的冤魂在作怪，縫線脫落或衣料出現污漬就大聲嚷嚷說這是奶奶來過的證據。

這次父親不看心理醫生，反而請來了道士，道士說奶奶的靈魂盤踞在閣樓，一隻鬼壓著一整間房子，所以不得安寧，他畫了四張符，兩張燒化後和在冷熱水各半調成的陰陽水裡，分別淨身與飲用，一張貼床頭，最後一張合著四方金燒化。

符紙被火焰吞化後父親整個人癱在椅子上，那一天他很安靜，專心趕製客戶的訂單，家人都入睡後他還在忙，夜半時分我起身上廁所，路過父親的工作室發現他手握裁縫的長剪刀對著牆上的影子發了癡，我背後的燈光映入工作室，裡面散落一地碎布。

「爸，你怎麼了？」我走上前問他。

「我剪死你這鬼影！」

他手握大剪刀，朝我牆上的影子猛剪，頭髮、脖子、胸膛還有手。

「剪死你！剪死你！」

我後退閃躲，他卻追著我的影子過來，他看著牆上的影子，大剪刀直朝我刺，我抬手阻擋，手掌恰巧伸入剪刀的開口。

我的尖叫聲吵醒了母親，她急奔而出，一個箭步，對著發癲的父親用力一踹，父親手上的大剪跌落地上，母親急忙將我送醫，沒有回頭看癡呆的父親。

在醫院縫了二十多針回到家後，父親以愧疚的眼神看著我，吃飯時總多夾一塊肉給我，直到我手上的繃帶解掉，他的眼神由愧疚轉為好奇。

某天夜裡，我被強烈的刺痛感驚醒，只見父親蹲在我床邊，左手撫摸著我手上的疤痕，右手拿著針線，他說：「乖，別動，這兩片肉沒縫好，縫線外露很難看，我幫你弄個無縫針織。」

這一次，母親被我的尖叫聲驚醒後，叫來的是警車，警察把父親的手押在背後，父親雙眼暴突，嚷著：「一定會縫得不留痕跡的。」

所有人的視線都集中在父親扭曲的臉上，我卻看見父親拖在地上的影子，它頭垂向一旁，四肢向外翻轉，身上到處都是剪刀剪下的裂縫，窗外漸遠的警車燈一紅一藍掃過上面，影子慢慢縮起身體，像爬在肉上的水蛭，蠕動著靠向我。

影子吸走了檯燈的亮度，在漆黑的房裡逐漸成形，略駝的背與內縮的肩膀，那是奶奶，她擠著雙眉發出老鼠般的尖笑聲。

「奶奶，你為什麼要這樣做？」

她不停轉著眼珠，抽搐的臉頰掀動唇齒，雙手抱頭說：「沒辦法，我忍太久了，沒辦法。」

她打著哆嗦，尖叫一聲竄上閣樓。

事情過後，家裡所有的剪刀與針都被藏起來，父親像被閹割的狗，在桌椅間鑽入鑽出，找不到可以插入容身，心安歇息的位置，受不了歧視眼光的父親開始長時間躲在閣樓上。

在這個父親不存在的屋子裡，我與母親再次過起平靜的生活，直到某天夜裡屋頂上再次響起老式裁縫機的輪盤轉動聲。

我來到二樓，用衣架頂開天花板，只見父親雙手緊緊抓著一個黑影，腳踩縫紉機，將黑影往針頭送，被針頭刺過的黑影如沙塵散落一地，像漆黑的夜色淹沒父親雙腳，父親腳踩輪轉，死命地刺破奶奶的黑影，而散落一地的奶奶化成一渠水、一面紗、一片黑，繞著父親，把他縫入現實世界之外了。

導讀

張耀升（一九七五—），南投人，中興大學外文系畢業。小說曾獲時報文學獎、全國學生文學獎、臺中縣文學獎、《中央日報》文學獎。除了文學之外，亦從事編劇與影像創作。二〇〇三年出版短篇小說集《縫》，二〇一一年出版長篇小說《彼岸的女人》。張耀升走上文學之路的過程充滿弔詭，他受母親所託，購買房地產相關書籍，結果誤買了張大春的《公寓導遊》，從此被吸引到小說世界。就讀東海大學統計系時，某日清晨在陽臺發現一隻黑貓，因蒐尋動物飼養書籍而閱讀愛倫坡的《黑貓》，當下決定改讀外文系。踏上文學之路看似輕鬆偶然，可是張耀升的小說探討的是嚴肅的親情及死亡的議題。

一九六六年王文興的《家變》顛覆了傳統的父子倫常，戳破父慈子孝的美好幻想。近四十年之後，張耀升的〈縫〉（第二十六屆「時報文學獎」短篇小說首獎，二〇〇三年）更犀利的讓母子形同寇讎，父子刀刃相見。「縫」字有兩組相反又相成的音義：當名詞的「裂縫」，以及當動詞的「縫補」。有了裂縫才需要縫補，縫補可以拉近距離，消除嫌隙。〈縫〉混雜這兩種意蘊，讓人物的情感更錯綜糾葛。「我」一家人以裁縫爲業，專爲別人做縫補的工作，可是自家人的裂縫卻難以彌補。父親做爲家庭的支柱，極爲厭恨自己的母親，巴不得她早日死去。他將她關在閣樓上，每日送去三餐，而不准她下樓，任她在陰暗的角落發霉酸臭。小說並未交待此種恨意的由來，只讓第三代的「我」在父親與奶奶之間穿梭往來，目睹這場母子間的親情裂變。當奶奶想下樓而不慎摔死後，父親爲了贏得孝順的名聲，想用上好的羊毛爲奶奶縫製一件外套，但他實際上卻殘酷的對待奶奶的屍身，將外套內裡的縫線和奶奶的皮膚縫在一起。守靈之夜，閣樓上的裁縫機在夜晚發出聲響，死去的奶奶化爲鬼魂，以此表達她的抗議。

奶奶生時飽受遺棄、虐待的委屈，在死後才擁有超然的力量去報復。父親終於發瘋了，他自動躲回閣樓，那是當初囚禁自己母親的所在，他重複母親最後的樣貌渡過餘生。除了親情之外，小說的另一主題在討論死亡的意義：在現實世界裡有太多污穢不堪的事物，死後，冥界的靈魂擁有仲裁的力量，正義才得以伸張。所以死亡並非幻滅，而是新生命的開始，像一種重生。張耀升非常透徹的闡述死亡，將死亡當做生命的延續，雖然肉體不在，但所有的愛與恨都仍深切存在著。

本篇具有歌德式恐怖傳奇與魔幻寫實的風格，聲音與光影漸次出現，交織成鬼魅世界。縫衣的聲音和鬼魂的影像營造出驚悚的效果，針線與剪刀的的殘暴畫面令讀者難忘。張耀升要表達的不僅如此而已，如袁哲生所說：「作爲一個小說創作者，張耀升是敏銳而勇敢的，在他的作品中，我彷佛看見他用深情而哀傷的眼光在撿拾這個世界的破片，然後用顫抖的雙手細細縫補著。」張耀升正視成人世界的醜惡、親情的脆弱，少年的「我」是敘述者，做爲一個兒子、孫子，他輾轉於長輩的衝突中，目睹家庭的崩毀，仍堅持對奶奶的愛。小說似乎告訴我們：只有愛能超越生死，並縫補裂縫。（余昭玟）

祝福

魯迅

舊曆的年底畢竟最像年底，村鎮上不必說，就在天空中也顯出將到新年的氣象來。灰白色的沉重的晚雲中間時時發出閃光，接著一聲鈍響，是送竈的爆竹；近處燃放的可就更強烈了，震耳的大音還沒有息，空氣裡已經散滿了幽微的火藥香。我是正在這一夜回到我的故鄉魯鎮的。雖說故鄉，然而已沒有家，所以只得暫寓在魯四老爺的宅子裡。他是我的本家，比我長一輩，應該稱之曰「四叔」，是一個講理學的老監生。他比先前並沒有什麼大改變，單是老了些，但也還未留鬍子，一見面是寒暄，寒暄之後說我「胖了」，說我「胖了」之後即大罵其新黨。但我知道，這並非借題在罵我：因為他所罵的還是康有為。但是，談話是總不投機的了，於是不多久，我便一個人剩在書房裡。

第二天我起得很遲，午飯之後，出去看了幾個本家和朋友；第三天也照樣。他們也都沒有什麼大改變，單是老了些；家中卻一律忙，都在準備著「祝福」。這是魯鎮年終的大典，致敬盡禮，迎接福神，拜求來年一年中的好運氣的。殺雞，宰鵝，買豬肉，用心細細的洗，女人的臂膊都在水裡浸得通紅，有的還帶著絞絲銀鐲子。煮熟之後，橫七豎八的插些筷子在這類東西上，可就稱為「福禮」了，五更天陳列起來，並且點上香燭，恭請福神們來享用；拜的卻只限於男人，拜完自然仍然是放爆竹。年年如此，家家如此，——只要買得起福禮和爆竹之類的，——今年自然也如此。天色愈陰暗了，下午竟下起雪來，雪花大的有梅花那麼大，滿天飛舞，夾著煙靄和忙碌的氣色，將魯鎮亂成一團糟。我回到四叔的書房裡時，瓦楞上已經雪白，房裡也映得較光明，極分明的顯出壁上掛著的朱搨的大「壽」字，陳摶老祖寫的；一邊的對聯已經脫落，鬆鬆的捲了放在長桌上，一邊的還在，道是「事理通達心氣和平」。我又無聊賴的到窗下的案頭去一翻，只見一堆似乎未必完全的《康熙字典》，一部《近思錄集註》和一部《四書襯》。無論如何，我明天決計要走了。

況且，一想到昨天遇見祥林嫂的事，也就使我不能安住。那是下午，我到鎮的東頭訪過一個朋友，走出來，就在河邊遇見她；而且見她瞪著的眼睛的視線，就知道明明是向我走來的。我這回在魯鎮所見的人們中，改變之大，可以說無過於她的了：五年前的花白的頭髮，即今已經全白，全不像四十上下的人；臉上瘦削不堪，黃中帶黑，而且消盡了先前悲哀的神色，彷佛是木刻似的；只有那眼珠間或一輪，還可以表示她是一個活物。她一手提著竹籃，內中一個破碗，空的；一手拄著一支比她更長的竹竿，下端開了裂：她分明已經純乎是一個乞丐了。

我就站住，預備她來討錢。

「你回來了？」她先這樣問。

「是的。」

「這正好。你是識字的，又是出門人，見識得多。我正要問你一件事——」她那沒有精采的眼睛忽然發光了。

我萬料不到她卻說出這樣的話來，詫異的站著。

「就是——」她走近兩步，放低了聲音，極秘密似的切切的說，「一個人死了之後，究竟有沒有魂靈的？」

我很悚然，一見她的眼釘著我的，背上也就遭了芒刺一般，比在學校裡遇到不及預防的臨時考，教師又偏是站在身旁的時候，惶急得多了。對於魂靈的有無，我自己是向來毫不介意的；但在此刻，怎樣回答她好呢？我在極短期的躊躇中，想，這裡的人照例相信鬼，然而她，卻疑惑了，——或者不如說希望：希望其有，又希望其無……。人何必增添末路的人的苦惱，為她起見，不如說有罷。

「也許有罷，——我想。」我於是吞吞吐吐的說。

「那麼，也就有地獄了？」

「阿！地獄？」我很喫驚，只得支吾著，「地獄？——論理，就該也有。然而也未必，……誰來管這等事……。」

「那麼，死掉的一家的人，都能見面的？」

「唉唉，見面不見面呢？……」這時我已知道自己也還是完全一個愚人，什麼躊躕，什麼計畫，都擋不住三句問。我即刻膽怯起來了，便想全翻過先前的話來，「那是，……實在，我說不清……其實，究竟有沒有魂靈，我也說不清。」

我乘她不再緊接的問，邁開步便走，匆匆的逃回四叔的家中，心裡很覺得不安逸。自己想，我這答話怕於她有些危險。她大約因為在別人的祝福時候，感到自身的寂寞了，然而會不會含有別的什麼意思的呢？——或者是有了什麼預感了？倘有別的意思，又因此發生別的事，則我的答話委實該負若干的責任……。但隨後也就自笑，覺得偶爾的事，本沒有什麼深意義，而我偏要細細推敲，正無怪教育家要說是生著神經病；而況明明說過「說不清」，已經推翻了答話的全局，即使發生什麼事，於我也毫無關係了。

「說不清」是一句極有用的話。不更事的勇敢的少年，往往敢於給人解決疑問，選定醫生，萬一結果不佳，大抵反成了怨府，然而一用這說不清來作結束，便事事逍遙自在了。我在這時，更感到這一句話的必要，即使和討飯的女人說話，也是萬不可省的。

但是我總覺得不安，過了一夜，也仍然時時記憶起來，彷彿懷著什麼不祥的預感；在陰沉的雪天裡，在無聊的書房裡，這不安愈加強烈了。不如走罷，明天進城去。福興樓的清燉魚翅，一元一大盤，價廉物美，現在不知增價了否？往日同遊的朋友，雖然已經雲散，然而魚翅是不可不吃的，即使只有我一個……。無論如何，我明天決計要走了。

我因為常見些但願不如所料，以為未必竟如所料的事，卻每每恰如所料的起來，所以很恐怕這事也一律。果然，特別的情形開始了。傍晚，我竟聽到有些人聚在內室裡談話，彷彿議論什麼事似的，但不一會，說話聲也就止了，只有四叔且走而且高聲的說，

「不早不遲，偏偏要在這時候，——這就可見是一個謬種！」

我先是詫異，接著是很不安，似乎這話於我有關係。試望門外，誰也沒有。好容易待到晚飯前他們的短工來沖茶，我纔得了打聽消息的機會。

「剛纔，四老爺和誰生氣呢？」我問。

「還不是和祥林嫂？」那短工簡捷的說。

「祥林嫂？怎麼了？」我又趕緊的問。

「死了。」

「死了？」我的心突然緊縮，幾乎跳起來，臉上大約也變了色。但他始終沒有抬頭，所以全不覺。我也就鎮定了自己，接著問——

「什麼時候死的？」

「什麼時候？昨天夜裡，或者就是今天罷。——我說不清。」

「怎麼死的？」

「怎麼死的？——還不是窮死的？」他澹然的回答，仍然沒有抬頭向我看，出去了。

然而我的驚惶卻不過暫時的事，隨著就覺得要來的事，已經過去，並不必仰仗我自己的「說不清」和他之所謂「窮死的」的寬慰，心地已經漸漸輕鬆；不過偶然之間，還似乎有些負疚。晚飯擺出來了，四叔儼然的陪著。我也還想打聽些關於祥林嫂的消息，但知道他雖然讀過「鬼神者二氣之良能也」，而忌諱仍然極多，當臨近祝福時候，是萬不可提起死亡疾病之類的話的；倘不得已，就該用一種替代的隱語，可惜我又不知道，因此屢次想問，而終於中止了。我從他儼然的臉色上，又忽而疑他正以為我不早不遲，偏要在這時候來打擾他，也是一個謬種，便立刻告訴他明天要離開魯鎮，進城去，趁早放寬了他的心。他也不很留。這樣悶悶的吃完了一餐飯。

冬季日短，又是雪天，夜色早已籠罩了全市鎮。人們都在燈下匆忙，但窗外很寂靜。雪花落在積得厚厚的雪褥上面，聽去似乎瑟瑟有聲，使人更加感得沉寂。我獨坐在發出黃光的菜油燈下，想，這百無聊賴的祥林嫂，被人們棄在塵芥堆中的，看得厭倦了的陳舊的玩物，先前還將形骸露在塵芥裡，從活得有趣的人們看來，恐怕要怪訝她何以還要存在，現在總算被無常打掃得乾乾淨淨了。魂靈的有無，我不知道；然而在現世，則無聊生者不生，即使厭見者不見，為人為己，也還都不錯。我靜聽著窗外似乎瑟瑟作響的雪花聲，一面想，反而漸漸的舒暢起來。

然而先前所見所聞的她的半生事跡的斷片，至此也聯成一片了。

她不是魯鎮人。有一年的冬初，四叔家裡要換女工，做中人的衛老婆子帶她進來了，頭上紮著白頭繩，烏裙，藍夾襖，月白背心，年紀大約二十六七，臉色青黃，但兩頰卻還是紅的。衛老婆子叫她祥林嫂，說是自己母家的鄰舍，死了當家人，所以出來做工了。四叔皺了皺眉。四嬸已經知道了他的意思，是在討厭她是一個寡婦。但看她模樣還周正，手腳都壯大，又只是順著眼，不開一句口，很像一個安分耐勞的人，便不管四叔的皺眉，將她留下了。試工期內，她整天的做，似乎閒著就無聊，又有力，簡直抵得過一個男子，所以第三天就定局，每月工錢五百文。

大家都叫她祥林嫂；沒問她姓什麼，但中人是衛家山人，既說是鄰居，那大概也就姓衛了。她不很愛說話，別人問了纔回答，答的也不多。直到十幾天之後，這纔陸續的知道她家裡還有嚴厲的婆婆；一個小叔子，十多歲，能打柴了；她是春天沒了丈夫的；他本來也打柴為生，比她小十歲：大家所知道的就只是這一點。

日子很快的過去了，她的做工卻毫沒有懈，食物不論，力氣是不惜的。人們都說魯四老爺家裡僱著了女工，實在比勤快的男人還勤快。到年底，掃塵，洗地，殺雞，宰鵝，徹夜的煮福禮，全是一人擔當，竟沒有添短工。然而她反滿足，口角邊漸漸的有了笑影，臉上也白胖了。

新年纔過，她從河邊淘米回來時，忽而失了色，說剛纔遠遠地看見一個男人在對岸徘徊，很像夫家的堂伯，恐怕是正為尋她而來的。四嬸很驚疑，打聽底細，她又不說。四叔一知道，就皺一皺眉，道：

「這不好。恐怕她是逃出來的。」

她誠然是逃出來的，不多久，這推想就證實了。

此後大約十幾天，大家正已漸漸忘卻了先前的事，衛老婆子忽而帶了一個三十多歲的女人進來了，說那是祥林嫂的婆婆。那女人雖是山裡人模樣，然而應酬很從容，說話也能幹，寒暄之後，就賠罪，說她特來叫她的兒媳回家去，因為開春事務忙，而家中只有老的和小的，人手不夠了。

「既是她的婆婆要她回去，那有什麼話可說呢。」四叔說。

於是算清了工錢，一共一千七百五十文，她全存在主人家，一文也還沒有用，便都交給她的婆婆。那女人又取了衣服，道過謝，出去了。其時已經是正午。

「阿呀，米呢？祥林嫂不是去淘米的麼？……」好一會，四嬸這才驚叫起來，她大約有些餓，記得午飯了。

於是大家分頭尋淘籮。她先到廚下，次到堂前，後到臥房，全不見淘籮的影子。四叔踱出門外，也不見，直到河邊，纔見平平正正的放在岸上，旁邊還有一株菜。

看見的人報告說，河裡面上午就泊了一隻白篷船，篷是全蓋起來的，不知道什麼人在裡面，但事前也沒有人去理會他。待到祥林嫂出來淘米，剛剛要跪下去，那船裡便突然跳出兩個男人來，像是山裡人，一個抱住她，一個幫著，拖進船去了。祥林嫂還哭喊了幾聲，此後便再沒有什麼聲息，大約給用什麼堵住了罷。接著就走上兩個女人來，一個不認識，一個就是衛婆子。窺探艙裡，不很分明，她像是綑了躺在船板上。

「可惡！然而……。」四叔說。

這一天是四嬸自己煮午飯；他們的兒子阿牛燒火。

午飯之後，衛老婆子又來了。

「可惡！」四叔說。

「你是什麼意思，虧你還會再來見我們。」四嬸洗著碗，一見面就憤憤的說，「你自己薦她來，又合夥劫她去，鬧得沸反盈天的，大家看了成個什麼樣子？你拿我們家裡開玩笑麼？」

「阿呀阿呀，我真上當。我這回，就是為此特地來說說清楚的。她來求我薦地方，我哪裡料得到是瞞著她的婆婆的呢。對不起，四老爺，四太太。總是我老發昏不小心，對不起主顧。幸而府上是向來寬洪大量，不肯和小人計較的。這回我一定薦一個好的來折罪。……」

「然而……。」四叔說。

於是祥林嫂事件便告終結，不久也就忘卻了。

只有四嬸，因為後來僱用的女工，大抵非懶即饞，或者饞而且懶，左右不如意，所以也還提起祥林嫂。每當這些時候，她往往自言自語的說，「她現在不知道怎麼樣了？」意思是希望她再來。但到第二年的新正，她也就絕了望。

新正將盡，衛老婆子來拜年了，已經喝得醉醺醺的，自說因為回了一趟衛家山的娘家，住下幾天，所以來得遲了。她們問答之間，自然就談到祥林嫂。

「她麼？」衛老婆子高興的說，「現在是交了好運了。她婆婆來抓她回去的時候，是早已許給了賀家墺的賀老大的，所以回家之後不幾天，也就裝在花轎裡抬去了。」

「阿呀，這樣的婆婆！……」四嬸驚奇的說。

「阿呀，我的太太！你真是大戶人家的太太的話。我們山裡人，小戶人家，這算得什麼？她有小叔子，也得娶老婆。不嫁了她，那有這一注錢來做聘禮？她的婆婆倒是精明強幹的女人呵，很有打算，所以就將她嫁到裡山去。倘許給本村人，財禮就不多；惟獨肯嫁進深山野墺裡去的女人少，所以她就到手了八十千。現在第二個兒子的媳婦也娶進了，財禮只花了五十千，除去辦喜事的費用，還剩十多千。

嚇，你看，這多麼好打算？……」

「祥林嫂竟肯依？……」

「這有什麼依不依。——鬧是誰也總要鬧一鬧的；只要用繩子一綑，塞在花轎裡，抬到男家，捺上花冠，拜堂，關上房門，就完事了。可是祥林嫂真出格，聽說那時實在鬧得利害，大家還都說大約因為在唸書人家做過事，所以與眾不同呢。太太，我們見得多了：回頭人出嫁，哭喊的也有，說要尋死覓活的也有，抬到男家鬧得拜不成天地的也有，連花燭都砸了的也有。祥林嫂可是異乎尋常，他們說她一路只是嚎罵，抬到賀家墺，喉嚨已經全啞了。拉出轎來，兩個男人和她的小叔子使勁的擒住她也還拜不成天地。他們一不小心，一鬆手，阿呀，阿彌陀佛，她就一頭撞在香案角上，頭上碰了一個大窟窿，鮮血直流，用了兩把香灰包上兩塊紅布還止不住血呢。直到七手八腳的將她和男人反關在新房裡，還是罵，阿呀呀，這真是……。」她搖一搖頭，順下眼睛，不說了。

「後來怎麼樣呢？」四嬸還問。

「聽說第二天也沒有起來。」她抬起眼來說。

「後來呢？」

「後來？——起來了。她到底就生了一個孩子，男的，新年就兩歲了。我在娘家這幾天，就有人到賀家墺去，回來說看見他們娘兒倆，母親也胖，兒子也胖；上頭又沒有婆婆；男人所有的是力氣，會做活；房子是自家的——唉唉，她真是交了好運了。」

從此之後，四嬸也就不再提起祥林嫂。

但有一年的秋季，大約是得到祥林嫂好運的消息之後的又過了兩個新年，她竟又站在四叔家的堂前了。桌上放著一個荸薺式的圓籃，簷下一個小鋪蓋。她仍然頭上紮著白頭繩，烏裙，藍夾襖，月白背心，臉色青黃，只是兩頰上已經消失了血色，順著眼，眼角上帶些淚痕，眼光也沒有先前那樣精神了。而且仍然是衛老婆子領著，顯出慈悲模樣，絮絮的對四嬸說，

「……這實在是叫作『天有不測風雲』，她的男人是堅實人，誰知道年紀輕輕，就會斷送在傷寒上？本來已經好了的，喫了一碗冷飯，復發了。幸虧有兒子；她又能做，打柴摘茶養蠶都來得，本來還可以守著，誰知道那孩子又會給狼啣去的呢？春天快完了，村上倒反來了狼，誰料到？現在她只剩一個光身了。大伯來收屋，又趕她。她真是走投無路了，只好來求老主人。好在她現在已經再沒有什麼牽掛，太太家裡又湊巧要換人，所以我就領她來。——我想，熟門熟路，比生手實在好得多……。」

「我真傻，真的，」祥林嫂抬起她沒有神采的眼睛來，接著說。「我單知道下雪的時候野獸在山墺裡沒有食喫，會到村裡來；我不知道春天也會有。我一清早起來就開了門，拿小籃盛了一籃豆，叫我們的阿毛坐在門檻上剝豆去。他是很聽話的，我的話句句聽；他出去了。我就在屋後劈柴，淘米，米下了鍋，要蒸豆。我叫阿毛，沒有應，出去一看，只見豆撒了一地，沒有我們的阿毛了。他是不到別家

去玩的；各處去一問，果然沒有。我急了，央人出去尋。直到下半天，尋來尋去尋到山墺裡，看見刺柴上掛著一隻他的小鞋。大家都說，糟了，怕是遭了狼了。再進去；他果然躺在草窠裡，肚裡的五臟已經都給喫空了，手上還緊緊的揑著那隻小籃呢……。」她接著但是嗚咽，說不出成句的話來。

四嬸起初還躊躕，待在聽完她自己的話，眼圈就有些紅了。她想了一想，便教拿圓籃和鋪蓋到下房去。衛老婆子彷彿卸了一肩重擔似的噓一口氣；祥林嫂比初來時候神氣舒暢些，不待指引，自己馴熟的安放了鋪蓋。她從此又在魯鎮做女工了。

大家仍然叫她祥林嫂。

然而這一回，她的境遇卻改變得非常大。上工之後的兩三天，主人們就覺得她手腳已沒有先前一樣靈活，記性也壞得多，死屍似的臉上又整日沒有笑影，四嬸的口氣上，已頗有些不滿了。當她初到的時候，四叔雖然照例皺過眉，但鑑於向來僱用女工之難，也就並不大反對，只是暗暗地告誡四嬸說，這種人雖然似乎很可憐，但是敗壞風俗的，用她幫忙還可以，祭祀時候可用不著她沾手，一切飯菜，只好自己做，否則，不乾不淨，祖宗是不喫的。

四叔家裡最重大的事件是祭祀，祥林嫂先前最忙的時候也就是祭祀，這回她卻清閒了。桌子放在堂中央，繫上桌幃，她還記得照舊的去分配酒盃和筷子。

「祥林嫂，你放著罷！我來擺。」四嬸慌忙的說。

她訕訕的縮了手，又去取燭臺。

「祥林嫂，你放著罷！我來拿。」四嬸又慌忙的說。

她轉了幾個圓圈，終於沒有事情做，只得疑惑的走開。她在這一天可做的事是不過坐在竈下燒火。

鎮上的人們也仍然叫她祥林嫂。但音調和先前很不同；也還和她講話，但笑容卻冷冷的了。她全不理會那些事，只是直著眼睛，和大家講她自己日夜不忘的故事——

「我真傻，真的，」她說。「我單知道雪天是野獸在深山裡沒有食喫，會到村裡來；我不知道春天也會有。我一大早起來就開了門，拿小籃盛了一籃豆，叫我們的阿毛坐在門檻上剝豆去。他是很聽話的孩子，我的話句句聽；他就出去了。我就在屋後劈柴，淘米，米下了鍋，打算蒸豆。我叫『阿毛！』沒有應。出去一看，只見豆撒了滿地，沒有我們的阿毛了。各處去一問，都沒有。我急了，央人去尋去。直到下半天，幾個人尋到山墺裡，看見刺柴上掛著一隻他的小鞋。大家都說，完了，怕是遭了狼了。再進去；果然，他躺在草窠裡，肚裡的五臟已經都給喫空了，可憐他手裡還緊緊的捏著那隻小籃呢……。」她於是淌下眼淚來，聲音也嗚咽了。

這故事倒頗有效，男人聽到這裡，往往斂起笑容，沒趣的走了開去；女人們卻不獨寬恕了她似的，臉上立刻改換了鄙薄的神氣，還要陪出許多眼淚來。有些老女人沒有在街頭聽到她的話，便特意尋來，要聽她這一段悲慘的故事。直到她說到嗚咽，她們也就一齊流下那停在眼角上的眼淚，歎息一番，滿足的去了，一面還紛紛的評論著。

她就只是反覆的向人說她悲慘的故事，常常引住了三五個人來聽她。但不久，大家也都聽得純熟了，便是最慈悲的唸佛的老太太們，眼裡也再不見有一點淚的痕跡。後來全鎮的人們幾乎都能背誦她的話，一聽到就煩厭得頭痛。

「我真傻，真的，」她開首說。

「是的，你是單知道雪天野獸在深山裡沒有食喫，纔會到村裡來的。」他們立即打斷她的話，走開去了。

她張著口怔怔的站著，直著眼睛看他們，接著也就走了，似乎自己也覺得沒趣。但她還妄想，希圖從別的事，如小籃，豆，別人的孩子上，引出她的阿毛的故事來。倘一看見兩三歲的小孩子，她就說：

「唉唉，我們的阿毛如果還在，他就有這麼大了。……」

孩子看見她的眼光就喫驚，牽著母親的衣襟催她走。於是又只剩下她一個，終於沒趣的也走了。後來大家又都知道了她的脾氣，只要有孩子在眼前，便似笑非笑的先問她，道：

「祥林嫂，你們的阿毛如果還在，不是也就有這麼大了麼？」

她未必知道她的悲哀經大家咀嚼賞鑑了許多天，早已成為渣滓，只值得煩厭和唾棄；但從人們的笑影上，也彷彿覺得這又冷又尖，自己再沒有開口的必要了。她單是一瞥他們，並不回答一句話。

魯鎮永遠是過新年，臘月二十以後就忙起來了。四叔家裡這回須僱男短工，還是忙不過來，另叫柳媽做幫手。殺雞，宰鵝；然而柳媽是善女人，喫素，不殺生的，只肯洗器皿。祥林嫂除燒火之外，沒有別的事，卻閒著了，坐著只看柳媽洗器皿。微雪點點的下來了。

「唉唉，我真傻，」祥林嫂看了天空，歎息著，獨語似的說。

「祥林嫂，你又來了。」柳媽不耐煩的看著她的臉，說。「我問你：你額角上的傷疤，不就是那時撞壞的麼？」

「唔唔。」她含糊的回答。

「我問你：你那時怎麼後來竟依了呢？」

「我麼？……」

「你呀。我想：這總是你自己願意了，不然……。」

「阿阿，你不知道他力氣多麼大呀。」

「我不信。我不信你這麼大的力氣，真會拗他不過。你後來一定是自己肯了，倒推說他力氣大。」

「阿阿，你……你倒自己試試看。」她笑了。

柳媽的打皺的臉也笑起來，使她蹙縮得像一個核桃；乾枯的小眼睛一看祥林嫂的額角，又釘住她的眼。祥林嫂似乎很侷促了，立刻斂了笑容，旋轉眼光，自去看雪花。

「祥林嫂，你實在不合算。」柳媽詭秘的說。「再一強，或者索性撞一個死，就好了。現在呢，你和你的第二個男人過活不到兩年，倒落了一件大罪名。你想，你將來到陰司去，那兩個死鬼的男人還要爭，你給了誰好呢？閻羅大王只好把你鋸開來，分給他們。我想，這真是……。」

她臉上就顯出恐怖的神色來，這是在山村裡所未曾知道的。

「我想，你不如及早抵當。你到土地廟裡去捐一條門檻，當作你的替身，給千人踏，萬人跨，贖了這一世的罪名，免得死了去受苦。」

她當時並不回答什麼話，但大約非常苦悶了，第二天早上起來的時候，兩眼上便都圍著大黑圈。早飯之後，她便到鎮的西頭的土地廟裡去求捐門檻。廟祝起初執意不允許，直到她急得流淚，纔勉強答應了。價目是大錢十二千。

她久已不和人們交口，因為阿毛的故事是早被大家厭棄了的，但自從和柳媽談了天，似乎又即傳揚開去，許多人都發生了新趣味，又來逗她說話了。至於題目，那自然是換了一個新樣，專在她額上的傷疤。

「祥林嫂。我問你。你那時怎麼竟肯了？」一個說。

「唉，可惜，白撞了這一下。」一個看著她的疤，應和道。

她大約從他們的笑容和聲調上，也知道是在嘲笑她，所以總是瞪著眼睛，不說一句話，後來連頭也不回了。她整日緊閉了嘴脣，頭上帶著大家以為恥辱的記號的那傷痕，默默的跑街，掃地，洗菜，淘米。快夠一年，她纔從四嬸手裡支取了歷來積存的工錢，換算了十二元鷹洋，請假到鎮的西頭去。但不到一頓飯時候，她便回來，神氣很舒暢，眼光也分外有神，高興似的對四嬸說，自己已然在土地廟捐了門檻了。

冬至的祭祖時節，她做得更出力，看四嬸裝好祭品，和阿牛將桌子抬到堂屋中央，她便坦然的去拿酒盃和筷子。

「你放著罷，祥林嫂！」四嬸慌忙大聲說。

她像是受了炮烙似的縮手，臉色同時變作灰黑，也不再去取燭臺，只是失神的站著。直到四叔上香的時候，教她走開，她才走開。這一回她的變化非常大，第二天，不但眼睛窈陷下去，連精神也更不濟了。而且很膽怯，不獨怕暗夜，怕黑影，即使看見人，雖是自己的主人，也總惴惴的，有如在白天出穴游行的小鼠；否則呆坐著，直是一個木偶人。不半年，頭髮也花白起來了，記性尤其壞，甚而至於常常忘卻了去淘米。

「祥林嫂怎麼這樣了？倒不如那時不留她。」四嬸有時當面就這樣說，似乎是警告她。

然而她總如此，全不見有伶俐起來的希望。他們於是想打發她走了，教她回到衛老婆子那裡去。但當我還在魯鎮的時候，不過單是這樣；看現在的情狀，可見後來終於實行了。然而她是從四叔家出去就成了乞丐的呢？還是先到衛老婆子家然後再成乞丐的呢？那我可不知道。

我給那些因為在近旁而極響的爆竹聲驚醒，看見豆一般大的黃色的燈火光，接著又聽得畢畢剝剝的鞭炮，是四叔家正在「祝福」了；知道已是五更將近時候。我在矇朧中，又隱約聽到遠處的爆竹聲連綿不斷，似乎合成一天音響的濃雲，夾著團團飛舞的雪花，擁抱了全市鎮。我在這繁響的擁抱中，也懶散而且舒適，從白天以至初夜的疑慮，全給祝福的空氣一掃而空了，只覺得天地聖眾歆享了牲醴和香菸，都醉醺醺的在空中蹣跚，預備給魯鎮的人們以無限的幸福。

導讀

魯迅（一八八一——一九三六），浙江省紹興縣人。本姓周，原名樟壽，字豫才，後改名為周樹人。曾赴日本仙台醫學院學醫，後來棄醫從文，企圖以文學改變國民精神，召喚民族自我覺醒。一九一八年首次以「魯迅」的筆名，在《新青年》雜誌發表〈狂人日記〉，它標誌著中國新文學第一篇白話小說，具有劃時代的意義，也是改造國民靈魂的代表作。曾出版短篇小說集《吶喊》、《彷徨》。

魯迅認為，要推翻清朝種族壓迫和帝國主義侵略，必須喚醒愚昧落後的群眾，徹底改革國民性。因此，診斷國民性的病根以及對症下藥，成為魯迅小說的基調。他自言創作取材與動機說：「多采自病態社會的不幸的人們中，意思是在揭出病苦，引起療救的注意。」因此他的小說風貌如同一把利刃，赤裸裸地挖掘民族的病根贅瘤，如〈阿Q正傳〉痛斥麻木不仁、精神勝利法、愚昧無知，以及倨上傲下等民族性；而〈狂人日記〉則批判舊社會「禮教吃人」的弊病，被尊為新文化運動向舊禮教挑戰的檄文。五四時期，「女性解放」是引人關注的重要課題之一。魯迅作為中國現代新文化的巨人，塑造〈祝福〉中的祥林嫂、〈離婚〉中的愛姑、〈傷逝〉中的子君等女性形象，深入揭示她們生存和蛻變的困境，以及探究悲劇命運的歷史根源。

〈祝福〉（原載上海《東方雜誌》第二十一卷第六號，一九二四年三月），採回憶式的倒敘筆法，透過第一人稱旁知敘事觀點，道出祥林嫂命運多舛的悲劇，嚴厲指責一個禮教殺人的恐怖事件。女主人翁的悲劇從嫁給小十歲的丈夫開始，新寡之後試圖掙脫命運的枷鎖，逃離到魯鎮當傭工，因安分耐勞而受讚賞，獲得工作的成就感。但命運之手並不留情，厲害的婆家把她逼綁回去，改嫁給深山男人，以人易物，換得小叔結婚的聘禮。再到魯家幫傭時，已歷經喪子及喪夫的慘痛遭遇，被飽讀四書五經的魯四老爺痛斥爲不貞不祥、敗壞風俗，不准她再插手福禮；甚至對於其死在「祝福」大典之際，怒罵其爲謬種。小說從篇名到女主人翁的名字，充滿諷刺的意味。

傳統的魯鎮，是中國封建文化的縮影，一面講求儒家的仁愛，一面又以禮教貞節剝奪婦女的生存；好事者以「從一而終」的教條，加上迷信的民間傳說，將祥林嫂打入萬劫不復的深淵。「寡婦再嫁」受盡社會的歧視與譏笑，身處弱勢中的弱勢，有如被禁錮於封建禮教的鐵屋中，失去生命的主宰權，死亡成爲最後的歸處。魯迅以飽含同情的筆觸，有意寫出過　時的喜慶歡騰，對照祥林嫂一生的悲慘命運，凸顯出封建世界的荒謬與殘酷，反諷意義相當深刻。（林秀蓉）

手

蕭紅

在我們的同學中，從來沒有見過這樣的手：藍的，黑的，又好像紫的；從指甲一直變色到手腕以上。

她初來的幾天，我們叫她「怪物」。下課以後大家在地板上跑著也總是繞著她。關於她的手，但也沒有一個人去問過。

教師在點名，使我們越忍越忍不住了，非笑不可了。

「李潔！」「到。」

「張楚芳！」「到。」

「徐桂真！」「到。」

迅速而有規律性的站起來一個，又坐下去一個。但每次一喊到王亞明的地方，就要費一些時間了。

「王亞明，王亞明……叫到你啦！」別的同學有時要催促她，於是她才站起來，把兩隻青手垂得很直，肩頭落下去，面向著棚頂說：

「到，到，到。」

不管同學怎樣笑她，她一點也不感到慌亂，仍舊弄著椅子響，莊嚴的，似乎費掉了幾分鐘才坐下去。

有一天上英文課的時候，英文教師笑得把眼鏡脫下來在擦著眼睛：

「你下次不要再答『黑耳』了，就答『到』吧！」

全班的同學都在笑，把地板擦得很響。

第二天的英文課，又喊到王亞明時，我們又聽到了「黑耳——黑——耳。」

「你從前學過英文沒有？」英文教師把眼鏡移動了一下。

「不就是那英國話嗎？學是學過的，是個麻子臉先生教的……鉛筆叫『噴絲兒』，鋼筆叫『盆』。可是沒學過『黑耳』。」

「here就是『這裡』的意思，你讀：here! here!」

「喜兒，喜兒。」她又讀起「喜兒」來了。這樣的怪讀法，全課堂都笑得顫慄起來。可是王亞明，她自己卻安然的坐下去，青色的手開始翻轉著書頁。並且低聲讀了起來：

「華提……賊死……阿兒……」

數學課上，她讀起算題來也和讀文章一樣：

「$2x+y=$……$x^2=$……」

午餐的桌上，那青色的手已經抓到了饅頭，她還想著「地理」課本：「墨西哥產白銀……雲南……唔，雲南的大理石。」

夜裡她躲在廁所裡邊讀書，天將明的時候，她就坐在樓梯口。只要有一點光亮的地方，我常遇到過她。有一天落著大雪的早晨，窗外的樹枝掛著白絨似的穗頭，在宿舍的那邊，長筒過道的盡頭，窗臺上似乎有人睡在那裡了。

「誰呢？這地方多麼涼！」我的皮鞋拍打著地板，發出一種空洞洞的嗡聲，因是星期日的早晨，全個學校出現在特有的安寧裡。一部分的同學在化著裝；一部分的同學還睡在眠牀上。

還沒走到她的旁邊，我看到那攤在膝頭上的書頁被風翻動著。

「這是誰呢？禮拜日還這樣用功！」正要喚醒她，忽然看到那青色的手了。

「王亞明，噯……醒醒吧……」我還沒有直接招呼過她的名字，感到生澀和直硬。

「喝喝……睡著啦！」她每逢說話總是開始鈍重的笑笑。

「華提……賊死，右……愛……」她還沒找到書上的字就讀起來。

「華提……賊死，這英國話，真難……不像咱們中國字：什麼字旁，什麼字頭……這個：委曲拐彎的，好像長蟲爬在腦子裡，越爬越糊塗，越爬越記不住。英文先生也說不難，不難，我看你們也不難。我的腦筋笨，鄉下人的腦筋沒有你們那樣靈活。我的父親還不如我，他說他年輕的時候，就記他這個『王』字，記了半頓飯的工夫還沒記住。右……愛……右……阿兒……」說完一句話，在末尾不相干的她又讀起單字來。

風車嘩啦嘩啦的響在壁上，通氣窗時時有小的雪片飛進來，在窗臺上結著些水珠。

她的眼睛完全爬滿著紅絲條；貪婪、把持，和那青色的手一樣在爭取她那不能滿足的願望。

在角落裡，在只有一點燈光的地方我都看到過她，好像老鼠在嚙嚼什麼東西似的。

她的父親第一次來看她的時候，說她胖了：

「媽的，吃胖了，這裡吃的比自家吃的好，是不是？好好幹吧！幹下三年來，不成聖人吧，也總算明白明白人情大道理。」在課堂上，一個星期之內人們都是學著王亞明的父親。第二次，她的父親又來看她，她向父親要一雙手套。

「就把我這副給你吧！書，好好念書，要一副手套還沒有嗎？等一等，不用忙……要戴就先戴這副。開春啦！我又不常出什麼門，明子，上冬咱們再買，是不是？明子！」在接見室的門口嚷嚷著，四周已經是圍滿著同學，於是他又喊著明子明子的，又說了一些事情：

「三妹妹到二姨家去串門啦，去啦兩三天啦！小肥豬每天又多加兩把豆子，胖得那樣你沒看見，耳朵都掙掙起來了，……姐姐又來家醃了兩罐子鹹蔥……」

正講得他流汗的時候，女校長穿著人群站到前面去：

「請到接見室裡面坐吧——」

「不用了，不用了，耽擱工夫，我也是不行的，我還就要去趕火車……趕回去，家裡一群孩子，放不下心……」他把皮帽子放在手上，向校長點著頭，頭上冒著氣，他就推開門出去了。好像校長把他趕走似的。可是他又轉回身來，把手套脫下來。

「爹，你戴著吧，我戴手套本來是沒用的。」

她的父親也是青色的手，比王亞明的手更大更黑。

在閱報室裡，王亞明問我：

「你說，是嗎？到接見室去坐下談話就要錢的嗎？」

「哪裡要錢！要的什麼錢！」

「你小點聲說，叫她們聽見，她們又談笑話了。」她用手掌指點著我讀著的報紙，「我父親說的，他說接見室裡擺著茶壺和茶碗，若進去，怕是校役就給倒茶了，倒茶就要錢了。我說不要，他可是不信，他說連小店房進去喝一碗水也多少得賞點錢，何況學堂呢？你想學堂是多麼大的地方！」

校長已說過她幾次：

「你的手，就洗不淨了嗎？多加點肥皂！好好洗洗，用熱水燙一燙。早操的時候，在操場上豎起來的幾百條手臂都是白的，就是你，特別呀！真特別。」女校長用她貧血的和化石一般透明的手指去觸動王亞明的青色手，看那樣子，她好像是害怕，好像微微有點抑止著呼吸，就如同讓她去接觸黑色的已經死掉的鳥類似的。「是褪得很多了，手心可以看到皮膚了。比你來的時候強得多，那時候，那簡直是鐵手……你的功課趕得上了嗎？多用點功，以後，早操你就不用上，學校的牆很低，春天裡散步的外國人又多，他們常常停在牆外看的。等你的手褪掉顏色再上早操吧！」校長告訴她，停止了她的早操。

「我已經向父親要到了手套，戴起手套來不就看不見了嗎？」打開了書箱，取出了她父親的手套來。

校長笑得發著咳嗽，那貧血的面孔立刻旋動著紅的顏色：「不必了！既然是不整齊，戴手套也是不整齊。」

假山上面的雪消融了去，校役把鈴子也打得似乎更響些，窗前的楊樹抽著芽，操場好像冒著煙似的，被太陽蒸發著。上早操的時候，那指揮官的口笛振鳴得也遠了，和窗外樹叢中的人家起著回應。

我們在跑在跳，和群鳥似的在嘈雜。帶著糖質的空氣瀰漫著我們，從樹梢上面吹下來的風混和著嫩芽的香味。被冬天枷鎖了的靈魂和被束掩的棉花一樣舒展開來。

正當早操剛收場的時候，忽然聽到樓窗口有人在招呼什麼，那聲音被空氣負載著向天空響去似的：

「好和暖的太陽！你們熱了吧？你們……」在抽芽的楊樹後面，那窗口站著王亞明。

等楊樹已經長了綠葉，滿院結成了蔭影的時候，王亞明卻漸漸變成了乾縮，眼睛的邊緣發著綠色，耳朵也似乎薄了一些，至於她的肩頭一點也不再顯出蠻野和強壯。當她偶然出現在樹蔭下，那開始陷下的胸部使我立刻從她想到了生肺病的人。

「我的功課，校長還說跟不上，倒也是跟不上，到年底若再跟不上，喝喝！真會留級的嗎？」她講話雖然仍和從前一樣「喝喝」的，但她的手卻開始畏縮起來，左手背在背後，右手在衣襟下面凸出個小丘。

我們從來沒有看到她哭過，大風在窗外倒拔著楊樹的那天，她背向著教室，也背向著我們，對著窗外的大風哭了。那是那些參觀的人走了以後的事情，她用那已經開始在褪著色的青手捧著眼淚。

「還哭！還哭什麼？來了參觀的人，還不躲開。你自己看看，誰像你這樣特別！兩隻藍手還不說，你看看，你這件上衣，快變成灰的了！別人都是藍上衣，哪有你這樣特別，太舊的衣裳顏色是不整齊的……不能因為你一個人而破壞了制服的規律性……」她一面嘴唇與嘴唇切合著，一面用她慘白的手指去撕著王亞明的領口：「我是叫你下樓，等參觀的走了再上來，誰叫你就站在過道呢？在過道，你想想：他們看不到你嗎？你倒戴起了這樣大的一副手套……」

說到「手套」的地方，校長的黑色漆皮鞋，那亮晶的鞋尖去踢了一下已經落到地板上的一隻：

「你覺得你戴上了手套站在這地方就十分好了嗎？這叫什麼玩藝？」她又在手套上踏了一下，她看到那和馬車夫一樣肥大的手套，抑止不住的笑出聲來了。

王亞明哭了這一次，好像風聲都停止了，她還沒有停止。

暑假以後，她又來了。夏末簡直和秋天一樣涼爽，黃昏以前的太陽染在馬路上使那些鋪路的石塊都變成了朱紅色。我們集著群在校門裡的山丁樹下吃著山丁。就是這時候，王亞明坐著的馬車從「喇嘛臺」那邊嘩啦嘩啦的跑來了。只要馬車一停下，那就全然寂靜下去，她的父親搬著行李，她抱著面盆和一些零碎。走上臺階來了，我們並不立刻為她閃開，有的說著：「來啦！」「你來啦！」有的完全向她張著嘴。

等她父親腰帶上掛著的白毛巾一抖一抖的走上了臺階，就有人在說：

「怎麼！在家住了一個暑假，她的手又黑了呢？那不是和鐵一樣了嗎？」

秋季以後，宿舍搬家的那天，我才真正注意到這鐵手：我似乎已經睡著了，但能聽到隔壁在吵叫著：

「我不要她，我不和她並牀……」

「我也不和她並牀。」

我再細聽了一些時候，就什麼也聽不清了，只聽到嗡嗡的笑聲和絞成一團的吵嚷。夜裡我偶然起來到過道去喝了一次水。長椅上睡著一個人，立刻就被我認出來，那是王亞明。兩隻黑手遮著臉孔，被子一半脫落在地板上，一半掛在她的腳上。我想她一定又是藉著過道的燈光在夜裡讀書，可是她的旁邊也沒有什麼書本，並且她的包袱和一些零碎就在地板上圍繞著她。

第二天的夜晚，校長走在王亞明的前面，一面走一面響著鼻子，她穿著牀位，她用她的細手推動那一些連成排的鋪平的白牀單：

「這裡，這裡的一排七張牀，只睡八個人，六張牀還睡九個呢！」她翻著那被子，把它排開一點，讓王亞明把被子就夾在這地方。

王亞明的被子展開了，為著高興的緣故，她還一邊鋪著牀鋪，一邊嘴裡似乎打著哨子，我還從沒聽到過這個，在女學校裡邊，沒有人用嘴打過哨子。

她已經鋪好了，她坐在牀上張著嘴，把下顎微微向前擡起一點，像是安然和舒暢在鎮壓著她似的。校長已經下樓了，或者已經離開了宿舍，回家去了。但，舍監這老太太，鞋子在地板上擦擦著，頭髮完全失掉了光澤，她跑來跑去：

「我說，這也不行……不講衛生，身上生著蟲類，什麼人還不想躲開她呢？」

她又向角落裡走了幾步，我看到她的白眼球好像對著我似的：「看這被子吧！你們去嗅一嗅！隔著二尺遠都有氣味了……挨著她睡覺，滑稽不滑稽！誰知道……蟲類不會爬了滿身嗎？去看看，那棉花都黑得什麼樣子啦！」

舍監常常講她自己的事情，她的丈夫在日本留學的時候，她也在日本，也算是留學。同學們問她：

「學的什麼呢？」

「不用專學什麼！在日本說日本話，看看日本風俗，這不也是留學嗎？」她說話總離不了「不衛生，滑稽不滑稽……骯髒」，她叫虱子特別要叫蟲類。

「人骯髒手也骯髒。」她的肩頭很寬，說著骯髒她把肩頭故意擡高了一下，好像寒風忽然吹到她似的，她跑出去了。

「這樣的學生，我看校長可真是……可真是多餘要……」打過熄燈鈴之後，舍監還在過道裡和別的一些同學在講說著。

第三天夜晚，王亞明又提著包袱，捲著行李，前面又是走著白臉的校長。

「我們不要，我們的人數夠啦！」

校長的指甲還沒接觸到她們的被邊時，她們就嚷了起來，並且換了一排牀鋪也是嚷了起來：

「我們的人數也夠啦！還多了呢！六張牀，九個人，還能再加了嗎？」

「一二三四……」校長開始計算：「不夠，還可以再加一個，四張牀，應該六個人，你們只有五個……來！王亞明！」

「不，那是留給我妹妹的，她明天就來……」那個同學跑過去，把被子用手按住。

最後，校長把她帶到別的宿舍去了。

「她有虱子，我不挨著她……」

「我也不挨著她……」

「王亞明的被子沒有被裡，棉花貼著身子睡，不信，校長看看！」

後來她們就開著玩笑，至於說出害怕王亞明的黑手而不敢接近她。

以後，這黑手人就睡在過道的長椅上。我起得早的時候，就遇到她在捲著行李，並且提著行李下樓去。我有時也在地下儲藏室遇到她，那當然是夜晚，所以她和我談話的時候，我都是看看牆上的影子，她搔著頭髮的手，那影子印在牆上也和頭髮一樣顏色。

「慣了，椅子也一樣睡，就是地板也一樣，睡覺的地方，就是睡覺，管什麼好歹！念書是要緊的……我的英文，不知在考試的時候，馬先生能給我多少分數？不夠六十分，年底要留級的嗎？」

「不要緊，一門不能夠留級。」我說。

「爹爹可是說啦！三年畢業，再多半年，他也不能供給我學費……這英國話，我的舌頭可真轉不過彎來。喝喝……」

全宿舍的人都在厭煩她，雖然她是住在過道裡。因為她夜裡總是咳嗽著……同時在宿舍裡邊她開始用顏料染著襪子和上衣。

「衣裳舊了，染染差不多和新的一樣。比方，夏季制服，染成灰色就可以當秋季制服穿……比方，買白襪子，把它染成黑色，這都可以……」

「為什麼你不買黑襪子呢？」我問她。

「黑襪子，他們是用機器染的，矲太多……不結實，一穿就破的……還是咱們自己家染的好……一雙襪子好幾毛錢……破了就破了還得了嗎？」

禮拜六的晚上，同學們用小鐵鍋煮著鷄子。每個禮拜六差不多總是這樣，她們要動手燒一點東西來吃。從小鐵鍋煮好的鷄子，我也看到的，是黑的，我以為那是中了毒。那端著鷄子的同學幾乎把眼鏡咆哮得掉落下來：

「誰幹的好事！誰？這是誰？」

王亞明把面孔向著她們來到了廚房，她擁擠著別人，嘴裡喝喝的：

「是我，我不知道這鍋還有人用，我用它煮了兩雙襪子……喝喝……我去……」

「你去幹什麼？你去……」

「我去洗洗它！」

「染臭襪子的鍋還能煮鷄子吃！還要它？」鐵鍋就當著衆人在地板上光郎、光郎的跳著，人咆哮著，戴眼鏡的同學把黑色的鷄子好像抛著石頭似的用力抛在地上。

人們都散開的時候，王亞明一邊拾著地板上的鷄子，一邊在自己說著話：

「喲！染了兩雙新襪子，鐵鍋就不要了！新襪子怎麼會臭呢？」

冬天，落雪的夜裡，從學校出發到宿舍去，所經過的小街完全被雪片佔據了。我們向前衝著，撲著，若遇到大風，我們就風雪中打著轉，倒退著走，或者是橫著走。清早，照例又要從宿舍出發，在十二月裡，每個人的腳都凍木了，雖然是跑著也要凍木的。所以我們咒詛和怨恨，甚至於有的同學已經在罵著，罵著校長是「混蛋」，不應該把宿舍離開學校這樣遠，不應該在天還不亮就讓學生們從宿舍出發。

有些天，在路上我單獨的遇到王亞明。遠處的天空和遠處的雪都在閃著光，月亮使得我和她踏著影子前進。大街和小街都看不見行人。風吹著路旁的樹枝在發響，也時時聽到路旁的玻璃窗被雪掃著在呻叫。我和她談話的聲音，被零度以下的氣溫所反應也增加了硬度。等我們的嘴唇也和我們的腿部一樣感到了不靈活，這時候，我們總是終止了談話，只聽著腳下被踏著的雪，乍乍乍的響。

手在按著門鈴，腿好像就要自己脫離開，膝蓋向前時時要跪了下去似的。

我記不得哪一個早晨，腋下帶著還沒有讀過的小說，走出了宿舍，我轉過身去，把欄柵門拉緊，但心上總有些恐懼，越看遠處模糊不清的房子，越聽後面在掃著的風雪，就越害怕起來。星光是那樣微小，月亮也許落下去了，也許被灰色的和土色的雲彩所遮蔽。

走過一丈遠，又像增加了一丈似的，希望有一個過路的人出現，但又害怕那過路人，因為在沒有月亮的夜裡，只能聽到聲音而看不見人，等一看見人影那就從地面突然長了起來似的。

我踏上了學校門前的石階，心臟仍在發熱，我在按鈴的手，似乎已經失去了力量。突然石階又有一個人走上來了：

「誰？誰？」

「我！是我。」

「你就走在我的後面嗎？」因為一路上我並沒聽到有另外的腳步聲，這使我更害怕起來。

「不，我沒走在你的後面，我來了好半天了。校役他是不給開門的，我招呼了不知道多大工夫了。」

「你沒按過鈴嗎？」

「按鈴沒有用，喝喝，校役開了燈，來到門口，隔著玻璃向外看看……可是到底他不給開。」

裡邊的燈亮起來，一邊罵著似的光郎郎的把門給閂開了：

「半夜三更叫門……該考背榜不是一樣考背榜嗎？」

「幹什麼？你說什麼？」我這話還沒有說出來，校役就改變了態度：

「蕭先生，您叫門叫了好半天了吧？」

我和王亞明一直走進了地下室，她咳嗽著，她的臉蒼黃得幾乎是打著皺紋似的顫嗦了一些時候。被風吹得而掛下來的眼淚還停留在臉上，她就打開了課本。

「校役為什麼不給你開門？」我問。

「誰知道？他說來得太早，讓我回去，後來他又說校長的命令。」

「你等了多少時候了？」

「不算多大工夫，等一會，就等一會，一頓飯這個樣子。喝喝……」

她讀書的樣子完全和剛來的時候不一樣，那喉嚨漸漸窄小了似的，只是喃喃著，並且那兩邊搖動的肩頭也顯著緊縮和偏狹，背脊已經弓了起來，胸部卻平了下去。

我讀著小說，很小的聲音讀著，怕是攪擾了她；但這是第一次，我不知道為什麼這只是第一次？她問我讀的什麼小說，讀沒讀過《三國演義》？有時她也拿到手裡看看書面，或是翻翻書頁。「像你們多聰明！功課連看也不看，到考試的時候也一點不怕。我就不行，也想歇一會，看看別的書……可是那就不成了……」

有一個星期日，宿舍裡面空朗朗的，我就大聲讀著《屠場》上正是女工馬利亞昏倒在雪地上的那段，我一面看著窗外的雪地一面讀書，覺得很感動。王亞明站在我的背後，我一點也不知道。

「你有什麼看過的書，也借給我一本，下雪天氣，實在沉悶，本地又沒有親戚，上街又沒有什麼買的，又要花車錢……」

「你父親很久不來看你了嗎？」我以為她是想家了。

「哪能來！火車錢，一來回就是兩元多……再說家裡也沒有人……」

我就把《屠場》放在她的手上，因為我已經讀過了。

她笑著，「喝喝」著。她把牀沿顫了兩下，她開始研究著那書的封面。等她走出去時，我聽在過道裡她也學著我把那書開頭的第一句讀得很響。

以後，我又不記得是哪一天，也許又是什麼假日，總之，宿舍是空朗朗的，一直到月亮已經照上窗子，全宿舍依然被剩在寂靜中。我聽到牀頭上有沙沙的聲音，好像什麼人在我的牀頭摸索著，我仰過頭去，在月光下我看到了是王亞明的黑手，並且把我借給她的那本書放在我的旁邊。

我問她：「看得有趣嗎？好嗎？」

起初，她並不回答我，後來她把臉孔用手掩住，她的頭髮也像在抖著似的，她說：

「好。」

我聽她的聲音也像在抖著，於是我坐了起來。她卻逃開了，用著那和頭髮一樣顏色的手橫在臉上。

過道的長廊空朗朗的，我看著沉在月光裡的地板的花紋。

「馬利亞，真像有這個人一樣，她倒在雪地上，我想她沒有死吧！她不會死吧……那醫生知道她是沒有錢的人，就不給她看病……喝喝！」很高的聲音她笑了，借著笑的抖動眼淚才滾落下來：「我也去請過醫生，我母親生病的時候，你看那醫生他來嗎？他先向我要馬車錢，我說錢在家裡，先坐車來吧！人要不行了……你看他來嗎？他站在院心問我：『你家是幹什麼的？你家開染缸房嗎？』不知為什麼，一告訴他是開『染缸房』的，他就拉開門進屋去了……我等他，他沒有出來，我又去敲門，他在門裡面說：『不能去看這病。你回去吧！』我回來了……」她又擦了擦眼睛才說下去，「從這時候我就照顧著兩個弟弟和兩個妹妹。爹爹染黑的和藍的，姊姊染紅的……姊姊定親的那年，上冬的時候，她的婆婆從鄉下來住在我們的家裡，一看到姊姊她就說：『唉呀！那殺人的手！』從這起，爹爹就說不許某個人專染紅的；某個人專染藍的。我的手是黑的，細看才帶點紫色，那兩個妹妹也都和我一樣。」

「你的妹妹沒有讀書？」

「沒有，我將來教她們，可是我也不知道我讀得好不好，讀不好連妹妹都對不起……染一匹布多不過三毛錢……一個月能有幾匹布來染呢？衣裳每件一毛錢，又不論大小，送來染的都是大衣裳居多……去掉火柴錢，去掉顏料錢……那不是嗎！我的學費……把他們在家吃鹹鹽的錢都給我拿來啦……我哪能不用心念書，我哪能？」她又去摸觸那書本。

我仍然看著地板上的花紋，我想她的眼淚比我的同情高貴得多。

還不到放寒假時，王亞明在一天的早晨，整理著手提箱和零碎，她的行李已經束得很緊，立在牆根的地方。

並沒有人和她去告別，也沒有人和她說一聲再見。我們從宿舍出發，一個一個的經過夜裡王亞明睡覺的長椅，她向我們每個人笑著，同時也好像從窗口在望著遠方。我們使過道起著沉重的騷音，我們下著樓梯，經過了院宇，在欄柵門口，王亞明也趕到了，並且呼喘，並且張著嘴：

「我的父親還沒有來，多學一點鐘是一點鐘……」她向著大家在說話一樣。

這最後的每一點鐘都使她流著汗，在英文課上她忙著用小冊子記下來黑板上所有的生字。同時讀著，同時連教師隨手寫的已經是不必要的讀過的熟字她也記了下來，在第二點鐘地理課上她又費著力氣模仿著黑板上教師畫的地圖，她在小冊子上也畫了起來……好像所有這最末一天經過她的思想都重要起來，都必得留下一個痕跡。

在下課的時間，我看了她的小冊子，那完全記錯了：英文字母，有的脫落一個，有的她多加上一個……她的心情已經慌亂了。

夜裡，她的父親也沒有來接她，她又在那長椅上展了被褥，只有這一次，她睡得這樣早，睡得超過平常以上的安然。頭髮接近著被邊，肩頭隨著呼吸放寬了一些。今天她的左右並不擺著書本。

早晨，太陽停在顫抖的掛著雪的樹枝上面，鳥雀剛出巢的時候，她的父親來了。停在樓梯口，他放下肩上背來的大氈靴，他用圍著脖子的白毛巾擄去鬍鬚上的冰溜：

「你落了榜嗎？你……」冰溜在樓梯上溶成小小的水珠。

「沒有，還沒考試，校長告訴我，說我不用考啦，不能及格的……」

她的父親站在樓梯口，把臉向著牆壁，腰間掛著的白手巾動也不動。

行李拖到樓梯口了，王亞明又去提著手提箱，抱著面盆和一些零碎，她把大手套還給她的父親。

「我不要，你戴吧！」她父親的氈靴一移動就在地板上壓了幾個泥圈圈。

因為是早晨，來圍觀的同學們很少。王亞明就在輕微的笑聲裡邊戴起了手套。「穿上氈靴吧！書沒念好，別再凍掉了兩隻腳。」她父親把兩隻靴子相連的皮條解開。

靴子一直掩過了她的膝蓋，她和一個趕馬車的人一樣，頭部也用白色的絨布包起。

「再來，把書回家好好讀讀再來。喝……喝。」不知道她向誰在說著。當她又提起了手提箱，她問她的父親：

「叫來的馬車就在門外嗎？」

「馬車，什麼馬車？走著上站吧……我背著行李……」

王亞明的氈靴在樓梯上撲撲的拍著。父親走在前面，變了顏色的手抓著行李的角落。

那被朝陽拖得細長的影子，跳動著在人的前面先爬上了木柵門。從窗子看去，人也好像和影子一般輕浮，只能看到他們，而聽不到關於他們的一點聲音。出了木柵門，他們就向著遠方，向著瀰漫著朝陽的方向走去。

雪地好像碎玻璃似的，越遠那閃光就越剛強。我一直看到那遠處的雪地刺痛了我的眼睛。

導讀

蕭紅（一九一一—一九四二），原名張迺瑩，黑龍江呼蘭縣人。被魯迅稱譽爲一九三〇年代最有前途的女作家，然而，才高命薄，三十一歲即孤獨地病歿於香港。一九二六年高小畢業後，父親與繼母反對其赴哈爾濱上中學，強迫輟學在家；經過抗爭，隔年到哈爾濱就讀東省特別區立第一女子中學校。從一九三三年開始文學創作，在不到十年的創作生涯中，即發表了六十餘萬字的作品，長篇小說《呼蘭河傳》、《馬伯樂》，中篇小說《生死場》，短篇小說集《牛車上》、《曠野的呼喊》，都是蜚聲文壇、膾炙人口之作。

蕭紅幼年喪母，父親暴戾，童年少歡；五四新思潮風起雲湧之際，滿懷追求理想的願景，選擇逃離家庭的牢籠。戰亂漂泊的人生旅程中，母愛的匱乏、流亡的艱辛，以及不幸的婚姻經歷、殘酷的病痛纏身，這些難以磨滅的悲慘遭遇，成爲小說的主要題材。特別值得注意的是，提煉自身經驗所形塑的鮮明女性形象，如〈橋〉中的黃良子、〈牛車上〉的五雲嫂、〈小城三月〉的翠姨、《生死場》中的金枝，以及〈手〉中的王亞明，通過這些女性生存境況的敘寫，探索生命的眞諦，挖掘悲苦的根源，以及表現堅韌奮進的生命力。就讀者而言，彷彿也看到作者在苦難中跋涉的身影。

〈手〉（原載上海《作家》創刊號，一九三六年四月），小說中的女主人翁王亞明，來自貧窮開染缸房的家庭，爲了改變處於底層的命運，父親省吃儉用、攢存學費，送她到城裡念中學；卻因爲黑手而飽受同學、師長、舍監，甚至於校役的歧視與侮辱，最後被趕出校門。作者通過這個故事，關注與同情勤勞良善的底層大衆。「手」是小說中的核心意象，作者特意描寫黑色的鐵手、蒼白透明的手。王亞明的黑手，是貧困生活和辛勤勞動的象徵，然而這一雙黑手之下卻隱藏一顆善良、堅韌、自尊的心。相對的，以校長爲代表的白手，並非指向純潔、高貴，卻暗示醜陋、病態的異化社會。小說藉此披露在那個悖謬的時代，黑白混亂顚倒，底層勞動者永遠處於弱勢的地位。因此，王亞明試圖通過「手套」來掩飾階級身分的標籤，以獲取一種平等姿態融入群體之中。

這篇小說成功地借助意象，承載主體悲劇性的命運，除了黑手、白手、手套之外，在自然景觀上，也出現了雪冬、暖春的描寫。大雪茫茫的世界，象徵冷酷的社會；王亞明困居冰冷的現實，等不到自己的春天，她「不再顯出蠻野和強壯」。在外界歧視和內心負擔的雙重壓力下，她的身心健康受到嚴重摧殘，而溫暖春天也就成爲殘酷人生的反諷。這則校園故事，以小觀大，有力地鞭撻了貧富懸殊、金錢至上的扭曲社會。（林秀蓉）

Note

Note

國家圖書館出版品預行編目資料

現代小說選讀／余昭玟，林秀蓉編著. -- 初版. -- 臺北市 : 五南，2016.09

面； 公分.

ISBN 978-957-11-8784-6（平裝）

857.61　　105015467

1X8V 現代文學系列

現代小說選讀

編　　著 — 林秀蓉　余昭玟

發 行 人 — 楊榮川

總 編 輯 — 王翠華

主　　編 — 黃惠娟

責任編輯 — 蔡佳伶

封面設計 — 陳翰陞

出 版 者 — 五南圖書出版股份有限公司

地　　址：106台北市大安區和平東路二段339號4樓

電　　話：(02)2705-5066　　傳　　真：(02)2706-6100

網　　址：http://www.wunan.com.tw

電子郵件：wunan@wunan.com.tw

劃撥帳號：01068953

戶　　名：五南圖書出版股份有限公司

法律顧問　林勝安律師事務所　林勝安律師

出版日期　2016年 9 月初版一刷

定　　價　新臺幣400元